El amante de lady Sophia

Título original: *Lady sophia's Lover*
Traducción: Máximo González Lavarello
1.ª edición: enero 2014

© Lisa Kleypas, 2002
© Ediciones B, S. A., 2014
  para el sello B de Bolsillo
  Consell de Cent, 425-427 - 08009 Barcelona (España)
  www.edicionesb.com

Printed in Spain
ISBN: 978-84-9872-901-6
Depósito legal: B. 25.873-2013

Impreso por EGEDSA

Lisa Kleypas

El amante de lady Sophia

A mi editora, Lucía Macro.

Gracias por tus consejos, amistad y el inagotable entusiasmo en nuestro trabajo conjunto, que siempre he valorado.

A veces la vida nos bendice con la aparición de la persona adecuada en el momento preciso... y en un momento de conflicto en mi carrera esa persona fuiste tú.

Sólo una editora de tu talento podía ayudarme a tomar la dirección correcta, y lo que es más, a perseverar en ella. Me siento muy feliz de contar con tu amistad.

Con mi agradecimiento y mi amor, siempre,

L. K.

1

Hacía demasiado tiempo que no se acostaba con una mujer.

A sir Ross Cannon no se le ocurrió otro motivo que explicase su reacción ante Sophia Sydney; era una sensación tan poderosa que se vio forzado a sentarse detrás del escritorio para esconder su repentina e incontrolable erección. Miró fijamente a la mujer, perplejo, y se preguntó por qué su mera presencia bastaba para encender un fuego tan ardiente en su interior. Nunca nadie lo había pillado tan desprevenido.

No cabía duda de que ella era encantadora; tenía el cabello dorado y los ojos azules, pero además poseía algo que estaba más allá de la belleza física, un rastro de pasión que yacía latente bajo la delicada fragilidad de su rostro. Como cualquier hombre, Ross se excitaba más con lo que se ocultaba que con lo que se mostraba y estaba claro que Sophia Sydney era una mujer que ocultaba muchas cosas.

En un intento por controlar su excitación, sir Ross centró su atención en la marcada superficie de su escritorio de caoba hasta que su calentura comenzó a disiparse. Cuando por fin pudo reencontrarse con la impertérrita mirada de ella, decidió callar, puesto que había aprendido hacía ya mucho tiempo que el silencio era un instrumento muy poderoso. A la gente le incomodaba el silencio; normalmente trataban de llenarlo y en su intento revelaban muchas cosas.

Sin embargo, a diferencia de tantas otras mujeres, Sophia no comenzó a hablar de forma nerviosa. Lo miró a los ojos recelosa y no abrió la boca; era obvio que estaba dispuesta a esperar.

—Señorita Sydney —dijo él finalmente—, mi secretario me ha informado de que no ha querido desvelarle usted el motivo de su visita.

—Si lo hubiera hecho, no me habría dejado cruzar la puerta. He venido por la oferta de empleo.

Ross había visto y vivido demasiadas cosas a lo largo de su carrera, así que casi nada le sorprendía. Sin embargo, el hecho de que ella quisiese trabajar allí, para él, era cuanto menos asombroso. Por lo visto, esa joven no tenía la menor idea de en qué consistía el trabajo.

—Necesito un ayudante, señorita Sydney. Alguien que me haga de secretario y se ocupe de mi agenda a tiempo parcial. Bow Street no es lugar para una mujer.

—El anuncio no especificaba que su ayudante tenía que ser hombre —señaló ella—. Sé leer, escribir, administrar los gastos de la casa y llevar los libros de cuentas. ¿Por qué motivo no podría optar al puesto? —El tono deferencial de su voz sonó ahora algo más desafiante.

Ross, fascinado aunque impertérrito, se preguntó si no se habían conocido antes. No; la hubiera recordado. Sin embargo, algo en ella le resultaba familiar.

—¿Cuántos años tiene? —preguntó de forma abrupta—. ¿Veintidós? ¿Veintitrés?

—Tengo veintiocho años, señor.

—¿En serio? —dijo Ross, incrédulo. Parecía demasiado joven para haber alcanzado una edad en la que ya podía ser considerada una solterona.

—Sí, en serio —contestó ella, que parecía estar divirtiéndose. Dio un paso al frente y se inclinó sobre el escritorio de sir Ross, poniendo las manos ante él—. ¿Lo ve? Se puede adivinar la edad de una mujer por sus manos.

Ross estudió aquellas manos que le eran ofrecidas sin vanidad. No eran las de una chiquilla, sino las de una mujer capaz, que sabía lo que era trabajar duro. Aunque tenía las uñas escrupulosamente limpias, estaban cortadas casi al ras. Tenía los dedos marcados por unas pequeñas cicatrices blancas, seguramente fruto de cortes y rasguños accidentales, y por quemaduras en forma de cuarto creciente, tal vez causadas por un horno de pan o una tetera.

Sophia se sentó de nuevo y la luz acarició suavemente su precioso cabello dorado.

—A decir verdad, usted tampoco es como me imaginaba —comentó. Ross arqueó una ceja de forma sardónica—. Pensaba que sería un caballero anciano y corpulento con pipa y peluca.

El comentario provocó en Ross una breve risa burlona y se dio cuenta de que hacía mucho tiempo que no emitía un sonido semejante.

—¿Está decepcionada por haber encontrado lo contrario?

—No —se apresuró a responder ella con súbito embarazo—. No, no estoy decepcionada.

La temperatura del despacho se disparó hasta niveles de infarto. Ross no podía evitar preguntarse si ella lo encontraba atractivo. No le faltaba mucho para cumplir los cuarenta y la verdad era que los aparentaba; ya se vislumbraban algunas vetas plateadas entre su negro cabello.

Los años de trabajo incesante y de poco descanso habían dejado su huella y su frenético ritmo de vida lo había dejado casi en los huesos. No ofrecía el aspecto sereno y consentido que tenían muchos hombres casados de su edad. Por supuesto, éstos no recorrían las calles de noche como hacía él, investigando robos y asesinatos, visitando prisiones y reprimiendo motines.

Advirtió la forma con que Sophia observaba el despacho, decorado al estilo espartano. Una pared estaba cubierta de mapas y la otra de estantes para libros; tan sólo un cuadro adornaba la habitación, un paisaje de bosque, rocas y agua con unas grises colinas en el horizonte. Ross miraba a menudo la imagen, sobre todo en momentos de calamidad y tensión, ya que la oscuridad fría y tranquila del cuadro siempre lo apaciguaba.

—¿Ha traído referencias, señorita Sydney? —preguntó Ross, volviendo bruscamente a la entrevista.

La muchacha negó con la cabeza.

—Me temo que mi anterior empleador no me recomendaría.

—¿Por qué no?

La compostura de la chica se vio finalmente perturbada y su rostro adquirió un leve tono rojizo.

—He trabajado durante años para una prima lejana. Cuando murieron mis padres, me permitió residir en su casa, a pesar de que ella no gozaba de una situación económica holgada. A modo de compensación, me pidió que fuera su criada. Estoy segura de que mi prima Ernestine estaba satisfecha de mi labor hasta que... —De repente, las palabras parecieron atragantársele y comenzó a sudar, lo que hizo que su piel brillara como una perla.

Ross había escuchado infinidad de historias sobre desastres, maldades y miserias humanas a lo largo de sus diez años como juez principal en Bow Street. Había aprendido a poner cierta distancia emocional entre él y la gente a la que tomaba declaración, aunque en absoluto quería decir que fuese insensible.

Sin embargo, el ver a Sophia en ese estado le hizo sentir un urgente y desmedido impulso de reconfortarla, de tomarla entre sus brazos y aliviar su angustia.

—Siga, señorita Sydney —la animó.

Ella asintió y respiró hondo.

—Cometí un acto muy grave. Tuve... tuve una aventura. Jamás había tenido una antes. Él se hospedaba en una gran finca cerca del pueblo; lo conocí durante un paseo. Nunca me había cortejado alguien así. Me enamoré y entonces... —se detuvo y apartó la vista de Ross, incapaz de seguir mirándolo a los ojos— me prometió que se casaría conmigo y yo fui tan estúpida que le creí. Cuando se cansó de mí, me abandonó sin pensárselo dos veces. Por supuesto, ahora me doy cuenta de que fue una tontería pensar que un hombre de su posición me tomaría como esposa.

—¿Era un aristócrata? —preguntó Cannon.

—No precisamente —dijo Sophia, con la mirada fija en las rodillas—. Era, es, el hijo menor de una familia de nobles.

—¿Cómo se llama?

—Preferiría no revelar su nombre, señor. Además, ya forma parte del pasado. Baste decir que mi prima se enteró del asunto a través de la señora de la mansión, que también le reveló que mi amante estaba casado. Huelga decir que se produjo un gran escándalo y que mi prima me pidió que me fuera. —Sophia se tocaba la falda nerviosamente, recorriéndola con la palma de las manos—. Sé que esto es prueba de comportamiento inmoral, pero le aseguro que en absoluto soy propensa a... devaneos semejantes. Si pudiera usted pasar por alto mi pasado...

—Señorita Sydney —dijo Cannon, y esperó hasta que la muchacha se atrevió a devolverle la mirada—, se ría un hipócrita si la culpase por ese asunto. Todos hemos cometido errores.

—Estoy segura de que usted no.

—Especialmente yo —reconoció Ross, al que el comentario le provocó una sonrisa irónica.

—¿Qué clase de errores? —preguntó ella, abriendo mucho sus ojos azules.

A Cannon le hizo gracia la pregunta. Le gustó la actitud intrépida de la chica, así como la vulnerabilidad que yacía debajo.

—Ninguno que usted deba conocer, señorita Sydney.

—En ese caso, seguiré dudando que haya cometido alguno. —Y esbozó una sonrisa.

Era la clase de sonrisa que una mujer mostraría en los sensuales momentos posteriores al acto sexual. Muy pocas muchachas poseían una sensualidad tan espontánea, una calidez natural que haría que un hombre se sintiese como un semental en un establo de yeguas. Ross, atónito, se concentró en la superficie del escritorio, lo que, lamentablemente, no logró desvanecer las morbosas imágenes que le anegaban la mente.

Sentía deseos de agarrar a Sophia, tumbarla encima de la lustrosa caoba de la mesa y arrancarle la ropa; deseaba besarle los pechos, el vientre, los muslos..., apartarle el vello púbico, hundir la cara en sus tiernos y salados pliegues y lamer y chupar hasta hacerla gritar, extasiada. Cuando Sophia se hubiera resarcido, él se desabrocharía los pantalones, la penetraría profundamente y la embestiría hasta satisfacer el terrible deseo que sentía; y luego...

Enfadado por su pérdida de dominio, Ross comenzó a tamborilear el escritorio con los dedos. Hizo un esfuerzo por retomar el hilo de la conversación.

—Antes de discutir sobre mi pasado —dijo—, sería

mejor que atendiésemos al suyo. Dígame, ¿tuvo un hijo fruto de esa relación?

—No, señor.

—Por fortuna.

—Sí, señor.

—¿Nació usted en Shropshire?

—No, señor. Yo y mi hermano menor nacimos en un pequeño pueblo en la región de Severn. Quedamos... —Hizo una pausa y su expresión se ensombreció; Ross tuvo la sensación de que el pasado le traía recuerdos muy dolorosos—. Quedamos huérfanos. Nuestros padres murieron ahogados en un naufragio; yo todavía no había cumplido los trece años. Mi padre era vizconde, pero no teníamos muchas tierras ni tampoco dinero para mantenerlas. No teníamos parientes que pudiesen o estuviesen dispuestos a hacerse cargo de dos niños prácticamente pobres. Algunos vecinos del pueblo se turnaron para cuidarnos, pero me temo que... —Dudó, y prosiguió con cautela—. Mi hermano John y yo éramos bastante ingobernables. Recorríamos el pueblo haciendo travesuras, hasta que un día nos pillaron robando en la panadería. Fue entonces cuando me fui a vivir con mi prima Ernestine.

—¿Qué fue de su hermano?

Sophia se estremeció.

—Está muerto —contestó con la mirada ausente—. El linaje se ha extinguido y las tierras de la familia están en suspenso, al no haber un hombre que las herede.

Ross, que conocía muy bien el dolor, era comprensivo con quienes lo padecían. Y estaba claro que, fuera lo que fuese lo que le había pasado al hermano, había dejado una gran cicatriz en el alma de aquella mujer.

—Lo siento —dijo en voz baja.

Ella estaba inmóvil y pareció no oírle.

Al cabo de unos largos instantes, Ross rompió el silenció de forma brusca.

—Si su padre era vizconde, entonces hay que dirigirse a usted como «lady Sophia».

El comentario provocó en ella una sonrisa tenue y amarga.

—Supongo que sí. Sin embargo, sería un poco pretencioso por mi parte hacer uso de ese título, ¿no cree? Mis días como «lady Sophia» han terminado. Lo único que deseo es encontrar un buen empleo y puede que también comenzar de nuevo.

Ross consideró aquellas palabras.

—Señorita Sydney, no estaría en mi sano juicio si contratase a una mujer como mi ayudante. Entre otras cosas, tendría usted que pasar lista al furgón que traslada a los criminales desde y hacia Newgate, recopilar informes de los agentes de Bow Street y tomar declaración a la galería de personajes infames que pasan a diario por este edificio. Tareas como éstas serían ofensivas para la sensibilidad de una mujer.

—No me importaría —dijo ella con serenidad—. Como acabo de explicar, no soy ni malcriada ni inocente; tampoco soy joven, ni tengo una reputación ni un estatus social que conservar. Hay muchas mujeres que trabajan en hospitales, prisiones e instituciones caritativas y cada día se encuentran con toda clase de gente desesperada y delincuentes. Sobreviviré de la misma manera que ellas lo hacen.

—No puede ser mi ayudante —dijo Ross con firmeza. Sophia fue a interrumpirlo, pero él hizo un gesto para que callara—. Sin embargo, mi anterior ama de llaves acaba de jubilarse y me gustaría contratarla a usted en su lugar. Ése sería un empleo mucho más conveniente para usted.

—Podría echar una mano en algunas tareas domésticas —admitió ella—, aparte de trabajar como su ayudante.

—¿Pretende encargarse de ambas cosas? —repuso Ross con amable sarcasmo—. ¿No cree que eso sería demasiado trabajo para una sola persona?

—La gente dice que usted hace el trabajo de seis hombres —replicó ella—. Si eso es cierto, no cabe duda que yo podría hacer el de dos.

—No le estoy ofreciendo los dos puestos. Solamente uno: el de ama de llaves.

Extrañamente, la autoridad de su comentario hizo sonreír a la muchacha. Sophia lo miraba de forma desafiante, pero era una provocación divertida, como si ella supiera que él no la dejaría marchar.

—No, gracias —dijo—. Obtendré lo que deseo o nada de nada.

Ross adoptó aquella expresión que intimidaba incluso a los más experimentados agentes de Bow Street.

—Señorita Sydney, está claro que no es consciente de los peligros a los que estaría expuesta. Una mujer atractiva como usted no debe tratar con criminales cuyo comportamiento va desde bromas pesadas hasta depravaciones que no describiré ahora.

A Sophia pareció no inmutarle aquella explicación.

—Estaré rodeada por más de cien agentes de la ley, incluyendo patrullas a pie y a caballo y alrededor de media docena de agentes de Bow Street. Me atrevería a decir que estaría más segura trabajando aquí que yendo de compras por Regent Street.

—Señorita Sydney...

—Sir Ross —lo interrumpió Sophia, que se puso de pie y apoyó las manos en el escritorio; se inclinó, pero su vestido de cuello alto no reveló ningún detalle de su anatomía. Sin embargo, si hubiese llevado un vestido escotado, a Ross se le hubieran presentado sus pechos como dos suculentas manzanas en una bandeja. Inevitablemente excitado por ese pensamiento, Ross hizo un esfuerzo por centrarse en su rostro. Los labios de Sophia formaban una leve sonrisa—, no tiene nada que perder por dejarme intentarlo. Deme un mes para demostrarle de lo que soy capaz.

Ross la miró atentamente. Había algo artificial en los encantos que mostraba aquella mujer. Estaba tratando de manipularlo para que le diese lo que ella quería y estaba teniendo éxito. Sin embargo, ¿por qué razón quería trabajar para él? No podía dejar que se marchase sin averiguar el motivo.

—Si no logro satisfacerlo —añadió Sophia—, siempre puede contratar a otro.

Ross era conocido por ser un hombre extremadamente sensato. No hubiera sido propio de él contratar a esa mujer. Sabía exactamente cómo sería interpretado en Bow Street. Darían por sentado que la había contratado por su atractivo sexual y la verdad, por muy molesta que fuera, sería que estarían en lo cierto. Hacía mucho tiempo que no se sentía tan atraído por una mujer. Deseaba tenerla allí, disfrutar de su belleza y su inteligencia y descubrir si el interés era mutuo. Sopesó los inconvenientes de tomar tal decisión, pero sus pensamientos estaban eclipsados por urgencias masculinas que rehusaban ser reprimidas.

Y por primera vez a lo largo de su carrera como magistrado, abandonó la razón en favor del deseo.

Ross, con el entrecejo fruncido, cogió un montón de papeles desordenados y se los entregó a Sophia.

—¿Le resulta familiar el nombre *Hue and Cry*? —le dijo.

18

—¿No es un semanario de noticias policiales? —contestó ella, recogiendo los papeles con cautela.

Ross asintió.

—Contiene descripciones de criminales a los que se está buscando y los crímenes que han cometido. Es una de las herramientas más efectivas que tiene Bow Street para capturar delincuentes, sobre todo aquellos que provienen de condados fuera de mi jurisdicción. Éstos contienen avisos de alcaldes y magistrados de toda Inglaterra.

Sophia echó un vistazo a los avisos de la primera página y comenzó a leer en voz alta.

—«Arthur Clewen, de profesión herrero, con metro ochenta de estatura, cabello castaño rizado, voz afeminada, nariz grande, acusado de fraude en Chichester. Mary Thompson, alias Hobbes, alias Chiswit, mujer joven alta y delgada, cabello claro y lacio, acusada de asesinato en Wolverhampton...»

—Estos avisos deben ser transcritos y recopilados todas las semanas —dijo Ross con suavidad—. Es un trabajo tedioso y tengo asuntos mucho más importantes a los que atender. A partir de ahora, ésta será una de sus responsabilidades —declaró, y señaló una pequeña mesa que había en un rincón, cuya gastada superficie estaba cubierta de libros, carpetas y cartas—. Tendrá que trabajar ahí. Tendremos que compartir mi despacho, ya que no hay lugar para usted en ninguna otra parte. A pesar de todo, estoy fuera la mayor parte del tiempo, haciendo investigaciones.

—Entonces, ¿me va a contratar? —dijo Sophia con súbito embeleso—. Muchas gracias, sir Ross.

Ross le dirigió una mirada con ceño.

—Si compruebo que no está capacitada para el puesto, aceptará mi decisión sin protestar, ¿de acuerdo?

—Sí, señor.

—Otra cosa más. No será necesario que vaya al furgón de los reclusos todas las mañanas. Vickery se encargará de ello.

—Pero usted dijo que formaba parte de las tareas de su ayudante y yo...

—¿Está discutiendo conmigo, señorita Sydney?

Sophia calló de golpe.

—No, señor.

Ross asintió brevemente.

—Lo de *Hue and Cry* debe estar listo para las dos de la tarde. Cuando haya terminado, vaya al número cuatro de Bow Street y diríjase a un chico de pelo castaño llamado Ernest. Dígale dónde tiene sus bártulos y él irá a buscarlos después de entregar lo de *Hue and Cry* a la imprenta.

—No hay necesidad de hacerle ir a buscar mis cosas —protestó Sophia—. Iré a la pensión yo misma cuando tenga tiempo.

—No caminará por Londres sola. A partir de ahora está bajo mi protección. Si desea ir a algún sitio, irá acompañada de Ernest o de algún agente.

Por la forma de su pestañeo, Ross se dio cuenta de que esa última indicación no le gustó, aunque la muchacha no dijo nada. Él siguió hablando con tono formal.

—Tiene el resto del día para familiarizarse con las dependencias y con la residencia privada. Más tarde le presentaré a mis colegas, cuando vengan a sus sesiones en el tribunal.

—¿Me presentará también a los agentes de Bow Street?

—Dudo que pueda evitarlos demasiado tiempo —dijo Ross lacónicamente. El pensar en cómo reaccionarían los agentes ante su nueva ayudante femenina lo ponía nervioso. Se preguntó si no sería ése el motivo por el que

Sophia deseaba trabajar allí. Muchas mujeres de toda Inglaterra habían convertido a los agentes en objeto de sus fantasías románticas; su imaginación se veía alimentada por aquellas novelas baratas que los retrataban como héroes. Cabía la posibilidad de que Sophia quisiera cortejar a alguno de ellos. De ser así, no le costaría demasiado; los agentes eran una pandilla de libidinosos y todos, salvo uno, eran solteros—. Por cierto, no apruebo líos amorosos en Bow Street —apuntó—. Los agentes, los guardias y los empleados no están disponibles para usted. Naturalmente, no pondré objeciones si desea intimar con alguien fuera de las dependencias.

—¿Y usted? —repuso tranquilamente Sophia, y Ross se quedó perplejo—. ¿Tampoco está disponible?

Atónito, se preguntó a qué clase de juego estaba intentando jugar aquella mujer.

—Naturalmente —contestó, sin expresión alguna en el rostro.

Ella esbozó una sonrisa y se dirigió a su pequeña y sobrecargada mesa.

En menos de una hora, había ordenado y transcrito los avisos con una caligrafía clara y limpia que haría las delicias del impresor. Era tan tranquila y tan discreta en sus movimientos que, de no ser porque su perfume llenaba el ambiente, Ross se hubiera olvidado de que estaba allí. Pero constituía una distracción tan seductora que no podía rehuirla. Respiró profundamente y trató de identificar la fragancia. Detectó aroma a té y vainilla, mezclado con perfume de mujer. Cada tanto echaba un vistazo a su delicado perfil y se quedaba fascinado por la forma en que la luz se reflejaba en su cabello. Tenía las orejas menudas, una barbilla bien definida, una delicada naricilla y unas pestañas que le formaban pequeñas sombras sobre las mejillas.

Sophia, absorbida por su tarea, se inclinaba sobre una página y escribía con esmero. Ross no podía evitar imaginarse cómo sería tener esas hábiles manos sobre su cuerpo, si serían frías o calientes. ¿Tocaría a un hombre con inseguridad o con atrevimiento? Por fuera era delicada y discreta, pero había indicios de algo provocativo en su interior, algo que le decía a Ross que si un hombre se introdujera en lo más profundo de ella, el sexo la haría desatarse.

Esa conjetura le hacía hervir la sangre. Se maldijo por haber sido tan arisco con Sophia; la fuerza de ese deseo reprimido parecía llenar la habitación. Era muy extraño que los últimos meses de celibato hubieran sido tan tolerables justo hasta ese momento. Ahora se había convertido en algo insoportable; la acumulación de su avidez por el suave cuerpo de una mujer, la necesidad de sentir una vulva húmeda y caliente alrededor de su verga, una boca dulce que respondiese a sus besos...

Justo cuando su deseo alcanzaba el punto álgido, Sophia se acercó hasta su escritorio con las transcriciones en la mano.

—¿Es así como le gusta que lo haga? —le preguntó.

Ross les echó un vistazo, casi sin ver los pulcros renglones. Asintió con rapidez y se las devolvió.

—En ese caso, iré a dárselas a Ernest —añadió Sophia antes de marcharse, con el vestido agitándose ligeramente.

La puerta se cerró con un tenue clic, lo cual le proporcionó a Ross una privacidad que le era muy necesaria en aquel momento. Después de soltar el aire sonoramente, fue hasta la silla en que había estado sentada Sophia y recorrió el respaldo y los apoyabrazos con los dedos. Llevado por sus impulsos más primarios, trató desesperadamente de dar con algo del calor que seguramente había dejado su cuerpo en la madera. Inspiró profundamente, intentando absorber algo de su embriagadora fragancia.

Sí, pensó inmerso en esa excitación puramente masculina, había sido célibe por demasiado tiempo.

Aunque a menudo se sentía atormentado por sus necesidades físicas, Ross tenía demasiado respeto por las mujeres como para contratar los servicios de una prostituta. Estaba muy familiarizado con esa profesión desde su perspectiva de magistrado y no estaba dispuesto a aprovecharse de semejantes desdichadas. Además, aquello sería una afrenta a lo que había compartido con su esposa.

Había considerado la posibilidad de casarse de nuevo, pero todavía no había encontrado a una mujer que le pareciese remotamente adecuada. La esposa de un hombre como él tendría que ser fuerte e independiente y debería poder encajar con facilidad en los círculos sociales que frecuentaba la familia de Ross, así como en el oscuro mundo de Bow Street; pero sobre todo tendría que contentarse con su amistad, no con su amor. Ross no iba a darse el lujo de enamorarse de nuevo, no como había hecho con Eleanor. El dolor que le había supuesto perderla había sido enorme y, cuando ella murió, su corazón se había partido en dos.

Sólo deseaba que sus ansias de sexo desapareciesen tan rápidamente como su necesidad de amor.

Durante décadas, el número cuatro de Bow Street había sido residencia, oficina pública y tribunal. Sin embargo, cuando sir Ross Cannon fue elegido magistrado jefe diez años atrás, éste expandió sus poderes y jurisdicciones hasta que fue necesario comprar el edificio adyacente. Ahora, el número cuatro servía más que nada como residencia de sir Ross, mientras que el número tres albergaba oficinas, archivos, salas de vistas y un calabozo subterráneo donde se llevaba a los prisioneros para ser interrogados.

Sophia se familiarizó rápidamente con el trazado del número cuatro mientras buscaba a Ernest, al que finalmente localizó en la cocina, comiendo pan con queso en una gran mesa de madera. El chico, desgarbado y de pelo castaño oscuro, se ruborizó cuando la mujer se presentó ante él. Después de darle las transcripciones del *Hue and Cry*, Sophia le pidió que fuera a buscar sus pertenencias a una pensión cercana, y el chico desapareció como un gato tras un ratón.

Agradeciendo un poco de soledad, Sophia entró en la despensa. Tenía estantes de pizarra que albergaban, entre otras cosas, una pieza de queso, un tarro de mantequilla, una jarra de leche y algunos cortes de carne. El pequeño cuarto era sombrío, oscuro, y reinaba un silencio sólo perturbado por el lento goteo de agua sobre un estante adyacente. De repente, sobrepasada por la tensión que había acumulado durante toda la tarde, comenzó a temblar y a sentir escalofríos, hasta que los dientes le rechinaron violentamente. Le cayeron lágrimas de los ojos y se apretó con fuerza las mangas del vestido contra ellos.

¡Dios bendito, cuánto lo odiaba!

Había hecho uso de toda su fuerza de voluntad para poder sentarse en aquel abarrotado despacho con sir Ross y aparentar serenidad, mientras la sangre le hervía de asco. Sin embargo, había disimulado bien su desagrado; incluso pensaba que hasta le había provocado deseos de estar con ella. Los ojos de sir Ross habían mostrado una atracción hacia ella que no había podido esconder. Eso era justo lo que Sophia había esperado que sucediese, ya que deseaba hacer algo peor que matar a sir Ross Cannon. Tenía la intención de arruinar su vida completamente, de hacerlo sufrir hasta que prefiriese morir a seguir vivo. Y, por lo visto, el destino parecía estar ciñéndose a su plan.

Desde el instante en que había visto el anuncio en el *Times*, en el que se requería una ayudante en la oficina de Bow Street, se había apresurado a elaborar un plan. Conseguiría el trabajo y a partir de ahí le sería más fácil acceder a los archivos de la oficina. Tarde o temprano daría con lo que necesitaba para destruir la reputación de sir Ross y obligarlo a dimitir.

Había rumores de corrupción en torno a los agentes y sus actividades, informes de detenciones ilegales, brutalidad e intimidación, por no mencionar que actuaban fuera de su jurisdicción. Todo el mundo sabía que sir Ross y su «gente», como él los llamaba, tenían su propia ley. Una vez que al desconfiado público se le dieran pruebas sólidas de esas conductas, el dechado de virtudes que supuestamente era sir Ross Cannon quedaría arruinado y sin posibilidad de redención. Sophia descubriría cualquier información que fuera necesaria para precipitar la caída de Ross.

Sin embargo, eso no era suficiente para ella. Quería que su venganza fuera más allá, que fuera aún más dolorosa. Seduciría al llamado Monje de Bow Street y conseguiría que se enamorase de ella, y luego haría que la tierra se hundiese bajo él.

Las lágrimas cesaron y Sophia, suspirando con nerviosismo, se dio la vuelta para reposar la frente contra uno de los fríos estantes de pizarra. Sólo había una cosa que la consolaba: sir Ross pagaría por llevarse a la última persona en el mundo que la había querido, su hermano, John, cuyos restos yacían en una fosa común junto a esqueletos putrefactos de ladrones y asesinos.

Se recompuso y pensó en lo que había descubierto de sir Ross hasta el momento. No había resultado ser en modo alguno lo que ella esperaba. Suponía que se encontraría con alguien pomposo y altivo, presumido y corrupto; no deseaba que fuera atractivo.

Sin embargo, sir Ross era apuesto, por mucho que a ella le costase admitirlo. Era un hombre en la flor de la vida, alto, de complexión fuerte pero algo magro. Sus rasgos eran marcados y austeros, con unas cejas negras y rectas que ensombrecían los ojos más extraordinarios que Sophia hubiese visto nunca. Eran de color gris claro, tan brillantes que parecía que la energía de un rayo hubiera quedado atrapada dentro de sus negros iris. Poseía una cualidad que la inquietaba, una tremenda volatilidad que quemaba bajo su distante rostro. Y sir Ross llevaba su autoridad con comodidad; era alguien que podía tomar decisiones y vivir con ellas bajo cualquier circunstancia.

Sophia oyó que alguien entraba en la cocina y salió de la despensa. Vio a una mujer no mucho mayor que ella, delgaducha, de pelo oscuro y con los dientes en mal estado, pero tenía una sonrisa auténtica y aspecto aseado y correcto; se conservaba bien y su ropa estaba limpia y bien planchada. Supuso que se trataba de la cocinera y le dedicó una sonrisa amable.

—Hola —saludó la mujer con timidez, haciendo una leve reverencia—. ¿Puedo ayudarla, señorita?

—Soy la señorita Sydney, la nueva ayudante de sir Ross.

—¿Ayudante? —repitió la mujer, confusa—. Pero usted no es un hombre.

—Eso es verdad —dijo Sophia sin alterarse, paseando la vista por la cocina.

—Yo soy la cocinera, Eliza —se presentó la mujer,

desconcertada—. Hay otra chica, Lucie, y el chico de los recados.

—¿Ernest? Sí, ya lo conozco.

La luz del día se colaba entre las celosías de la ventana, revelando una cocina pequeña pero bien equipada, con suelo de piedra. Contra una de las paredes había una cocina hecha de ladrillos, con la parte superior en hierro y soportes de piedra, tan grande que se podían calentar en ella cuatro o cinco ollas a temperaturas diferentes. En la misma pared había un asador cilíndrico de hierro colocado en posición horizontal, cuya puerta estaba alineada con la cocina de ladrillo. Era todo de un diseño tan funcional y moderno que Sophia no pudo evitar expresar su admiración.

—¡Oh! ¡Debe de ser fantástico cocinar aquí!

Eliza hizo una mueca.

—Hago cosas sencillas, como mi madre me enseñó. No me importa ir al mercado y limpiar la cocina, pero no me gusta nada tener que estar todo el tiempo vigilando ollas y sartenes; no es lo mío.

—Yo podría ayudar. Me gusta cocinar.

A Eliza se le iluminó el rostro.

—¡Eso sería fantástico, señorita!

Sophia echó un vistazo al aparador, lleno de ollas, sartenes, jarras y demás utensilios. A un lado había una fila de recipientes de cobre, colgados de unos ganchos, que necesitaban urgentemente ser lustrados. Había otras cosas que necesitaban un buen lavado, como los paños de cocina, que estaban llenos de manchas. Los coladores también estaban sucios y el sumidero del fregadero requería una buena dosis de desinfectante, ya que rezumaba un olor desagradable.

—Todos comemos en la cocina: el amo, los sirvientes y los empleados —dijo Eliza, señalando una mesa de madera que ocupaba buena parte de la estancia—. No hay ninguna habitación acondicionada como comedor. Sir Ross come aquí o en su despacho.

Sophia observó un estante del aparador que contenía especias, té y una bolsa de café.

—¿Sir Ross es un buen amo? —preguntó, tratando de parecer natural.

—¡Oh, sí, señorita! —dijo la cocinera sin dudarlo—. Aunque a veces es algo extraño.

—¿A qué se refiere?

—Sir Ross puede trabajar días enteros casi sin comer. Hay veces que incluso prefiere quedarse dormido en su escritorio en vez de ir a su cuarto y descansar como se debe.

—¿Por qué trabaja tanto?

—Nadie sabe el motivo; incluso puede que ni el mismo sir Ross lo sepa. Dicen que ha cambiado mucho desde que falleció su mujer. Murió de parto y desde entonces sir Ross se ha mostrado... —Hizo una pausa, tratando de encontrar la palabra adecuada.

—¿Distante? —sugirió Sophia.

—Sí, distante y frío. No se permite ninguna distracción y no se interesa por nada que no sea el trabajo.

—Tal vez algún día vuelva a casarse.

Eliza se encogió de hombros y sonrió.

—¡Hay tantas damas a las que les gustaría tenerlo como esposo...! Vienen a su despacho para pedirle que las ayude con sus obras de caridad, o para quejarse de los carteristas, o cosas así; pero de nada sirve que intenten llamar su atención. Y cuanto menos interés muestra él, más lo persiguen ellas.

—Hay quien llama a sir Ross «el Monje de Bow Street» —comentó Sophia—. ¿Quiere decir eso que...? —Se detuvo y se le sonrojaron las mejillas.

—Sólo él lo sabe —contestó Eliza, pensativa—. Sería una pena, ¿verdad? Un hombre tan bueno y saludable como él... —Hizo una mueca que dejó entrever sus maltrechos dientes—. Pero creo que algún día la mujer adecuada sabrá tentarlo, ¿no le parece?

Sí, pensó Sophia con secreta satisfacción. Ella sería la encargada de acabar con las monacales maneras de sir Ross. Se ganaría su confianza, puede que incluso su amor... y lo usaría para destruirlo.

Puesto que en Bow Street las noticias viajaban rápido, a Ross no le sorprendió que alguien llamara a su puerta un cuarto de hora después de que Sophia se hubiese marchado. Sir Grant Morgan, uno de los magistrados adjuntos, entró en su despacho.

—Buenos días, Cannon —saludó Morgan, cuyos ojos verdes mostraban que estaba de buen humor. Nadie podía dudar que Morgan estaba disfrutando su vida de recién casado. Los otros agentes sentían envidia y a la vez les divertía el hecho de que el otrora estoico Morgan estuviera tan abiertamente enamorado de su pequeña y pelirroja mujer.

Con casi dos metros de estatura, era el único hombre que obligaba a Ross a alzar la cabeza para mirarlo a los ojos. Morgan, un huérfano que una vez había trabajado en una pescadería del Covent Garden, se había alistado en la patrulla de a pie a los dieciocho años y había ascendido rápidamente, hasta que Ross lo escogió para que formara parte de su fuerza de élite de doce agentes. Hacía poco que había sido elegido para el cargo de magistrado adjunto. Morgan era un buen hombre, tranquilo e inteligente, y una de las pocas personas del mundo en quien Ross confiaba.

Morgan empujó la silla de los visitantes hasta el escritorio, aposentó su enorme cuerpo en el asiento de cuero y miró a Ross.

—He visto a la señorita Sydney —afirmó—. Vickery me ha contado que es su nueva ayudante. Naturalmente, le he dicho que debía de estar equivocado.

—¿Por qué?

—Porque contratar a una mujer para ese puesto sería poco práctico. Además, tener a una mujer tan atractiva en Bow Street sería una auténtica locura. Y como sé que usted nunca ha sido poco práctico y nunca ha cometido ninguna locura, le he dicho a Vickery que estaba equivocado.

—Pues no lo está —murmuró Ross.

Morgan se reclinó, descansó el mentón entre el índice y el pulgar y observó de forma especulativa al magistrado jefe.

—¿Será su ayudante y su ama de llaves? Además de tomar declaración a bandidos, bandoleros y rameras de tres al cuarto, y...

—Sí —soltó Ross sin más.

Las espesas cejas de Morgan se elevaron hasta la mitad de su frente.

—Le diré algo que es obvio: todo hombre que pase por este lugar, y los agentes no son una excepción, va a estar sobre ella como las moscas sobre la miel; no le será posible impedirlo. La señorita Sydney significa problemas y usted lo sabe —añadió, e hizo una pausa—. Lo que me intriga es por qué, sabiendo todo eso, la ha contratado —comentó.

—No es asunto tuyo —espetó Ross—. La señorita Sydney es mi empleada. Contrataré a quien me salga de las narices y será mejor que los hombres la dejen en paz o tendrán que responder ante mí.

Morgan lo observó de una forma calculadora que a Ross no le gustó nada.

—Discúlpeme —dijo en voz baja—. Veo que está muy susceptible con este tema.

—¡No estoy susceptible, maldita sea!

—Me parece que es la primera vez que le oigo maldecir, Cannon —respondió Morgan con una sonrisa irónica.

Ross descubrió demasiado tarde el origen de la diversión de Morgan. De alguna manera, su expresión, normalmente impertérrita, se había roto. Hizo un esfuerzo para disimular su irritación y comenzó a repiquetear los dedos sobre el escritorio.

Morgan contemplaba la escena con una sonrisa pícara dibujada en el rostro; aparentemente, no pudo resistirse a hacer otro comentario.

—Bueno, al menos hay algo que nadie podrá discutirle, y es que es un ama de llaves mucho más guapa que Vickery.

Ross le lanzó una mirada asesina.

—Morgan, la próxima vez que ponga un anuncio ofreciendo un empleo, me aseguraré de contratar a algún vejestorio de dientes largos con la esperanza de complacerte. Y ahora, ¿podríamos desviar la conversación hacia otros derroteros..., tal vez algo relacionado con el trabajo?

—Por supuesto —dijo Morgan tranquilamente—. De hecho, venía a entregarle el último informe sobre Nick Gentry.

Ross entornó los ojos. De todos los criminales a los que deseaba atrapar, juzgar y ahorcar, Gentry ocupaba el primer lugar de la lista. Encarnaba justo lo contrario de los principios que Ross pretendía salvaguardar.

Aprovechándose de la ley por la que se recompensaba a cualquier ciudadano que capturase a un bandido, ladrón o desertor, Nick Gentry y sus hombres habían instalado una oficina en Londres y se habían convertido en cazarrecompensas profesionales. Cuando Gentry atrapaba a un delincuente, no solamente recibía una comisión sobre la captura, sino que además se quedaba con su caballo, sus armas y su dinero. Si recuperaba bienes robados, no sólo cobraba una pequeña suma por ellos, también se quedaba con un porcentaje de su valor. Cuando Gentry y sus hombres no podían reunir suficientes pruebas contra alguien en particular, le endilgaban una o se la inventaban. También se dedicaban a incitar a chicos jóvenes a que delinquiesen, con el solo propósito de arrestarlos más tarde y cobrar la recompensa.

Gentry era el rey indiscutible de los bajos fondos, donde era visto a la vez con admiración y con miedo. Su oficina se había convertido en el punto de reunión de cualquier criminal de renombre de Inglaterra. Era culpable de todo tipo de corrupción, incluidos fraude, soborno, robo e incluso asesinato. Sin embargo, lo más increíble era que aquel tipo fuese considerado por una gran parte de la población como una especie de benefactor público. El verlo recorrer las calles y callejones de Londres a lomos de su caballo negro, vestido con sus elegantes atuendos, hacía que los críos soñasen con ser como él de mayores y que mujeres de cualquier estatus social se sintieran atraídas por su inquietante aspecto.

—Me gustaría ver a ese bastardo colgando —susurró Ross—. Dime qué tienes.

—Tenemos testigos que afirman que Gentry organizó la fuga de tres de sus hombres de la cárcel de Newgate. El actuario del tribunal ya ha tomado dos declaraciones.

Ross, inmóvil como si fuese un depredador acechando a su presa más preciada, ordenó:

—Tráemelo para interrogarlo. Y rápido, antes de que se escabulla.

Morgan asintió, sabiendo que si Gentry se olía algo y decidía esconderse, sería imposible de localizar.

—¿Debo entender que quiere interrogarlo personalmente?

Ross asintió. Normalmente hubiera dejado un asunto de esa naturaleza en manos de Morgan, pero no tratándose de Nick Gentry. Gentry era su adversario particular y Ross había dedicado buena parte de sus fuerzas a acabar con aquel maldito cazarrecompensas.

—Muy bien, señor —dijo Morgan, y levantó su enorme cuerpo de la silla—. Haré que detengan a Gentry tan pronto sea localizado. Enviaré a Sayer y a Gee inmediatamente —hizo una pausa, y una pícara sonrisa se le dibujó en sus duras facciones—; quiero decir, si no están demasiado ocupados comiéndose con los ojos a su nueva ayudante.

Ross hizo un verdadero esfuerzo para morderse la lengua y no soltarle a Morgan un improperio; su temperamento, normalmente tranquilo, se había encendido al pensar en que sus propios hombres pudieran molestar a Sophia Sydney.

—Hazme un favor, Morgan —dijo entre dientes—. Haz saber que si alguno de mis agentes o algún miembro de las patrullas a caballo o de a pie molesta a la señorita Sydney, se arrepentirá.

—Sí, señor —dijo él, y se dio la vuelta para irse, no sin que antes Ross viera un atisbo de sonrisa en sus labios.

—¿Qué te resulta tan condenadamente gracioso?

—Sólo pensaba, señor —respondió Morgan en tono burlón—, que tal vez llegue a arrepentirse de no haber contratado a algún vejestorio de dientes largos.

Después de compartir una cena a base de guiso de cordero recalentado, Sophia subió a la habitación que le había sido asignada y deshizo el equipaje. El pequeño cuarto estaba amueblado de forma sencilla. Sin embargo, se veía limpio y la cama parecía cómoda. Había algo que a Sophia le agradó: la ventana daba al lado oeste del número tres de Bow Street, lo que le permitía ver directamente el despacho de Cannon. La luz de la lámpara contorneaba el pelo castaño e iluminaba el marcado perfil de sir Ross, que estaba delante de la biblioteca. Era tarde y ya debería haber dejado de trabajar. Al menos, tendría que estar disfrutando de una buena cena, en vez del plato de guiso de cordero tan poco apetitoso que Eliza le había llevado al despacho.

Sophia se puso su camisón y regresó a la ventana, para ver cómo Ross se frotaba la cara y se dirigía a su escritorio. Pensó en todas las cosas que Eliza y Lucie le habían contado del magistrado jefe; gracias a la típica pasión que sentía la servidumbre por los cotilleos, Sophia se había hecho con gran cantidad de información.

Al parecer, los partidarios de sir Ross, que eran muchos, lo alababan por su compasión, mientras que un número similar de detractores le reprochaba que fuera tan severo.

Era el magistrado más poderoso de Inglaterra, e incluso hacía de consejero del gobierno de forma extraoficial. Entrenaba a sus agentes con métodos nuevos y progresistas, aplicando principios científicos en la defensa de la ley, de una manera que generaba entre el público tanto admiración como desconfianza. Sophia se había entretenido escuchando cómo Eliza y Lucie le explicaban que a veces los agentes resolvían crímenes examinando dentaduras, cabellos, balas y heridas. Nada de eso tenía sentido para ella, pero aparentemente las técnicas de sir

Ross habían resuelto misterios tan complicados como el mismísimo nudo gordiano.

Los sirvientes tenían una opinión muy buena de sir Ross, como todo aquel que trabajaba en Bow Street. Para su desagrado, Sophia descubrió que el magistrado no era la persona terriblemente malvada que ella creía, aunque eso no cambió en absoluto su objetivo de vengar la muerte de John. De hecho, el estricto seguimiento de los principios era seguramente lo que había llevado a la tragedia que le había costado la vida a su hermano. No cabía duda de que sir Ross se tomaba la ley al pie de la letra, poniendo sus principios por encima de la compasión y la legislación por encima de la piedad.

Ese pensamiento la enfureció. ¿Quién era sir Ross para decidir quién debía morir y quién no? ¿Por qué estaba él capacitado para juzgar a los demás? ¿Acaso era tan infalible, tan listo y tan perfecto? Seguramente aquel arrogante bastardo así lo creía.

Sin embargo, todavía estaba perpleja por la capacidad de perdón que Cannon había demostrado aquella mañana, cuando ella le había contado la historia de su breve romance. La mayoría de la gente la hubiera considerado una fulana y le hubiera dicho que se tenía bien merecido su despido, pero en lugar de ello, sir Ross se había mostrado comprensivo y amable, e incluso había admitido que él mismo había cometido errores.

Confusa, Sophia descorrió la cortina de gasa para tener una vista mejor del despacho del magistrado.

Como si pudiera percibir su mirada de alguna manera, sir Ross se volvió y se encontró directamente con la imagen de Sophia. Aunque en su habitación no había una lámpara o una vela ardiendo, el claro de luna era suficiente para iluminarla. Ross pudo ver que sólo iba vestida con su etéreo camisón.

Como el caballero que era, sir Ross debería haberse dado la vuelta inmediatamente; sin embargo, se quedó mirándola como si él fuese un lobo hambriento y ella un conejo que se hubiera aventurado a alejarse demasiado de la madriguera. Aunque se moría de vergüenza, se las apañó para mirarlo de forma provocativa. Contó silenciosamente los segundos: uno... dos... tres. Luego, lentamente, se hizo a un lado, corrió la cortina y se llevó las manos a la cara, que le hervía de calor. Debería haberse alegrado de que él hubiera mostrado interés en su imagen en camisón, pero en cambio se sentía tremendamente incómoda, casi asustada, como si su plan para seducirlo y acabar con él pudiese convertirse en su propia perdición.

2

Como de costumbre, Ross comenzó el día practicando sus ejercicios matutinos con medida velocidad y luego vistiéndose con su habitual atuendo, consistente en gabardina negra y pantalones grises. Se ató la corbata de seda negra con un nudo sencillo y se peinó el cabello. Se miró brevemente en el espejo del lavatorio y se dio cuenta de que tenía las ojeras más oscuras que de costumbre. Aquella noche no había dormido bien. Había estado pensando en Sophia y le hervía el cuerpo de saber que ella estaba durmiendo a unas pocas habitaciones de la suya.

Le había sido imposible dejar de pensar en su imagen en la ventana, en su largo cabello rizado y en su camisón brillando de forma fantasmagórica a la luz de la luna. Ross había quedado prendado de esa imagen y le hervía la sangre al imaginarse cómo sería el cuerpo que escondía aquella mujer bajo sus ropas.

Frunció el entrecejo y se dijo que no habría más fantasías nocturnas relativas a Sophia. Ni más miradas a su ventana. A partir de ahora volvería a concentrarse en el trabajo. Con ese pensamiento, Cannon bajó a la cocina a servirse su primera taza de café del día y llevársela a su despacho. Cuando hubiera terminado el café, daría su paseo diario por Covent Garden y las calles colindantes, como un médico tomándole el pulso a su paciente favorito. No importaba cuán detallados fueran los informes de los agentes de Bow Street; no había nada como ver y oír las cosas por uno mismo.

Le encantaba contemplar cada día el orden progresivo de las actividades en Bow Street. Justo antes del amanecer, las campanas de la catedral de San Pablo resonaban por Covent Garden y por las tranquilas fachadas de las tiendas y casas de la calle. El sonido de los carros del mercado hacía que las persianas se abriesen y que las cortinas se corriesen, al igual que los gritos de los vendedores de bollos y de los vendedores de periódicos. A las siete en punto, el aroma del pan y las pastas calientes comenzaba a escaparse de las panaderías, y a las ocho por las cafeterías. Cuando daban las nueve, la gente comenzaba a llegar a las oficinas de Bow Street, a la espera de que se abriesen sus puertas. A las diez, el magistrado de turno, que casualmente ese día era Morgan, tomaba asiento en el tribunal.

Todo estaba como debía ser, pensó Ross, satisfecho.

Al entrar en la cocina, Ross vio a Ernest sentado en la gastada mesa de madera; el chico devoraba su desayuno como si fuera el primer plato de comida decente que probaba en meses. Sophia estaba con la escuálida cocinera, al parecer enseñándole cómo debía prepararse la primera comida del día.

—Deles vuelta de esta manera —le decía Sophia, dándole la vuelta de forma experta a las tortitas que había en la sartén.

Esa mañana, el aroma de la cocina era especialmente apetitoso, una mezcla de beicon frito, café y crepes calientes.

Sophia se veía fresca y saludable y las estilizadas curvas de su figura quedaban resaltadas por un delantal blanco sobre su vestido gris oscuro. Su brillante cabello estaba recogido en un moño en lo alto de la cabeza, atado con una cinta azul. Cuando vio a Ross, se le encendieron sus ojos de zafiro; estaba tan increíblemente atractiva que él sintió una punzada en la entrepierna.

—Buenos días, sir Ross —dijo ella—. ¿Le apetece desayunar?

—No, gracias —contestó él—. Sólo tomaré una taza de café; nunca... —Ross se detuvo al ver que la cocinera ponía una bandeja sobre la mesa. Estaba repleta de crepes recién hechas colocadas sobre una base de mermelada de moras, y él tenía auténtica debilidad por las moras.

—¿Una o dos? —le preguntó Sophia.

De repente, a Ross le pareció que no era tan importante respetar sus rígidas costumbres diarias; no había nada de malo en tomarse un tiempo para desayunar algo, pensó. Un retraso de cinco minutos no alteraría su agenda.

Se encontró a sí mismo sentado frente a un plato lleno de tortitas, beicon crujiente y huevos pasados por agua. Sophia le sirvió una taza de humeante café y le dedicó una sonrisa más antes de volver junto a Eliza. Ross cogió el tenedor y se quedó mirándolo como si no supiese qué hacer con él.

—Está bueno, señor —comentó Ernest, llenándose la boca con tanta glotonería que parecía que le iba a estallar.

Ross tomó un bocado de tortita bañada en mermelada y lo tragó ayudado por un buen sorbo de café. A medida que comía, iba sintiendo una sensación de bienestar que no le era familiar. Dios, hacía demasiado tiempo que no comía otra cosa que no fueran los dichosos mejunjes de Eliza.

Siguió comiendo hasta que hubo liquidado el plato de crepes. De vez en cuando, Sophia le servía más café o le ofrecía más beicon. El agradable calor de la cocina y la visión de su nueva ayudante moviéndose de aquí para allá le provocaban oleadas de incontrolable placer. Ross dejó el tenedor y se puso en pie.

—Debo irme —le dijo a Sophia, mirándola sin apenas sonreír—. Gracias por el desayuno, señorita Sydney.

—¿Estará todo el día en su despacho, sir Ross? —le preguntó ella, clavándole sus ojos azul oscuro y tendiéndole otra taza de café.

Ross negó con la cabeza, fascinado por los pequeños mechones que le caían en la frente. El calor de las hornallas había hecho que a la chica se le pusieran las mejillas rosadas y refulgentes. Ross deseaba besarla, lamerla, saborearla.

—Estaré fuera casi toda la mañana —contestó con voz ronca—. Estoy llevando a cabo una investigación; ayer por la noche se cometió un asesinato en Russell Square.

—Tenga cuidado.

Hacía mucho tiempo que nadie le decía eso. Ross se maldijo por ponerse nervioso tan fácilmente. Sin embargo, ahí estaba aquel agradable cosquilleo de placer que parecía no poder eludir. Asintió con rapidez y, antes de irse, le dedicó a Sophia una cautelosa mirada.

Sophia pasó toda la mañana ordenando papeles, informes y cartas que alguien había dejado en un rincón del despacho de sir Ross. Mientras organizaba todo aquel montón de información, se le ocurrió que podía comenzar a familiarizarse con la sala donde se guardaban los expedientes de los criminales, que estaba desordenada y llena de polvo. Le llevaría días, posiblemente semanas, poder ordenar debidamente los cajones donde se almacenaba el material. Puso manos a la obra e intentó recapitular todo lo que había descubierto de sir Ross hasta el momento, incluyendo los comentarios de los sirvientes, los empleados de la oficina y los agentes. Daba la sensación de que el magistrado jefe era un hombre con un autodominio inhumano, que nunca decía juramentos, ni gritaba ni bebía en exceso. Algunas directrices en voz baja bastaban para que sus agentes obedeciesen sin rechistar. Todo aquel que trabajaba para sir Ross sentía admiración por él, pero, al mismo tiempo, bromeaba sobre su frialdad y su naturaleza metódica.

Sin embargo, Sophia no creía que fuese frío. Ella percibía algo bajo su austera fachada, una sexualidad contenida que, de llegar a ser liberada, lo consumiría todo. Dada su naturaleza, sir Ross no se plantearía hacer el amor de una forma normal. Para él era algo demasiado importante, demasiado especial; tendría que estar muy enamorado de una mujer antes de dormir con ella. Si Sophia conseguía seducirlo, luego tendría que ganarse su afecto; pero ¿cómo enamorar a un hombre como aquél? Intuía que Ross respondería a una mujer que le proporcionase la ternura que le faltaba en su vida. Después de todo, no se trataba de una criatura celestial de fuerza ilimitada; era un hombre, por mucho que llevase su capacidad hasta el límite. Para una persona que cargaba tanto peso sobre sus hombros, sería un alivio poder contar con alguien que se ocupase de sus necesidades.

De vuelta en el despacho de sir Ross, Sophia cogió un trapo para limpiar el alféizar de la ventana y, casualmente, vio al objeto de sus pensamientos en la calle. Cannon estaba de pie junto a la valla de hierro que había delante del edificio, hablando con una mujer que parecía haberlo estado esperando en la puerta. La mujer llevaba un chal marrón que le cubría la cabeza y los hombros, y

Sophia recordó que el señor Vickery la había echado a primera hora de la mañana. Quería ver a sir Ross, pero el empleado le había dicho que volviese al día siguiente, ya que el magistrado jefe estaba ocupado.

A pesar de todo, sir Ross le abrió la puerta y la acompañó hasta la entrada del número tres de Bow Street. A Sophia le conmovió la consideración de Cannon por alguien seguramente de clase mucho más baja que él. La mujer estaba mal vestida y demacrada, pero, aun así, el magistrado la cogió del brazo tan cortésmente como si fuera una duquesa.

Mientras sir Ross acompañaba a la mujer hasta su despacho, le dijo:

—Buenas tardes, señorita Sydney. —Y llevó a su visitante hasta una silla. La mujer era delgada, de mediana edad y parecía demacrada; tenía los ojos enrojecidos de llorar—. Ésta es la señorita Trimmer, a quien creo que Vickery expulsó esta mañana.

—El señor Vickery consideró que su agenda ya estaba bastante apretada —alegó Sophia.

—Siempre puedo encontrar tiempo si es necesario —declaró sir Ross, medio apoyado contra su escritorio y con los brazos cruzados, en un tono que Sophia no le conocía—. Dice usted que teme por la seguridad de su hermana, señorita Trimmer. Le ruego que me explique el motivo de tal preocupación.

Temblando, la mujer cogió con fuerza los extremos de su chal y comenzó a hablar con voz entrecortada.

—Mi hermana menor, Martha, está casada con Jeremy Fowler —dijo, y, sobrepasada por la emoción, se detuvo.

—¿A qué se dedica el señor Fowler? —preguntó Ross.

—Es farmacéutico. Viven arriba de la tienda que tienen en el mercado de St. James. Hay problemas entre ellos y... —Se detuvo de nuevo y comenzó a retorcer el chal con frenesí—. Hace un mes ella hizo algo que lo enfureció y desde entonces no he vuelto a verla.

—¿Se ha ido de casa?

—No, señor. Fowler tiene a Martha encerrada en una habitación y no la deja salir. Hace casi cuatro semanas que la tiene así y nadie puede entrar a verla. Creo que ha enfermado y le he suplicado a Fowler que la deje salir, pero no quiere; todavía no piensa levantarle el castigo.

—Y ¿cuál es la causa de ese castigo? —preguntó Ross con calma.

Las mejillas de la mujer enrojecieron de vergüenza.

—Creo que Martha le engañó con otro hombre. Sé que fue un gran error por su parte, pero tiene buen corazón, y estoy segura de que se arrepiente y quiere que Fowler la perdone. —Sus ojos se llenaron de lágrimas que se enjugó con el chal—. Nadie quiere ayudarme a liberar a mi pobre hermana, todos dicen que es un asunto entre marido y mujer. Fowler dice que lo ha hecho porque él la ama y sin embargo ella le ha hecho mucho daño. Nadie, ni siquiera el resto de mi familia, le reprocha que la haya encerrado.

—Nunca he entendido ese supuesto amor por el que los hombres maltratan a sus esposas —dijo Ross, con la mirada fría—. En mi opinión, un hombre que realmente ame a una mujer nunca debería hacerle daño intencionadamente, a pesar de lo grande que fuera el engaño. —Su mirada se ablandó cuando miró a la mujer desesperada que tenía delante—. Enviaré un agente a la residencia de los Fowler inmediatamente, señorita Trimmer.

—¡Oh, señor! —balbuceó la mujer, aliviada—. ¡Gracias y que Dios lo bendiga!

—¿Sabe qué hombres están disponibles hoy, señorita Sydney? —le preguntó Ross a su nueva secretaria.

—Sayer y Ruthven —contestó Sophia, alegrándose de que Cannon quisiese liberar a la cautiva Martha. Dado que por lo común se pensaba que los maridos tenían el derecho de hacer lo que quisiesen con sus mujeres, no le habría sorprendido que sir Ross hubiera rehusado ayudar a aquella mujer.

—Dígale a Ruthven que venga.

Sophia obedeció con celeridad y pronto volvió con Ruthven, un agente corpulento y de pelo castaño, de facciones duras y temperamento agresivo. Era de sobra conocido su apetito por la lucha física y pocos hombres se atrevían a provocarlo. Lamentablemente, su mente no estaba capacitada para atender tareas de investigación, y por ese motivo Ross lo utilizaba para asuntos que requerían más fuerza física que cerebral.

—Ve con la señorita Trimmer al mercado de St. James —le ordenó Ross—. Ella te llevará hasta las habitaciones que hay arriba de la farmacia de Fowler, donde su hermana permanece cautiva desde hace casi un mes. Haz lo que sea necesario para liberarla, y ten en cuenta que cabe la posibilidad de que su marido oponga resistencia.

El agente se dio cuenta de que había sido llamado para intervenir en una disputa conyugal y frunció el entrecejo ligeramente.

—Señor, estaba saliendo para el Tothill Bank; ha habido un robo, y yo...

—Ya tendrás tiempo de ganarte tus comisiones privadas más tarde —dijo sir Ross—. Esto es más importante.

—Sí, señor. —Ruthven, claramente molesto, se volvió para marcharse.

—Ruthven —dijo Ross en voz baja—, ¿qué pasaría si fuera tu hermana la que llevase un mes encerrada en una habitación?

El agente consideró sus palabras, y de repente pareció avergonzado.

—Me ocuparé de ello inmediatamente, sir Ross.

—Bien —dijo el magistrado con brusquedad—. Después de que hayas liberado a la señora Fowler, quiero interrogar a su marido.

—¿Lo llevo directamente al calabozo, señor?

—No, llévalo a Newgate. Que espere ahí y que piense en sus acciones antes de que yo hable con él.

Mientras el agente acompañaba a la señorita Trimmer a la salida, Sophia se acercó a sir Ross y lo miró, pensativa. Cannon permanecía medio apoyado contra el escritorio. Estaba meditabundo y se le habían formado hoyuelos a cada lado de la boca. Aunque Sophia conocía la compasión que sentía el magistrado jefe por las mujeres y los niños, le sorprendió su decisión a la hora de inmiscuirse en un conflicto entre marido y mujer. Una esposa era considerada legalmente propiedad de su marido, el cual podía hacer con ella lo que le viniera en gana.

—Eso ha sido muy amable por su parte —le dijo.

—Me gustaría hacer sufrir a Fowler lo mismo que él ha hecho sufrir a su mujer —reconoció sir Ross, sin dejar de fruncir el entrecejo—. Sólo puedo retenerlo en Newgate tres días, lo cual no es suficiente.

Sophia estaba de acuerdo, pero no pudo resistirse a ejercer de abogado del diablo.

—Muchos dirían que la señora Fowler se merecía ese castigo por acostarse con otro hombre —señaló.

—A pesar de su comportamiento, su marido no tiene derecho a castigarla de esa manera.

—¿Cuál sería su reacción si su mujer lo engañase con otro?

Aquella pregunta sorprendió al magistrado. De golpe, Sophia había dirigido la conversación hacia el terreno personal. Sir Ross la miró con cautela y la tensión repentina le hizo contraer los hombros.

—No lo sé —admitió—. Mi esposa no era la clase de mujer que hubiera sucumbido a esa tentación en particular. Ese tema nunca me preocupó.

—¿Y si se hubiera vuelto a casar? —le preguntó Sophia, que se había quedado prendada con la vívida mirada plateada de sir Ross—. ¿No le preocuparía la fidelidad de su mujer?

—No.

—¿Por qué?

—Porque la tendría tan ocupada en la cama que no tendría tiempo ni ganas de buscar la compañía de otro hombre.

Aquellas palabras impactaron a Sophia. Eran el reconocimiento de nada menos que un insaciable apetito sexual. Eso confirmaba todo lo que había sabido de sir Ross hasta ese momento. Sir Ross no era alguien que hiciese nada a medias. Sin poder evitarlo, Sophia se imaginó cómo sería yacer junto a él en la intimidad, con la boca de él sobre sus pechos y sus manos moviéndose por su cuerpo. Notó un intenso calor en la cara.

—Perdón —le dijo Ross en voz baja—. No debí haber sido tan franco.

Otra sorpresa. Sophia nunca había conocido a un hombre de ninguna clase que se hubiera rebajado para disculparse ante un empleado, menos si éste era mujer.

—Ha sido culpa mía —consiguió articular ella—. No tendría que haberle hecho una pregunta tan personal; no sé por qué lo he hecho.

—¿En serio?

Sus miradas volvieron a cruzarse y el calor que desprendían los ojos de él hacían que a ella le costase respirar.

Sophia trataba de descubrir más cosas del carácter y los sentimientos de Cannon. Por supuesto, todo era con el fin de manipularlo, todo formaba parte de su plan para conseguir que él se enamorase de ella. Por desgracia, le era difícil ignorar la creciente atracción que sentía hacia el hombre del que pretendía vengarse. Cuando finalmente se acostasen juntos, deseaba poder mantenerse fría y distante. Sin embargo, había muchas cualidades de él que le seducían, como su inteligencia, su compasión por las criaturas vulnerables y la intensa necesidad de afecto que había bajo su rígida fachada.

Justo cuando su corazón comenzaba a ablandarse, Sophia recordó a su hermano muerto y la determinación por vengarlo resurgió con fuerza. John debía ser vengado o, si no, su vida no tendría sentido. Olvidar el pasado sería como haberle fallado, y eso era algo que ella no podía permitirse.

—Supongo que siento curiosidad por usted —dijo Sophia, después de meditar su respuesta—. Casi no habla de usted, ni de su pasado.

—Hay poco en mi pasado que pueda interesarle —le aseguró sir Ross—. Soy un hombre normal de una familia igualmente normal.

Tal afirmación debería haber denotado falsa humildad. Después de todo, sir Ross era alguien de reconocidos logros y capacidades. No cabía duda de que era consciente de sus éxitos, de su mente privilegiada, de su buena planta y de su impecable reputación. Sin embargo, Sophia se dio cuenta de que no se consideraba superior a nadie. Se exigía tanto a sí mismo que nunca podría vivir según los imposible niveles que se marcaba.

—Usted no es normal —susurró ella—. Es fascinante.

Sir Ross era abordado a menudo por mujeres que tenían interés en él. Su condición de atractivo viudo con buena situación económica y una influencia política y social considerable, le hacía ser probablemente el hombre más codiciado de Londres. Aun así, el descarnado comentario de Sophia lo había pillado por sorpresa. La miró perplejo, incapaz de formular una respuesta.

El silencio se tornó insoportable y, finalmente, Sophia habló para romper el hielo.

—Voy a encargarme de la cena. ¿Comerá usted en la cocina o aquí?

—Mándeme una bandeja aquí —respondió Ross, fijando la mirada en su escritorio—. Esta noche tengo que terminar algunas cosas.

—Debería dormir un poco —le aconsejó Sophia—. Trabaja demasiado.

Ross cogió una carta que había sobre la mesa y rompió el lacre.

—Buenas noches, señorita Sydney —murmuró sin mirarla.

Sophia salió del despacho y avanzó por el pasillo con el entrecejo fruncido. ¿Qué le importaba a ella si sir Ross no quería descansar debidamente? Que trabaje hasta la tumba, pensó; poco le preocupaba si aquel pobre cabezota se arruinaba la salud. Sin embargo, no podía evitar sentirse irritada al pensar en las ojeras de Cannon. Llegó a la conclusión de que su preocupación provenía de su sed de venganza; después de todo, resultaba muy difícil seducir a un hombre cuando éste estaba exhausto y medio famélico.

Los días en que sir Ross hacía de juez en funciones, Sophia le llevaba la comida al despacho, poco después de que acabasen las sesiones en el tribunal. Mientras él comía en su escritorio, ella le ordenaba los papeles, quitaba el polvo de los estantes y llevaba informes al archivo de criminales. Sin embargo, sir Ross se saltaba muchas comidas, ya que las consideraba una inoportuna interrupción de su trabajo.

La primera vez que Cannon había rechazado el almuerzo, diciéndole a Sophia que estaba muy ocupado ésta dijo que le ofrecería el plato a Vickery, que estaba transcribiendo un informe de un agente.

—Vickery también está ocupado —dijo Ross sin más—. Será mejor que se lleve el plato.

—Sí, señor —contestó Sophia—. Quizá más tarde...

—Pues yo comería algo —la interrumpió Vickery, con la mirada puesta en la bandeja. A Vickery, un tipo rechoncho y de apetito voraz, no le gustaba saltarse una comida—. Eso huele muy bien, señorita Sydney; ¿puedo saber qué es?

—Salchichas a las finas hierbas con patatas y guisantes con crema.

A Ross se le abrió el apetito al percibir el agradable aroma que provenía de la bandeja. Últimamente, Sophia había estado echando algo más que una mano en la cocina, enseñándole a la inepta Eliza cómo preparar platos comestibles. Tenía muy en cuenta lo que le gustaba a sir Ross y lo que no, y había observado que él prefería las comidas bien aderezadas y que tenía una debilidad incurable por los dulces. Durante varios días, Cannon había sucumbido a una tarta de nueces rellena con naranja, a un bizcocho de melaza con pasas, a un hojaldre de compota de manzana... No era extraño, pues, que hubiese comenzado a aumentar de peso. Se le habían llenado los hoyuelos de las mejillas y la ropa ya no le quedaba holgada como antes, lo cual hubiera agradado sin duda a su madre, a la que siempre le había preocupado la delgadez de su hijo.

Vickery cerró los ojos y respiró hondo.

—Guisantes con crema... —repitió—; mi madre solía hacerlos así. Dígame, señorita Sydney, ¿no le habrá puesto una pizca de nuez moscada, tal como solía hacer ella?

—Pues sí...

—Déselo —farfulló Ross—. Es obvio que no puedo tener un momento en paz.

Sophia le dedicó una sonrisa de disculpa y obedeció.

Vickery cogió la bandeja y desdobló la servilleta con alegría.

—¡Gracias, señorita Sydney! —le dijo radiante cuando ésta ya se marchaba.

Mientras Ross iba firmando sentencias, iba escuchando, irritado, cómo Vickery abría y cerraba la boca y como suspiraba de placer mientras devoraba el almuerzo.

—¿Tienes que hacer tanto ruido? —le espetó Ross finalmente, levantando la vista de su escritorio y con el entrecejo fruncido.

Vickery tragó una cucharada de guisantes.

—Perdóneme, señor, pero es una comida propia de reyes. La próxima vez que desee saltarse el almuerzo, yo lo aceptaré encantado.

No habría próxima vez, pensó Cannon, molesto al ver que otra persona estaba disfrutando de su comida. A partir de ese momento, almorzar en su despacho se convirtió en un ritual sagrado, y nadie se atrevió a interferir.

La influencia de Sophia pronto se extendió a otros ámbitos más personales de su vida. Se aseguraba que el recipiente que él usaba para su afeitado matutino siempre estuviera lleno de agua caliente, y le añadía glicerina al jabón de afeitar para ablandar su obstinada barba. Sophia se percató de que sus botas y zapatos necesitaban un buen lustre, por lo que preparó su propia mezcla de betún, y a menudo le encargaba a Ernest que tuviese el calzado de su jefe debidamente lustrado.

Una mañana, Ross descubrió que la mayoría de sus corbatas habían desaparecido del cajón superior de su cómoda. Fue a la cocina en mangas de camisa, donde se encontró a Sophia sentada a la mesa, escribiendo notas en un pequeño libro con las páginas cosidas. Al observar que sir Ross no llevaba abrigo, Sophia le dedicó una mirada de la cabeza a los pies, rápida pero concienzuda. De repente, notando ese signo de discreto interés femenino, a él le costó recordar por qué había bajado a la cocina.

—Señorita Sydney... —comenzó Cannon en tono brusco.

—Las corbatas —lo interrumpió ella, chasqueando los dedos, recordando que las había sacado de la cajonera—. Las lavé y planché ayer, pero me olvidé de devolverlas a su habitación. Ahora mismo enviaré a Lucie a que se las lleve.

—Gracias —dijo Ross, y se distrajo al ver un mechón de pelo dorado y sedoso que se le había escapado a Sophia del moño. Casi sucumbió a la tentación de cogerlo y enroscar esos suaves cabellos en su dedo.

—Antes de que vuelva a su habitación, señor, tiene que saber que algunas de sus corbatas ya no están.

—¿Que no están? —repitió Ross frunciendo el entrecejo.

—Se las he vendido al trapero —le informó Sophia, y esbozó una impúdica sonrisa arriesgándose a que el magistrado protestase—. Había muchas que estaban gastadas y descoloridas. Un hombre de su posición no puede llevarlas de ninguna manera, así que deberá ir a comprarse unas nuevas.

—Ya veo —dijo Ross, que, movido por la impertinencia de su ayudante, se acercó a ella y apoyó una mano en el respaldo de la silla donde estaba sentada. Aunque no llegaba a tocarla, Sophia estaba atrapada—. Bueno, señorita Sydney, puesto que se ha tomado la libertad de deshacerse de mis corbatas, creo que debe ser usted la que se encargue de reemplazarlas. Ernest le acompañará a Bond Street esta tarde y puede comprar las nuevas a mi cuenta. Dejaré la elección a su criterio.

Sophia echó la cabeza atrás para mirarlo y le brillaron los ojos de sólo pensar que tenía que salir de compras.

—Será un placer, señor —dijo.

Ross observó su cara vuelta hacia arriba y se sintió desconcertado. Hacía mucho tiempo que nadie le prestaba tanta atención a asuntos tan triviales como sus corbatas o la temperatura del agua con que se afeitaba. Sin embargo, a una parte de él no le hizo ninguna gracia esa atención casi conyugal de la que cada vez dependía más. Como con todas las cosas que no comprendía, Ross hizo conjeturas sobre los posibles motivos de Sophia para tratarlo de esa manera, pero no encontró ninguna razón por la que ella quisiese mimarlo.

Las gruesas pestañas de Sophia bajaron al observar una vez más el punto donde la camisa de sir Ross dejaba entrever su cuello desnudo. Comenzó a respirar más rápido, revelando así lo que sentía cuando lo tenía cerca. Ross pensó en pasarle la mano por la nuca e inclinarse para besarla, pero hacía mucho tiempo que no se acercaba a una mujer de esa manera y, además, no estaba seguro de que ella aceptase tales atenciones.

—Señorita Sydney —susurró, con la vista clavada en los profundos zafiros de sus ojos—, la próxima vez que quiera deshacerse de mi ropa, será mejor que me avise con antelación —le dijo, y esbozó una pícara sonrisa. Se acercó a ella un poco más y añadió—: me molestaría mucho tener que bajar aquí sin mis pantalones.

Para disgusto de Ross, él no era el único en Bow Street que apreciaba los considerables encantos de Sophia. Tal y como había predicho Morgan, los agentes le iban detrás como una manada de lobos hambrientos. Todas las mañanas, a las nueve, antes de presentarse ante el magistrado jefe, esperaban en la puerta de la cocina para hacerse con las sobras del desayuno. Hablaban y flirteaban con ella, y le contaban exageradas historias de sus logros.

Los hombres descubrieron que Sophia sabía curar pequeñas heridas y comenzaron a inventarse dolores y molestias para reclamar su atención. A Ross se le acabó la paciencia cuando supo que su ayudante había vendado al menos tres peludos tobillos, había aplicado dos cataplasmas y había envuelto una garganta dolorida en el transcurso de una sola semana.

—¡Dígale —le espetó a Vickery—, que si se están volviendo tan puñeteramente enfermizos y debiluchos, que vayan a ver a un maldito matasanos! Le prohíbo a la señorita Sydney que trate más heridas, ¿queda claro?

—Sí, señor —le contestó Vickery, que lo miraba asombrado—. Nunca antes lo había visto tan enfadado, sir Ross.

—¡No estoy enfadado!

—Está gritando y diciendo improperios —señaló Vickery con razón—. Si eso no es estar enfadado, ¿qué es?

Ross trató de salir de la neblina roja que lo rodeaba y, con gran esfuerzo, logró modular el tono de voz.

—Si alzo la voz es con el mero propósito de ser claro —masculló—. Lo que quiero decir es que los agentes no pueden simular lesiones o heridas como excusa para que la señorita Sydney los atienda. Ya tiene que cargar con suficiente responsabilidad como para ser acosada por la pandilla de descerebrados que trabaja para mí.

—Sí, señor —respondió Vickery, que evitó mirarlo a la cara, pero no antes de que Ross viese la sonrisa perspicaz que esbozaban sus labios.

A medida que el rumor sobre la nueva y atractiva empleada de Bow Street fue extendiéndose entre las patrullas, Sophia iba siendo acosada cada vez por más agentes. Ella los trataba a todos con la misma amabilidad, pero Ross presentía que lo que hacía era protegerse a sí misma y a su corazón. Después de la forma en que había sido tratada por aquel amante, cualquier hombre que quisiese ganarse su confianza debería afrontar una dura batalla.

Ross sentía cada vez más curiosidad por el hombre que había abandonado a Sophia; qué aspecto tendría, por qué ella se había fijado en él... Finalmente, no pudo contenerse y le preguntó a Eliza si su secretaria le había contado algo sobre su antiguo amante. Era el día libre de Sophia, que había ido con Ernest de compras por Bond Street. Bow Street parecía extrañamente vacío sin ella y, aunque todavía quedaban varias horas para el final del día, Ross no paraba de mirar el reloj, impaciente.

La cocinera sonrió.

—Si Sophia me ha dicho algo sobre él, sir Ross, fue en la más estricta confidencia. Aparte, el mes pasado usted me llamó la atención acerca de mi afición a chismorrear, y ahora estoy haciendo todo lo posible para enmendarme.

Ross le dirigió una mirada dura y seria.

—Eliza, ¿por qué será que ahora, cuando finalmen-

te me intereso por algo de lo que usted puede chismorrear, ha decidido reformarse?

La mujer rió, mostrando sus maltrechos dientes como si fueran piezas de un rompecabezas.

—Le diré lo que ella me ha contado de él, si me dice
usted qué quiere saber.

—Lo preguntaba simplemente porque me intereso
por el bienestar de la señorita Sydney —alegó Ross, impertérrito.

Eliza resopló, escéptica.

—Se lo diré, señor, pero no debe soltar prenda, o
Sophia se enfadará conmigo. Se llamaba Anthony; me ha
dicho que era joven, guapo y rubio. Le gustan los rubios,
¿sabe?

—Siga —dijo Ross, que frunció el entrecejo al recibir la información.

—Se conocieron mientras Sophia estaba dando un
paseo y él cabalgaba por el bosque. Él la conquistó reci-
tándole poemas y cosas así.

Ross gruñó, molesto. La imagen de Sophia en brazos de otro hombre, sobre todo en los de uno que era rubio y recitaba poesía, le irritó súbitamente.

—Por desgracia —dijo—, el tipo olvidó mencionar
que estaba casado.

—Sí, el muy cobarde la dejó sin más después de obtener el placer que buscaba. Ni siquiera se molestó en decirle que tenía mujer. Sophia dice que nunca más se ena-
morará.

—Algún día se casará —comentó Ross con cinismo—. Sólo es cuestión de tiempo.

—Sí, es posible que así sea —coincidió Eliza, de forma pragmática—. Lo que ha dicho es que nunca más podrá volver a amar.

—Si uno tiene que casarse —dijo Ross, encogiéndose de hombros—, es mejor hacerlo por otras razones aparte del amor.

—Eso es exactamente lo que dice Sophia —dijo Eliza antes de marcharse—. ¡Qué sensatos son los dos! —exclamó, chasqueando la lengua y dejando a sir Ross con el ceño fruncido.

Después de dos semanas de esmerado trabajo, los agentes Sayer y Gee dieron finalmente con Nick Gentry, la popular figura de los bajos fondos de Londres, y cada salón y taberna de la ciudad supo que éste había sido llevado a Bow Street para ser interrogado. No bien llegó a las oficinas, Gentry fue conducido al calabozo, una zona que Sophia aún no conocía. Naturalmente, su curiosidad era creciente, pero sir Ross le había ordenado que no se acercase a ese lugar.

A medida que el rumor sobre la detención de Nick Gentry fue extendiéndose por los barrios bajos y los tugurios de Londres, una multitud cada vez más grande se fue acumulando delante del número tres de Bow Street, de tal forma que cortaba la calle y no podían pasar vehículos. La influencia de Gentry impregnaba cada rincón de la ciudad. Aunque se hacía llamar a sí mismo cazarrecompensas, lo cierto era que había contribuido en gran parte a organizar el crimen de Londres. Dirigía a las bandas en sus actividades ilegales, diciéndoles cómo y cuándo cometer unos delitos que de no ser por su ayuda nunca hubieran intentado. Los carteristas, ladrones, rameras y asesinos acudían a él buscando consejo en asuntos que iban desde almacenar artículos robados hasta ayudar a delincuentes a evitar ser arrestados.

Sophia tenía la esperanza de poder ver a tan notable criminal, pero éste había sido conducido a Bow Street en mitad de la noche. Sir Ross había estado con él en el calabozo todo el rato, sometiéndolo a un largo interrogatorio.

—Sir Ross sólo puede retener a Gentry tres días —le dijo Ernest a Sophia—. Hará todo lo que esté en su mano para que confiese que ayudó a esos hombres a escapar de Newgate, pero Gentry nunca lo admitirá.

—Hablas como si sintieses admiración por Gentry —comentó Sophia.

El chico se sonrojó y meditó la respuesta.

—Bueno... Nick Gentry tampoco es tan malo. A veces ayuda a la gente... les da dinero y trabajo...

—¿Qué clase de trabajos? —preguntó Sophia de forma cortante—. Seguro que no trabajos legales.

Ernest se encogió de hombros, incómodo.

—Y también detiene a ladrones y bandoleros, igual que los agentes.

—Por lo que dice sir Ross —repuso Sophia en voz baja—, Gentry anima a la gente a cometer crímenes y luego los detiene por ello. Es como crear delincuentes para su propio provecho, ¿no crees?

Ernest le lanzó una mirada defensiva y sonrió.

—Sí, señorita Sydney. Gentry tiene sus defectos, pero tampoco es tan malo. No sé cómo explicárselo para que usted lo entienda.

Sin embargo, Sophia sí lo entendía. A veces, pasaba que un hombre era tan carismático que la gente tendía a pasar por alto sus pecados. Parecía que Nick Gentry había cautivado a aristócratas, comerciantes y carteristas por igual; todos en Londres estaban fascinados con él y su rivalidad con sir Ross sólo lo hacía más intrigante.

Sir Ross no salió de los calabozos en todo el día; se limitaba a enviar a Ernest por agua o por el expediente de algún criminal en particular. Sayer y Gee, los dos agentes que habían arrestado a Gentry, también estaban presentes en el interrogatorio, aunque a veces salían a descansar y tomar aire fresco.

Sophia, corroída por la curiosidad, se acercó a Sayer, que estaba en el patio del número cuatro de Bow Street. La multitud que se amontonaba frente al edificio no paraba de pedir a gritos la liberación de Nick Gentry, lo que resultaba muy molesto. Sophia agradecía la verja de hierro que impedía a los manifestantes entrar al edificio, pero temía que alguien decidiese saltarla.

Sayer levantó la cabeza hacia la fresca brisa de primavera y respiró hondo. Aunque el aire estaba impregnado de las típicas esencias londinenses, entre las que destacaban el carbón y el estiércol, le pareció preferible eso a la viciada atmósfera de las celdas. Oyendo pasos sobre las losas del patio, el agente se dio la vuelta y, al ver a la muchacha, sonrió y le brillaron los ojos. Era un hombretón gallardo que flirteaba con cada mujer que conocía, sin importarle la edad, aspecto o estado civil.

—Ah, señorita Sydney, justo la compañía que anhelaba. Sin duda ha venido buscando un encuentro apasionado. Así que finalmente se ha decidido a admitir lo que siente por mí, ¿eh?

—Sí —contestó ella secamente, sabiendo que la mejor forma de tratar a los agentes era mostrando la misma desfachatez que ellos—. Por fin me he imbuido de la romántica atmósfera de Bow Street. ¿Dónde quiere que nos pongamos, señor Sayer?

—Siento tener que decepcionarla, querida señorita —dijo el joven y alto Sayer—. Cannon sólo me ha dado cinco minutos, lo cual no es suficiente. Además, no me gusta revolcarme sobre un suelo de piedra. Le ruego que lo comprenda.

Sophia cruzó los brazos y le dirigió una sonrisa.

—¿Qué sucede en los calabozos, Sayer?

El agente suspiró, repentinamente preocupado.

—Cannon no le ha sacado demasiado a Gentry; es como tratar de serrar un roble con un cuchillo de mantequilla. De todas formas, sir Ross sigue insistiendo —dijo. Se frotó la cara y bostezó—. Supongo que ya es hora de que vuelva allí.

—Buena suerte —dijo Sophia, compadeciéndose de él al verlo cruzar el patio hacia la puerta que conducía a los calabozos.

A medida que se acercaba la noche, los ánimos de la gente aglutinada ante Bow Street se fueron caldeando. Sophia vio por la ventana que algunos de los que protestaban blandían palos y que en la calle se habían encendido hogueras con muebles viejos. El Oso Marrón, la taberna, había repartido botellas de licor y la gente bebía a sus anchas. Para horror de Sophia, la gente había comenzado a asaltar las casas colindantes, rompiendo las ventanas y tratando de derribar las puertas con palos y puños.

Para cuando hubo caído la noche, la multitud ya se había desquiciado completamente. Ernest apareció en el número cuatro y les dijo a Sophia y a los sirvientes que se quedaran dentro. Los agentes disponibles trataban de dispersar a la gente; en caso de no poder hacerlo, pedirían ayuda al ejército.

—No hay por qué preocuparse —le dijo Eliza con voz entrecortada y semblante pálido—. Los agentes sofocarán los disturbios. Son hombres buenos y valientes; nos mantendrán a salvo.

—¿Dónde está sir Ross? —le preguntó Sophia, intentando mantener la calma, a pesar de que los gritos de la multitud estaban acabando con sus nervios.

—Sigue en los calabozos con Gentry —contestó Ernest—. Dice que él mismo le pegará un tiro a Gentry antes de dejar que la gente lo rescate.

Mientras el chico corría de vuelta al edificio adyacente, Sophia volvió a la ventana y se estremeció al ver que la muchedumbre lanzaba piedras y botellas contra la casa.

—¡Esto es una locura! —exclamó—. ¿Sabe sir Ross cómo están las cosas? ¡No tardarán mucho en reducir este lugar a escombros!

De repente, las tres mujeres pegaron un respingo al ver cómo una piedra hacía añicos la ventana.

—¡Dios mío! —exclamó Eliza.

—¡Que el cielo nos proteja! —chilló Lucie, que tenía los ojos como platos—. ¿Qué hacemos?

—Apartarnos de las ventanas —dijo Sophia—. Yo me voy a los calabozos.

El ruido de fuera era ensordecedor y el aire estaba cargado de humo. Aunque todavía nadie había conseguido escalar la verja, Sophia vio cómo la gente, enfurecida, se iba pasando una escalera. Se recogió el vestido, corrió a través del patio y abrió la puerta que conducía a los calabozos.

Las escaleras bajaban hacia un hueco oscuro. Sophia descendió con cuidado, ya que los escalones eran resbaladizos. Las paredes estaban cubiertas de moho y el aire estaba impregnado de un olor acre que le recordaba a la orina. Oyó voces masculinas, entre ellas la de Ross. Siguió una tenue luz que había al final de las escaleras y llegó hasta un estrecho pasillo que daba a los calabozos. Una lámpara iluminaba tenuemente los barrotes de tres celdas y formaba una parrilla de sombras sobre el polvoriento suelo. En un extremo había una mesa y varias sillas colocadas junto a un orificio de ventilación con barrotes que daba a la calle, y a través del cual se filtraba el incesante rugido de la muchedumbre.

Sophia vio a dos agentes, a sir Ross y a un hombre alto y elegante apoyado de forma insolente contra la pared, con las manos metidas en los bolsillos de su abrigo. Tenía que ser Nick Gentry, pensó. Sin embargo, antes de que pudiera verle bien la cara, sir Ross se acercó a ella rápidamente.

—¿Qué está haciendo aquí? —exclamó; su voz denotaba una determinación que hizo estremecer a Sophia.

A pesar del frío que hacía allí abajo, Ross estaba en mangas de camisa y a través del ceñido lino blanco podían verse sus anchos hombros y los firmes músculos de sus brazos. Tenía el cuello de la camisa desabrochado, por lo que se revelaba el borde de su grueso vello pectoral. La mirada atónita de Sophia se elevó hacia el rostro de su jefe, severo y fiero, y cuyos ojos grises ardían de rabia.

—Le ordené que no bajase aquí —la increpó Ross. Aunque no gritaba, su voz resonaba con furia.

—Lo siento, pero hay algo que debe saber...

—Cuando yo le diga que no haga algo, obedézcame, ocurra lo que ocurra, ¿entendido?

—Sí, mi amo y señor —contestó sarcásticamente Sophia, cuya tensión y preocupación se tornaron enfado—. He pensado que tenía que saber que la turba está a punto de asaltar el número cuatro. Los agentes no podrán contenerla durante mucho más tiempo; están rompiendo las ventanas. Si no llama pronto al ejército, tirarán abajo los dos edificios.

—Sayer —le dijo sir Ross al agente—, vaya a echar un vistazo fuera; si la situación lo requiere, envíe una partida de guardias a caballo. Y usted —dijo, dirigiéndose a Sophia—, vaya arriba y quédese dentro hasta que yo se lo diga.

Contrariada por la forma autoritaria en que Cannon le habló, asintió y se marchó tan rápido como le permitieron los pies.

En cuanto el ama de llaves abandonó los calabozos, Nick Gentry, que había estado contemplando el orificio de ventilación, se dio la vuelta.

—Bonito elemento —comentó, refiriéndose obviamente a Sophia—. ¿La tienes puliendo los metales para ti, Cannon? Creo que cuando hayas acabado con ella me la agenciaré yo.

Ross, que conocía la jerga de la calle, sabía exactamente lo que significaba «pulir los metales».

Se refería a un estilo de cama de hierro y a las actividades que en ella podían tener lugar. Normalmente, las provocaciones de los prisioneros no le afectaban, sin embargo, en esta ocasión estuvo a punto de perder el control. La referencia a Sophia como si se tratase de una vulgar prostituta era lo que le faltaba para que su furia se disparase.

—O cierras tu asquerosa bocaza —le soltó a Gentry—, o lo haré yo por ti.

Gentry sonrió, satisfecho con el éxito de su comentario.

—¿Has estado todo el día tratando de hacerme hablar y ahora quieres que cierre el pico?

Nick Gentry era elegante y joven. También era guapo, de pelo castaño, ojos azules y sonrisa fácil. Su acento, aunque no era el de un caballero, era más refinado que el del *cockney** medio. Casi se le podía confundir con uno de aquellos jóvenes aristocráticos que se dedicaban al juego y a perseguir faldas mientras aguardaban cobrar sus herencias. Sin embargo, había algo en su cara que decía que se trataba de una criatura de la calle, una frialdad que se mostraba en sus ojos y que restaba alegría a su son-

---

* Persona originaria del East End londinense, tradicionalmente de clase obrera. *(N. del T.)*

risa. En algún momento de su pasado, Nick Gentry había aprendido que la vida era una amarga carrera por la dominación. Pretendía ganar esa carrera y no actuaba bajo ninguna regla reconocible. A Ross le parecía asombroso que un sucio bastardo como aquél se hubiera ganado tantos adeptos entre el público.

Gentry le dirigió una sonrisa socarrona, como si pudiera leerle la mente.

—Tienes un problema entre manos, Cannon. Escucha a la gente; tirarán abajo este lugar si no me sueltas.

—No te moverás de aquí en dos días —le aseguró Ross—. Te vas a quedar en el calabozo tanto como pueda retenerte legalmente, así que ya puedes ir poniéndote cómodo.

—¿En este nido de cucarachas? —contestó Gentry con desprecio—. ¡Ni lo sueñes!

3

Cuando Sophia salió al patio, se alarmó al descubrir que la turba estaba fuera de control. Había gente escalando la valla, cayendo al suelo y escurriéndose como ratas hacia el interior del edificio. Un grupo de agentes a pie y a caballo se afanaban en dispersar a los alborotadores, pero su esfuerzo parecía vano.

Sophia corrió al interior del número tres buscando cobijo, pero, por desgracia, la situación allí no era mejor. Todas las salas y los pasillos parecían estar llenos de gente y el griterío hacía vibrar las paredes. Los agentes habían arrestado a los manifestantes más violentos, a los que se llevaban a las salas de detención.

Vickery luchaba con el libro de registros, en un frenético intento por anotar los nombres de quienes eran arrestados. Vio a Sophia y le gritó algo, pero el ruido era ensordecedor. «¡Salga de aquí!», parecía estar diciéndole Vickery con gestos de que se marchase.

Sophia se dispuso a obedecer pero seguía entrando gente por las puertas. La turba la empujaba y ella luchaba por conservar el equilibrio. Hacía calor, el estruendo era cada vez mayor y en el aire flotaba un desagradable olor a alcohol y cuerpos sudorosos. Comenzó a ser golpeada por codos y hombros que la aplastaron contra la pared.

Trató de no sucumbir al pánico; buscó a Vickery, pero ya no podía verle.

—¡Vickery! —gritó, pero su voz se perdió entre el vocerío—. ¡Vickery!

Algunos alborotadores comenzaron a tirarle del vestido y a buscar brutalmente sus senos. Le arrancaron trozos de tela y la visión de uno de sus hombros al descubierto encendió la libido de algunos. Trató de apartar las manos que la acosaban a golpes, pero la empujaron contra la pared hasta que se quedó sin aliento. Alguien le tiró del pelo y sintió un agudo dolor en el cuero cabelludo que le hizo brotar lágrimas de dolor.

—¡Venid aquí, rápido! —exclamó un agente, luchando para llegar hasta ella—. ¡Quitadle las manos de encima, bastardos!

Sophia se giró, tratando de evitar los cuerpos que la acorralaban y apretó la cara de lado contra la pared. Hizo un esfuerzo por tomar aire, ya que la presión la estaba dejando sin respiración. Pensó que le iban a quebrar las costillas. Estaba terriblemente aturdida y le costaba pensar.

—Apartaos de mí —pidió entre sollozos—. Parad de una vez, parad...

De repente, la presión cesó y oyó cómo los hombres que estaban a su alrededor gritaban de dolor. Confundida, se dio la vuelta y vio a una figura grande y oscura que se abría paso entre aquel mar de cuerpos apelotonados. Era sir Ross, cuyos ojos grises la miraban directamente. Había una extraña expresión en su rostro, a la vez perdida y violenta. Ross se abría camino con eficiente brutalidad y parecía no importarle ir dejando tras de sí moretones y narices sangrantes.

Cuando llegó hasta ella, la tomó entre sus brazos, protegiéndola con su propio cuerpo. Sophia se aferró a él, aceptando su protección ciegamente. Cannon estaba todavía en mangas de camisa, la cual estaba empapada de sudor. Sophia, pegada al ancho pecho de Ross, oyó cómo el magistrado, con su poderosa voz, anunciaba a los alborotadores que Nick Gentry seguiría detenido y que todo aquel que hubiera entrado en las oficinas sería arrestado y enviado a Newgate. Sus palabras tuvieron un efecto inmediato. Los que estaban más cerca de la puerta comenzaron a dispersarse rápidamente, ya que no tenían ninguna intención de ser encarcelados en «el florero de piedra», como solía llamar la gente a la siniestra prisión.

—Jensen, Walker, Gee —llamó sir Ross a sus agentes—, llevad a los detenidos a las oficinas del otro lado de la calle y encerradlos en el sótano. Flagstad, haz venir más patrullas a caballo para que dispersen a la multitud. Vickery, ya recogerá los nombres de los detenidos después, ahora vaya dentro y pronuncie la acusación de motín tan alto como le sea posible.

—Señor, no recuerdo las palabras exactas de la acusación de motín —reconoció el empleado con nerviosismo.

—Pues invéntese algo —soltó Ross.

El comentario provocó las carcajadas de varios desmandados. Cuando los agentes comenzaron a trasladar a la gente fuera, el aglutinamiento de cuerpos se diluyó.

Sophia se estremeció al notar cómo alguien trataba de meterle la mano bajo la falda. Se apretó contra sir Ross y colocó los brazos contra su firme pecho. Antes de que ella dijese una palabra, Cannon se dio cuenta de la situación.

—¡Tú! —le gritó al sobón que se encontraba detrás de Sophia—. Vuelve a ponerle la mano encima a esta mujer y perderás una parte de tu anatomía.

Inmediatamente, otro barullo de risas invadió el vestíbulo.

Protegida por el abrazo de sir Ross, Sophia se maravilló por la forma en que la mera presencia de éste bastaba para dominar a la multitud. Todo se había convertido en un caos, pero Cannon había restablecido el orden en menos de un minuto. Sir Ross la cubrió con todo su cuerpo.

La muchacha mantuvo la mejilla apretada contra el pecho del magistrado, sintiendo el rítmico pero veloz latido de su corazón. Aspiró el fresco aroma de su jabón de afeitar, del café que tomaba cada día y del regusto salado de su sudor. El oscuro vello del pecho le hacía cosquillas en la mejilla. Anthony no tenía vello en el pecho; ¿cómo sería reposar la cabeza contra esa mata tan masculina? Sophia tragó saliva y observó la capa grisácea que cubría la mandíbula y la barbilla de sir Ross, que aún tenía su mano contra su espalda. Sophia pensó en cómo sería sentir esa misma mano contra el pecho, aquellos largos dedos recorriéndole su delicada piel, su pulgar rozándole el pezón...

Dios mío, no pienses en eso, se ordenó para sus adentros. Sin embargo, sentía un extraño cosquilleo por todo el cuerpo y sólo podía respirar en pequeños suspiros. Era lo único que le permitía reprimir su deseo de entregarse sin condiciones, de besarlo en la boca.

—No pasa nada —le susurró Ross tiernamente al oído—. No tenga miedo.

Cannon había pensado que ella temblaba de miedo. Bien, era mucho mejor que pensase que era una tonta cobarde a que sospechase la verdad. Mortificada, Sophia trató de recobrar la calma. Se humedeció los labios y habló contra la camisa de sir Ross.

—Me alegro de que por fin haya decidido hacer algo —le dijo, tratando de sonar insolente—. Se ha tomado su tiempo, ¿eh?

Ross emitió un sonido apagado que podría haberse interpretado como de irritación o de diversión.

—Estaba ocupado con Gentry.

—Pensaba que acabaría aplastada —dijo ella con voz temblorosa, y se quedó atónita cuando sir Ross la apretó más contra él.

—Está a salvo —le susurró—. Nadie va a hacerle ningún daño.

Sophia se dio cuenta de que Ross estaba más que dispuesto a protegerla y decidió que aquélla era una oportunidad de oro para sacar partido. Conocía a sir Ross lo suficiente para tener la certeza de que no podría resistirse a una damisela en peligro.

Aunque una parte de ella se sentía asqueada, siguió aferrada a él como si el miedo la hubiese vencido.

—He llamado a Vickery, pero no podía oírme —dijo, con afectado tono lastimero.

Ross le frotó la espalda, tratando de reconfortarla. Aunque Sophia intentó ignorar el placer que sentía, aquella sensación la excitó súbitamente. Cerró los ojos y se preguntó cuánto tiempo podría aguantar la lenta caricia de su mano. Apretó los senos, cada vez más hinchados, contra el pecho de Ross, y los pezones se le pusieron más duros.

Él le apartó suavemente un mechón de pelo de detrás de la oreja. El roce de sus dedos hizo que Sophia sintiese un repentino calor por todo el cuerpo.

—¿Le han hecho daño, Sophia?

—Estoy... un poco magullada —dijo ella y, simulando estar nerviosa, le pasó los brazos por detrás del cuello y se aferró con fuerza. La cercanía de aquel fuerte cuerpo masculino la hacía sentir segura y protegida. Sintió ganas de permanecer así para siempre. Sir Ross era su enemigo, se recordó; sin embargo, de momento eso no le importaba ni la mitad de lo que tendría que haberle importado.

Ross echó una mirada amenazante alrededor mientras el vestíbulo se vaciaba. Sophia suspiró al ver cómo Ross se inclinaba para levantarla en brazos.

—Oh, no hay necesidad; puedo caminar, no...

Cannon hizo caso omiso de sus quejas y la llevó en volandas en dirección a las escaleras. Para una mujer acostumbrada a cuidar de sí misma, era sumamente molesto tener que desempeñar el papel de la dama desvalida. Sin embargo, era necesario para conseguir sus objetivos. Sonrojada, se aferró a la férrea anchura de los hombros de sir Ross.

Por fortuna, los agentes y los pocos alborotadores que quedaban estaban demasiado ocupados para prestarles atención.

Cuando llegaron a su despacho, sir Ross la puso de pie con sumo cuidado.

—¿Se encuentra bien?

Ella asintió, con el corazón latiéndole velozmente.

—Quiero que hablemos de algo —le dijo él en voz baja—. Cuando usted bajó a los calabozos hace un rato, yo me encontraba en un momento especialmente tenso del interrogatorio, y...

—Lo siento.

—Déjeme terminar —una súbita sonrisa apareció en su rostro—. Nunca he conocido a nadie tan propenso a interrumpirme.

Sophia trató de mantener la boca cerrada y la sonrisa de Ross se ensanchó.

—Interrogar a Gentry no es algo agradable. He estado de muy mal humor toda la tarde y verla a usted allí abajo fue la gota que colmó el vaso. Rara vez pierdo los nervios y lamento haberlo hecho delante de usted.

Le pareció asombroso que un hombre de su posición se disculpase por algo tan insignificante. Nerviosa, se humedeció los labios y le preguntó:

—¿Por qué es tan importante que me mantenga alejada de allí?

Ross tomó con cuidado el mechón de pelo rubio que le había caído a Sophia sobre el hombro. Sus largos dedos acariciaron las hebras doradas como si estuviesen impregnándose del perfume de una flor.

—Cuando la contraté me prometí a mí mismo que trataría de protegerla. Hay algunas cosas a las que una mujer nunca debería estar expuesta. Los calabozos han albergado a algunas de las personas más malvadas de este mundo.

—¿Como Nick Gentry?

Sir Ross frunció el entrecejo.

—Sí. Ya es bastante malo que esté expuesta a la chusma que pasa por Bow Street a diario; no le permitiré que se aproxime a hombres como Gentry.

—Ya no soy una niña; no necesito que me protejan de nada. Soy una mujer de veintiocho años.

Por alguna razón, a sir Ross el comentario le hizo gracia.

—Bueno, a pesar de su avanzada edad, me gustaría preservar su inocencia tanto como fuera posible.

—Pero no soy inocente. Debería saberlo después de lo que le conté sobre mi pasado.

Ross soltó el mechón de pelo y le acarició las mejillas con la yema de los dedos.

—Es inocente, Sophia. Como ya le he dicho, usted no debería estar trabajando aquí. Debería estar casada con alguien que se preocupase por usted.

—Yo nunca me casaré.

—¿No? —dijo sir Ross; para sorpresa de Sophia, ni

se burló ni se rió—. ¿Por qué? ¿Por ese desengaño amoroso? Ya lo superará con el tiempo.

—¿Usted cree? —repuso ella, incrédula. No era el engaño de Anthony lo que le había provocado ese escepticismo ante el amor, sino lo que había aprendido de sí misma.

—Hay muchos hombres en los que merece la pena confiar —le dijo él muy seriamente—; hombres que la tratarían con la honestidad y el respeto que usted se merece. Algún día dará con uno y acabará casándose.

Sophia le lanzó una mirada coqueta por debajo de sus pestañas.

—Pero si me voy de Bow Street, ¿quién cuidaría de usted?

A Ross se le escapó una sonora carcajada y retiró las manos del rostro de la muchacha. Sin embargo, buscó los ojos de Sophia, que sintió como se le tensaban las entrañas.

—No puede pasarse el resto de su vida trabajando para un magistrado viejo y antipático —le dijo él.

Sophia sonrió por la forma en que sir Ross se describió a sí mismo. Pero, en lugar de discutir sobre el tema, volvió la vista y observó el despacho con ojo crítico.

—Voy a ordenar un poco todo esto.

Él negó con la cabeza.

—Ya es tarde; necesita descansar. Su trabajo puede esperar hasta mañana.

—Muy bien, me iré a dormir... si usted también lo hace.

A Ross no pareció molestarle demasiado la sugerencia.

—No; todavía me queda mucho por hacer. Buenas noches, señorita Sydney.

Sophia era consciente de que tenía que obedecer sin

rechistar, pero las ojeras de sir Ross y los profundos hoyuelos a cada lado de sus labios eran prueba de que estaba exhausto. Por el amor de Dios, ¿por qué se esforzaba tanto?

—No necesito más sueño del que usted necesita, señor. Si usted se queda hasta tarde, soy perfectamente capaz de hacer lo mismo; yo también tengo trabajo que hacer.

Sir Ross frunció el entrecejo de forma autoritaria.

—Váyase a la cama, señorita Sydney.

—No hasta que usted lo haga —contestó ella sin pestañear.

—La hora en que me voy a dormir no tiene nada que ver con la suya —dijo él, cortante—, a menos que esté sugiriendo que nos vayamos juntos a la cama.

No cabía duda de que con ese comentario pretendía intimidarla. A Sophia le vino a la mente una respuesta insolente, tan atrevida que tuvo que morderse la lengua. Pero luego pensó: ¿por qué no? Ya era hora de demostrarle el interés que él despertaba en ella; había llegado el momento de dar un paso más en su plan de seducción.

—De acuerdo —dijo ella rápidamente—. Si eso es lo que hay que hacer para que duerma como debería, que así sea.

Ross palideció. Hubo un tenso silencio. Dios mío, pensó Sophia en un ataque de pánico, ahora sí la he hecho buena. No podía predecir cómo iba a reaccionar sir Ross. Como el caballero notoriamente célibe que era, debería rechazar su propuesta. Sin embargo, había algo en su expresión, en el gris de sus ojos, que hizo que Sophia se preguntase si su jefe no se estaría planteando aceptar su impulsiva invitación. Y en el caso de que fuera así, ella tendría que seguir adelante y dormir con él. Ese pensamiento la dejó helada; era lo que había planeado, lo que deseaba conseguir, pero de repente se sintió aterrorizada.

Se dio cuenta de cuánto lo deseaba.

Muy despacio, sir Ross se fue acercando mientras ella iba retrocediendo paso a paso, hasta que chocó contra la puerta. Cannon puso ambos brazos sobre la puerta a cada lado de la cara de Sophia, sin dejar de observar atentamente su expresión de sorpresa.

—¿Mi cama o la suya? —preguntó él con dulzura, esperando tal vez que la mujer saliese corriendo de allí.

Sophia era un manojo de nervios.

—¿Cuál prefiere? —le soltó.

—La mía es más grande —respondió él, estudiándola con la mirada, una mirada que casi podía acariciarla.

—Oh —fue todo lo que Sophia consiguió susurrar. El corazón le latía con tanta fuerza que parecía a punto de salírsele del pecho, y eso le dificultaba la respiración.

Sir Ross la miraba como si le pudiese leer cada pensamiento y sentir cada emoción.

—Sin embargo —murmuró él, hablando con más lentitud—, si nos acostamos juntos, dudo que descansemos demasiado.

—Su... supongo que no —coincidió Sophia.

—Por tanto, creo que sería mejor que nos ciñéramos a nuestros hábitos de siempre.

—Nuestros hábitos...

—Yo me voy a mi cama y usted a la suya.

Sophia sintió una sensación de alivio por todo el cuerpo, pero al mismo tiempo fue consciente de una sutil decepción.

—¿No se quedará despierto hasta tarde, pues? —le preguntó.

A Ross le causó gracia la perseverancia de su ayudante.

—Vaya por Dios, qué tenaz que es usted. No, no lo haré. Tengo miedo de las posibles consecuencias —dijo, y se apartó de Sophia—. Señorita Sydney, sólo una cosa más.

—¿Sí, señor?

Sir Ross se acercó a ella y le pasó la mano por la nuca. Sophia estaba demasiado anonadada como para moverse o respirar cuando vio como él acercaba su boca a la suya. Sólo le rozó los labios y le tocó el cuello, pero ella se quedó tan inmóvil como si estuviera encadenada.

No había tenido tiempo para prepararse; estaba indefensa y asombrada, incapaz de reaccionar. Al principio, él la besó con una ternura exquisita, como si tuviese miedo de hacerle daño. Luego apretó sus labios sobre los de ella, pidiéndole más. El sabor de Ross, su aroma íntimo aunado con el gusto a café, le afectó como si de una droga se tratase. La lengua de sir Ross se abrió paso entre los dientes de Sophia, explorándola con suavidad. Cannon saboreó aquella boca, lamiendo el húmedo interior de las mejillas. Anthony nunca la había besado de aquella manera, alimentando su creciente excitación como si echara leña a una hoguera. Sophia, aturdida y derrotada por la habilidad de sir Ross, se apretó contra él y lo sujetó con fuerza de la nuca.

Dios, cómo deseaba que la estrechase con fuerza y la apretase contra su... Pero sir Ross seguía tocándola con una sola mano y consumía su boca con paciente apetito. A Sophia se le ocurrió instintivamente una forma de liberar toda la pasión que notaba en sir Ross. Le cogió las mejillas y comenzó a acariciárselas. Ross emitió un leve sonido gutural. De repente, la agarró por los hombros y la apartó de él. Sophia clavó su mirada en los ojos de Ross, preguntándose qué sucedía. El silencio sólo era interrumpido por la agitada respiración de ambos; jamás ningún hombre había mirado a Sophia de esa manera turbadora, como dispuesto a devorarla con los ojos y a poseer cada centímetro de su cuerpo y de su alma. Estaba asustada por su propia respuesta ante él, por aquel deseo inconfesable que tanto la trastornaba.

Sir Ross la miró de pronto con seriedad.

—Buenas noches, Sophia —le dijo.

Ella murmuró algo y se fue de allí tan rápido como pudo, aunque sin correr; su mente era un mar de confusión. Mientras volvía al número cuatro de Bow Street, comprobó que la multitud era cada vez menor y que la calle recobraba poco a poco su aspecto normal. Había patrullas a caballo que dispersaban a los pocos exaltados que quedaban.

Cuando entró en la residencia, vio que Eliza y Lucie habían recogido los vidrios rotos y estaban ocupadas cubriendo los agujeros de las ventanas con mantas.

—¡Señorita Sophia! —exclamó Eliza al verla despeinada y con el vestido roto—. ¿Qué ha pasado? ¿Alguno de esos asquerosos alborotadores le ha hecho daño?

—No —respondió ella—. Han armado un poco de jaleo en el número tres, pero sir Ross ha controlado la situación en pocos minutos.

Sophia se fijó en una escoba que había contra la pared y fue a por ella instantáneamente, pero las dos mujeres la hicieron desistir de sus intenciones e insistieron en que subiera a descansar. Sophia aceptó a regañadientes y cogió un candelabro para iluminar el camino a su habitación.

Mientras subía las escaleras sintió que le fallaban las piernas. Llegó a su habitación, cerró la puerta tratando de no hacer ruido y dejó el candelabro de metal en la mesita de noche.

A su cabeza acudieron imágenes de aquella noche:

los afables y luminosos ojos grises de sir Ross, la forma en que se le movía el pecho al respirar, el calor de su boca, el exquisito placer de sus besos...

Anthony se vanagloriaba de su experiencia con las mujeres, de sus dotes como amante, pero Sophia comprendía ahora que sólo había sido pura cháchara. En el espacio de pocos minutos, se había sentido muchísimo más excitada que en cualquiera de sus encuentros con Anthony, y sir Ross la había dejado con la promesa implícita de más. Le atemorizaba darse cuenta de que, cuando finalmente compartiese cama con él, le sería imposible mantener las distancias. A medio camino entre el enfado y la desesperación, se preguntó por qué sir Ross no había resultado ser el idiota egoísta y arrogante que ella había imaginado. Le iba a resultar muy difícil traicionarlo; y probablemente no saldría indemne de aquella experiencia.

Desanimada, se puso el camisón, se cepilló el pelo y se lavó la cara con agua fría. Todavía tenía el cuerpo sensibilizado, con los nervios a flor de piel a causa de la delicada estimulación de las manos y los labios de sir Ross. Suspiró; fue con una vela hasta la ventana y corrió la cortina. La mayor parte del número tres ya estaba a oscuras, pero se veía luz en el despacho de sir Ross. Pudo ver la oscura silueta de su cabeza al sentarse en su escritorio.

Y todavía sigue trabajando, se dijo Sophia, molesta. ¿Acaso iba a romper su promesa de irse a dormir?

Como si hubiese percibido que ella lo estaba observando, sir Ross se levantó y se desperezó, y luego se acercó a la ventana. Con la cara parcialmente ensombrecida, miró a Sophia. Un momento después, hizo una burlona reverencia, se dio la vuelta y apagó la lámpara de su escritorio, dejando el despacho a oscuras.

4

Ross interrogó a Nick Gentry durante tres días, utilizando el estilo despiadado y machacón con el que solía arrancar confesiones a los más curtidos personajes.

Sin embargo, Gentry pertenecía a una clase diferente a cualquier otro hombre con el que Cannon se hubiera topado antes. Se mostraba duro y a la vez extremamente relajado, como si no tuviese nada que perder ni nada que temer. Ross trató en vano de averiguar los intereses de Gentry, de descubrir sus debilidades, pero le fue imposible sonsacarle ninguna información. Intentó durante horas que Gentry le hablase de sus actividades como cazarrecompensas, de su pasado y de su asociación con varias bandas criminales de Londres, pero fue en vano.

Puesto que toda la ciudad estaba al corriente del arresto de Gentry y todas las miradas convergían en Bow Street, Ross no se atrevió a retener al joven señor del crimen ni un minuto más de los tres días permitidos por la ley. En la tercera mañana, ordenó que liberasen a Gentry justo antes del amanecer, puesto que a una hora tan temprana no se corría el riesgo de que los grupos que se reunían cada día a la espera de la liberación del delincuente tuvieran la oportunidad de manifestarse en tono victorioso.

Ross, que contenía su mal humor detrás de una máscara de impasibilidad, fue a su despacho sin detenerse a desayunar. No quería comer, ni disfrutar de la confortable calidez de la cocina, ni gozar de las pequeñas atenciones de Sophia; lo que deseaba era sentarse a su escritorio y sumergirse en la montaña de trabajo que le esperaba.

Ese día, el magistrado de turno en Bow Street era sir Grant Morgan, algo por lo que sir Ross dio gracias al cielo. No estaba de humor para escuchar casos y testimonios y discernir quién era culpable o inocente; tan sólo quería rumiar en la soledad de su despacho.

Como era habitual, Morgan fue hasta el despacho de Ross unos minutos antes de comenzar la jornada. Ross agradecía la compañía de éste, pues era una de las pocas personas que entendían y compartían su decisión de acabar con Gentry. A lo largo de los pasados seis meses, cuando había sido escogido entre los agentes para ejercer de magistrado adjunto, Morgan había justificado con creces la fe que Ross había depositado en él. Durante su etapa como agente, Morgan había sido conocido por su carácter impulsivo, además de por su inteligencia y su valor. Había quien opinaba que su temperamento no era el adecuado para convertirse en magistrado de Bow Street.

—Tu debilidad —le había dicho Ross más de una vez—, es esa costumbre que tienes de decidir las cosas con tanta rapidez, antes de tomar en cuenta todas las pruebas.

—Me muevo según mi instinto —alegaba Morgan.

—El instinto es algo bueno, pero debes estar abierto a todas las posibilidades. Nadie tiene un instinto infalible.

—¿Ni siquiera usted?

—Ni siquiera yo.

Morgan estaba madurando con rapidez, convirtiéndose en alguien más reflexivo y flexible. Como magistrado, era quizá más severo en sus juicios que Ross, pero procuraba ser totalmente imparcial. Algún día, llegado el momento de jubilarse, sir Ross le legaría su despacho de Bow Street y la dirección de los agentes; pero para eso aún faltaba mucho tiempo. Ross no tenía ninguna prisa por retirarse.

Mientras los dos hombres hablaban, alguien llamó suavemente a la puerta.

—Pase —dijo Ross.

Sophia entró en el despacho con una jarra de café humeante y Ross trató de disimular el instantáneo placer que sintió al verla. La esbelta mujer iba enfundada en un vestido gris con una rebeca abotonada encima, cuyo color azul oscuro hacía que a Sophia le brillasen los ojos como si fueran zafiros. Su reluciente cabello dorado estaba oculto bajo un sombrero y a Ross le vinieron ganas de quitarle aquel ofensivo elemento de la cabeza.

Después de que él la hubiese besado hacía ya dos noches, ambos habían acordado tácitamente evitarse el uno al otro. Por un lado, Ross necesitaba estar centrado en el interrogatorio de Gentry; por otro, era obvio que a Sophia todo aquello la había dejado confusa. Desde aquel momento, le había sido imposible mirar a Cannon a la cara y éste se había fijado en cómo le temblaban las manos cuando le sirvió el desayuno a la mañana siguiente.

A pesar de todo, a Sophia parecía no haberle disgustado besarse con sir Ross; había reaccionado con una ternura excitante. Al principio, a Ross le había sorprendido la aparente inexperiencia de ella. Quizás a Anthony le desagradaba besar, o no sabía hacerlo, puesto que había muchas cosas en las que Sophia no había sido educada. De todas formas, ella era la mujer más atractiva que había conocido nunca.

—Buenos días —dijo Sophia, que primero dirigió su

cautelosa mirada a Morgan y luego a sir Ross, a quien llenó la taza que había sobre el escritorio—. He pensado que le gustaría un poco de café recién hecho antes de irme.

—¿Adónde va? —le preguntó Ross, y le fastidió recordar que aquél era el día libre de su ayudante.

—Voy al mercado, ya que Eliza no va a poder. Se ha caído en las escaleras esta mañana y se ha hecho daño en la rodilla. Supongo que se recuperará pronto, pero de momento no le conviene hacer esfuerzos.

—¿Quién la va a acompañar al mercado?

—Nadie, señor.

—¿No va a ir Lucie con usted?

—Se ha ido al campo a visitar a su familia —le recordó Sophia—. Se fue ayer por la mañana.

Ross estaba perfectamente al corriente de los carteristas, ladrones, artistas de tres al cuarto y chulos que merodeaban por Covent Garden. No era seguro para una mujer como Sophia ir allí sola, sobre todo cuando todavía no estaba acostumbrada a la ciudad. Se estremeció de sólo pensar la facilidad con que podría ser atracada, acosada o violada.

—No va a ir allí usted sola —le dijo con tono cortante—. Ese lugar está lleno de vividores y pervertidos que vendrán a molestarla en cuanto la vean.

—Eliza suele ir sola y nunca ha tenido ningún problema.

—Como no puedo responderle a eso sin hacer un comentario despectivo sobre Eliza, será mejor que me abstenga de mencionar nada sobre ese punto. Aun así, no irá sola a Covent Garden; se llevará a uno de los agentes con usted.

—Están todos fuera —intervino Morgan, y los miró con suspicacia.

—¿Todos? —repitió Ross, visiblemente molesto.

—Sí. Mandó a Flagstad al Banco de Inglaterra, y Ruthven está investigando un robo, y Gee está...

—¿Y Ernest?

—Ha ido a entregarle la última transcripción del *Hue and Cry* al impresor —dijo Morgan, haciendo un gesto de impotencia con las manos.

Ross se dirigió a Sophia.

—Esperará hasta que vuelva Ernest y él la acompañará al mercado.

—Pero eso no será hasta media mañana —repuso ella—. No puedo esperar tanto tiempo; para entonces ya no quedará buena mercadería. De hecho, la gente ya debe de estar rebuscando entre los puestos.

—Pues es una pena —dijo sir Ross sin ablandarse un ápice—, porque no va a salir sola; y no se hable más del tema.

Sophia se apoyó contra el escritorio y, por primera vez en dos días, miró a sir Ross a los ojos. En el fondo, éste era consciente del placer que sentía al percibir su mirada desafiante.

—Sir Ross, cuando nos conocimos, me preguntaba si tendría usted algún defecto y ahora he descubierto que así es.

—¿Ah, sí? —dijo él arqueando una ceja—. Y ¿cuál es?

—Es usted autoritario e incorregiblemente terco.

Morgan soltó una carcajada.

—¿Le ha hecho falta un mes entero aquí para llegar a esa conclusión, señorita Sydney?

—No soy autoritario —desmintió Ross tranquilamente—; tan sólo da la casualidad de que sé lo que es mejor para cada uno.

Sophia soltó una carcajada y miró a Ross en el silencio que siguió. Cannon esperaba a que ella moviera ficha, fascinado por la pequeña arruga que se le formó entre sus finas cejas. Sophia pareció llegar a una conclusión satisfactoria y la arruga desapareció.

—Muy bien, sir Ross, no iré sola al mercado. Me llevaré conmigo a la única escolta disponible, o sea usted. Le espero en la puerta principal en diez minutos.

Incapaz de responder, Ross la vio abandonar el despacho. Estaba siendo dominado, pensó, algo molesto; y con mucha eficacia, por cierto. Hacía mucho tiempo que ninguna mujer lo intentaba y muchísimo más desde que alguna lo había logrado. Sin embargo, por alguna razón estaba disfrutando mucho de ello.

Cuando la puerta se hubo cerrado, Morgan miró a Ross de forma especulativa.

—¿Qué estás mirando? —preguntó Ross.

—Nunca le he visto pelearse de esa manera.

—No estaba peleándome; sólo estábamos discutiendo.

—Estaba peleándose —insistió Morgan—, y, en cierto modo, también coqueteando.

Ross frunció el entrecejo.

—Sólo estaba discutiendo el tema de su seguridad, Morgan, algo muy diferente de coquetear.

Morgan esbozó una sonrisa.

—Lo que usted diga, señor.

Ross cogió su taza de café y se bebió la mitad de un trago. Se levantó de la silla, fue a buscar el abrigo y se lo puso. Morgan lo miraba desconcertado.

—¿Adónde va, Cannon?

Ross le acercó un montón de documentos que había sobre el escritorio.

—Al mercado, por supuesto. Échales un vistazo a estas órdenes judiciales por mí, ¿quieres?

—Pero... pero... —Que Ross recordase, aquélla era

la primera vez que Morgan se quedaba sin palabras—. ¡Tengo que prepararme para las sesiones!

—No comenzarán hasta dentro de un cuarto de hora. Por Dios, ¿cuánto tiempo necesitas?

Sir Ross evitó sonreír al salir de su despacho; se sentía extrañamente alegre.

Puesto que en varias ocasiones Sophia había acompañado a Eliza al mercado de Covent Garden, estaba familiarizada con aquel famoso enclave. Dos de sus lados estaban cubiertos por unas arcadas llamadas *piazzas*. Los puestos con las mejores flores, frutas y verduras estaban situados entre las *piazzas*, por las que deambulaban libremente nobles, bribones, artistas, escritores y vividores. En Covent Garden parecía que todas las diferencias de clase se desvanecían y los negocios que allí se llevaban a cabo ayudaban a crear una atmósfera carnavalesca.

Hoy había un grupo de artistas callejeros que recorría el mercado; entre ellos un par de malabaristas, un acróbata con la cara pintada como un payaso e incluso un tragasables. Sophia observó con desagrado cómo este último se introducía una espada en la garganta y luego la sacaba impoluta. Asombrada, esperaba que en cualquier momento el hombre muriese a causa de las heridas internas, pero, en lugar de eso, el tipo sonrió y le hizo una reverencia, utilizando el sombrero para guardar la moneda que Ross le dio.

—¿Cómo lo hace? —preguntó Sophia con los ojos como platos.

—Normalmente, antes se tragan un tubo que hace las veces de vaina para la espada —le dijo Ross, sonriente.

—¡Puaj! —Sintiendo un escalofrío, Sophia se aferró al brazo de Ross y lo llevó hacia los puestos de fruta—.

Démonos prisa; me sorprendería que todavía quedase alguna manzana.

Mientras Sophia se desplazaba de un puesto a otro, Ross la seguía atentamente. Él no intervenía en las compras; se dedicaba a esperar pacientemente mientras ella regateaba, buscando el mejor precio y la mejor calidad. Cargaba con el considerable peso de la cesta de la compra con facilidad, mientras Sophia la iba llenando con un surtido cada vez mayor de frutas y verduras, una pieza de queso y un precioso rodaballo envuelto en papel de estraza.

En cuanto la multitud que abarrotaba el mercado se dio cuenta de que se encontraba allí el célebre magistrado jefe de Bow Street, empezó a levantarse un ensordecedor rumor de voces con acento *cockney*. Los dependientes y los dueños de los puestos, que apreciaban en gran medida a sir Ross, comenzaron a llamarle y a ir hasta él. Parecía que todos lo conocían personalmente, o al menos lo aparentaban y Sophia comenzó a ver cómo le iban lloviendo pequeños obsequios: una manzana de más, unos arenques ahumados, un ramillete de salvia...

«¡Sir Ross, aquí hay algo para usted!», era una frase que se repetía con frecuencia y Sophia le preguntó finalmente a qué se referían.

—Les gusta hacerme obsequios, como agradecimiento por algunos favores.

—¿Les ha hecho favores a toda esta gente?

—A muchos de ellos —admitió él.

—¿Por ejemplo?

Ross se encogió de hombros.

—Algunos de ellos tienen hijos o sobrinos que han infringido la ley; pequeños hurtos, vandalismo, cosas así. En esos casos se suele azotar al criminal, o enviarlo a alguna prisión de la que saldrá todavía más corrompido.

Sin embargo, a veces mando a alguno de esos chicos a la armada o a la marina mercante, para prepararlos como ayudantes de los agentes.

—Y así tratar de reinsertarlos en la sociedad —dijo Sophia—. Qué idea tan brillante.

—Hasta el momento ha funcionado —dijo sir Ross con brusquedad, queriendo cambiar de tema—. Mire ese montón de pescado ahumado; ¿sabe preparar *kedgeree*?*

—Por supuesto, pero no ha acabado de hablarme de sus buenas acciones.

—No he hecho nada digno de elogio; simplemente he usado el sentido común. Es obvio que enviar a un chico que ha cometido poco más que una gamberrada a prisión, donde estará rodeado de criminales de verdad, no hará más que corromperlo. Y aunque la ley no distinga entre crímenes cometidos por adultos y crímenes cometidos por jóvenes, hay que tener algo de consideración con estos últimos.

Sophia se volvió y fingió observar los puestos, mientras era consumida por una rabia ciega. Se sintió asqueada, ahogada por las lágrimas y la furia que estaba escondiendo. Así que sir Ross había encontrado una forma de no enviar a los chicos a prisión; ya no los condenaba a la tortura que suponía estar en una prisión flotante. Demasiado tarde, pensó con renovado odio. Si sir Ross se hubiera dado cuenta de eso antes, su hermano todavía estaría vivo. Sintió ganas de gritar y recriminarle la muerte de John. Deseaba tener a su hermano con ella, poder borrar cada uno de los terribles momentos que éste había pasado en la prisión flotante donde había muerto; pero eso no era posible. Él se había ido, ella estaba sola, y sir Ross era el responsable.

* Plato a base de arroz, pescado y huevos duros. *(N. del T.)*

87

Advirtiendo la expresión de ira que reflejaría su rostro, Sophia fue hasta un puesto de flores que ofrecía rosas, lirios violetas, delfinios azules y delicadas camelias blancas. Respiró el aire perfumado y trató de relajarse. Algún día, pensó, le daría su merecido a sir Ross personalmente.

—Dígame —le preguntó Sophia, inclinándose sobre los fragantes pimpollos—, ¿cómo un hombre nacido en el seno de una familia distinguida ha llegado a magistrado jefe?

—Mi padre insistió en que debía aprender una profesión en vez de llevar una vida de indolencia, así que, para complacerlo, estudié derecho. Cuando me encontraba en mitad de la carrera, mi padre murió durante una partida de caza y tuve que dejar los estudios y pasar a ser el cabeza de familia. Sin embargo, mi interés por el derecho no se apagó; tenía ya muy claro que había mucho por hacer en el terreno de la justicia y la política. Más tarde acepté un cargo en la oficina de Great Marlboro Street, y poco después me ofrecieron que me trasladase a Bow Street y que me hiciese cargo de los agentes.

La anciana del puesto de flores miró a Sophia con una sonrisa que partía su curtido rostro.

—Buenos días, querida —le dijo la mujer, y le entregó un ramillete de violetas. Luego se dirigió a sir Ross—. Una fulana muy guapa, sí señor; debería convertirla en su parienta, ya sabe, su problema y su lucha.

Sophia se colocó las florecillas en el ala del sombrero y se llevó la mano al pequeño monedero que llevaba atado a la cintura, con la intención de pagar a la viejecita. De repente, sir Ross la detuvo con un ligero toque en el brazo y le dio a la florista una moneda de su propio bolsillo.

—Quiero una rosa perfecta —le dijo.

—Faltaría más, sir Ross —contestó la anciana, cuya sonrisa revelaba una hilera de dientes rotos y marrones, dándole a Ross una encantadora rosa a medio abrir con los pétalos todavía húmedos por el rocío de la mañana.

Sophia aceptó la flor de manos de sir Ross y se la llevó a la nariz para aspirar su fragancia.

—Es preciosa —dijo—. Gracias.

Siguieron caminando y, en un momento, Sophia tuvo que pasar con cuidado sobre un trecho de pavimento roto. Sintió la mano de sir Ross cogiéndola del brazo y tuvo que hacer un gran esfuerzo para no quitársela de encima.

—¿Es mi imaginación o esa mujer me ha llamado fulana? —dijo, preguntándose si debería habérselo tomado como una ofensa.

Sir Ross esbozó una sonrisa.

—En la jerga callejera se considera un cumplido. No se le da una connotación negativa.

—Ya veo. Hay algo más que dijo la anciana... ¿Qué significa «parienta»?

—Es la expresión que se usa en *cockney* para «esposa», y se refieren a ella como «el problema y la lucha» del marido.

—Vaya. —Incómoda, centró la vista en el suelo—. La forma de hablar de los *cockney* es fascinante, ¿verdad? —murmuró, tratando de llenar el silencio—. Es casi como una lengua extranjera; debo confesar que no entiendo la mitad de lo que se dice en el mercado.

—Probablemente sea mejor así.

Cuando llegaron al número cuatro de Bow Street, Eliza los estaba esperando con una sonrisa de embarazo dibujada en el rostro.

—Muchas gracias, señorita Sophia. Siento no haber podido ir al mercado.

—No se preocupe —dijo ella tranquilamente—. Usted cuídese la rodilla para que se cure como es debido.

Eliza abrió los ojos como platos cuando se dio cuenta de que sir Ross había acompañado a Sophia.

—¡Oh, señor! Qué amable de su parte. Siento causar tantos problemas.

—No hay ningún problema —dijo él.

Eliza clavó la vista en la rosa que Sophia sostenía. Aunque evitó hacer ningún comentario, la especulación que escondía su mirada era obvia. La mujer extrajo algunos productos de la cesta de la compra y fue hacia la despensa.

—¿Ha encontrado todos los ingredientes para el pastel de semillas, señorita Sophia? —preguntó sin volverse—. ¿La alcaravea, el centeno y las grosellas para ponerle encima?

—Sí —respondió Sophia cuando la cocinera desaparecía en la despensa—, pero no hemos podido encontrar grosellas rojas ni...

De repente, sir Ross la tomó entre los brazos y sus palabras se desvanecieron. Los labios de él se posaron sobre los de ella en un beso tan ardoroso que Sophia no pudo resistirse. Anonadada, Sophia hizo un esfuerzo por no dejar de lado el odio que sentía hacia Cannon, por recordar el pasado, pero el beso de Ross era apasionado y no pudo evitar que sus pensamientos se diluyesen. Dejó caer la flor y se acurrucó contra él, cogiéndolo de los hombros para no perder el equilibrio. La lengua de sir Ross se abría camino en su boca, deliciosa y dulcemente íntima. Ella tomó aire y echó la cabeza atrás en un gesto de rendición absoluta, como si la totalidad de su existencia se concentrase en ese momento.

El martilleante latido de su corazón apenas sí le dejó oír la voz de Eliza desde la despensa.

—¿No había grosellas rojas? Entonces, ¿qué le pondremos al pastel?

Sir Ross se apartó, dejándole los labios húmedos y suaves. Aun así, se mantuvo a su lado, y ella sintió que se ahogaba en los plateados ojos de Cannon, que le puso una mano en la mejilla y le acarició los labios con el pulgar. A pesar de todo, Sophia consiguió responder a Eliza.

—Pe... pero hemos encontrado grosellas amarillas.

Tan pronto las palabras salieron de su boca, sir Ross la besó de nuevo, explorándola con la lengua. Sophia lo aferró de la nuca. Se le llenó el cuerpo de sensaciones y su pulso se desbocó. Aprovechándose de la situación, él la besó con más intensidad, tratando de encontrar su sabor más dulce y profundo. A Sophia le flaquearon las rodillas, pero la sujetó con fuerza entre sus brazos besándola con ardor.

—¿Grosellas amarillas? —refunfuñó Eliza—. Bueno, el sabor no será precisamente el mismo, pero es mejor que nada.

Sir Ross soltó a Sophia. Mientras ella lo miraba impertérrita, él le dedicó una breve sonrisa y salió de la cocina justo cuando Eliza volvía de la despensa.

—Señorita Sophia, ¿dónde está el saco de azúcar? Pensaba que lo había dejado en la despensa, pero... —Eliza hizo una pausa y echó un vistazo alrededor de la cocina—. ¿Dónde está sir Ross?

—Él... —dijo Sophia, que se agachó a recoger la rosa— se ha ido.

Tenía el pulso acelerado en las partes más vulnerables de su cuerpo. Se sentía febril, hambrienta de las caricias y los besos del hombre al que odiaba. Era una hipócrita, una desvergonzada. Una idiota.

—Señorita Sydney —dijo Ernest, entrando en la cocina con un paquete en la mano—, un hombre trajo esto para usted no hace ni diez minutos.

Sophia, que estaba en la mesa tomando el té de media mañana, recibió el paquete con sorpresa. No había comprado nada, ni encargado nada para la casa, y la prima lejana que la había acogido tras la muerte de sus padres no era de las que hacían regalos por sorpresa.

—Me pregunto qué podrá ser —dijo en voz alta, observando el paquete. Su nombre y la dirección de Bow Street estaban escritos en el papel del envoltorio, pero no había remitente—. ¿Había alguna nota adjunta? —le preguntó a Ernest, que negó con la cabeza.

Sophia cogió un cuchillo para cortar el cordel que cerraba el paquete.

—Puede que haya una dentro. ¿Quiere que yo lo abra, señorita Sydney? Ese cordel parece resistente; se le podría resbalar el cuchillo y cortarse el dedo. La ayudaré —se ofreció Ernest, ansioso.

—Gracias, Ernest —le dijo Sophia, sonriéndole—, es muy amable de su parte, pero, si no recuerdo mal, ¿no le pidió sir Grant que fuera a recoger las botellas de tinta que había encargado en la droguería?

—Pues sí —reconoció el chico, y soltó un sonoro suspiro, como si ese día le hubieran exigido mucho—. Será mejor que vaya a buscarlas antes de que sir Grant acabe los juicios de hoy.

Sophia puso su mejor sonrisa, se despidió de Ernest y volvió a centrarse en el misterioso paquete. Cortó con destreza el cordel y quitó el envoltorio. Varias capas de fino papel envolvían algo suave y blando. Curiosa, las desplegó.

Casi se queda sin aliento al extraer un vestido, pero no uno sencillo y funcional como los que tenía, sino uno de seda y encaje, apropiado para ir a un baile. Sin embargo, ¿por qué iba a enviarle nadie semejante prenda? Con las manos temblando, rebuscó en el fondo del paquete. El remitente había olvidado incluir una nota o había decidido no hacerlo. Sophia desplegó completamente el vestido y lo miró, confusa. Había algo familiar y molesto en él, algo que la condujo a los rincones más lejanos de su memoria...

¡Claro! ¡Le recordaba a uno de los vestidos de su madre! De pequeña, a Sophia le encantaba probarse los vestidos, los zapatos y las joyas de su madre, y se pasaba horas jugando a que era una princesa. Su vestido favorito estaba hecho de una tela extraña, una seda brillante que, según le diese la luz, tenía color a lavanda o a plata resplandeciente. Este vestido tenía aquel mismo brillo, además del mismo tipo de cuello bajo y abierto y las mangas abombadas y decoradas con delicado encaje blanco. Sin embargo, éste no era el vestido de su madre; era una copia, hecha con un estilo más moderno y con la cintura algo más baja y la falda más amplia.

Sophia, confundida, dobló la prenda y la guardó de nuevo en el paquete. ¿Quién podría haberle enviado semejante regalo y por qué? ¿Era una simple coincidencia que aquel vestido se pareciese al de su madre?

Salió de la cocina con el paquete y fue a ver a la persona en quien más confiaba. Más tarde, Sophia se preguntaría por qué se había dirigido a sir Ross sin siquiera pensárselo, cuando, durante tantos años, solamente había confiado en sí misma. Era señal de un cambio muy significativo en su interior, un cambio al que le iba a costar adaptarse.

La puerta del despacho estaba cerrada, y el sonido que llegaba del interior indicaba que sir Ross se hallaba reunido. Alicaída, Sophia se quedó pensando frente a la puerta.

Justo en ese momento Vickery pasaba por allí.

—Buenos días, señorita Sydney —dijo el actuario—. No creo que sir Ross ya esté listo para tomar declaraciones.

—Yo... deseaba consultarle un problema personal —dijo Sophia, y se apretó el paquete contra el pecho—; pero ya veo que está ocupado y de ninguna manera quiero molestarlo.

Vickery frunció el entrecejo y la miró de forma reflexiva.

—Señorita Sydney, sir Ross dejó muy claro que, si alguna vez tenía usted alguna inquietud, se lo hiciera saber de inmediato.

—Puede esperar —respondió ella con firmeza—. Es un asunto sin importancia. Volveré más tarde, cuando sir Ross esté desocupado. No, no, señor Vickery; por favor, no llame usted a la puerta —suplicó Sophia, mientras el hombre hacía caso omiso y golpeaba con los nudillos.

Para desolación de Sophia, la puerta se abrió y se vio a sir Ross con otro hombre a su lado. Era un caballero de pelo gris y baja estatura, pero aun así imponente, vestido con ropas elegantes, con una elaborada corbata blanca y una camisa engalanada con encaje. El hombre clavó su afilada mirada en Sophia y luego le dedicó una pícara sonrisa a Ross.

—Ya veo por qué está tan ansioso por dar por terminada nuestra reunión, Cannon. La compañía de esta encantadora criatura es sin duda preferible a la mía.

Ross hizo una mueca, sin negar ese extremo.

—Buenos días, lord Lyttleton. Revisaré su anteproyecto de ley con más detenimiento. Sin embargo, no espere que cambie de punto de vista.

—Quiero su apoyo, Cannon —dijo el caballero con tono elocuente—, y si lo consigo, encontrará en mí a un amigo muy útil.

—De eso no tengo ninguna duda.

Los hombres intercambiaron reverencias y Lyttleton se marchó, haciendo un desagradable sonido con sus botas sobre el gastado suelo de madera del pasillo.

Sir Ross miró a Sophia y le brillaron los ojos.

—Pase —le dijo en voz baja, haciéndola entrar en su despacho. La presión de su mano contra la espalda de Sophia era cálida y agradable.

Se sentó en la silla que él le indicó, con la espalda bien recta, mientras Ross volvía a su lugar, detrás del enorme escritorio de caoba.

—Lyttleton —Sophia repitió el nombre del caballero que se acababa de ir—. ¿No se tratará del mismo Lyttleton que es ministro de Guerra?

—Ni más ni menos.

—Oh, no —dijo Sophia, visiblemente consternada—. Espero no haber interrumpido la reunión. ¡Vickery me las va a pagar!

Sir Ross reaccionó con una sonrisa.

—No ha interrumpido nada. Lyttleton debería haberse marchado media hora antes, así que su aparición no ha podido ser más afortunada. Ahora, cuénteme por qué está aquí; sospecho que tiene algo que ver con ese paquete que tiene sobre el regazo.

—Primero permítame que me disculpe. Yo no...

—Sophia —le dijo Ross, mirándola fijamente—, siempre estoy disponible para usted; siempre.

A ella le resultó imposible apartar la mirada de sus ojos. El aire se tornó sofocante, como cuando se aproxima una tormenta de verano. Torpemente, se inclinó y colocó el paquete sobre el escritorio.

—Ernest me ha entregado esto hace un momento. Dijo que un hombre lo dejó en Bow Street y no mencionó al remitente.

Sir Ross echó un vistazo a la dirección escrita en el envoltorio. En cuanto apartó el papel, el vestido color lavanda brilló y resaltó entre la austera decoración del despacho. Se mantuvo impertérrito, pero no pudo evitar arquear una ceja al examinar aquella hermosa prenda.

—No sé quién puede haberlo enviado —dijo Sophia, nerviosa—. Y hay algo peculiar en todo esto.

Le explicó a Cannon el parecido que guardaba aquel vestido con uno que había sido de su madre. Sir Ross, que la escuchó atentamente, se reclinó y la observó de una forma que a Sophia no le gustó nada.

—Señorita Sydney..., ¿es posible que este vestido sea un regalo de su antiguo amante?

A Sophia, la pregunta le causó sorpresa, al tiempo que gracia.

—No, en absoluto. No sabe que estoy trabajando aquí; aparte, no tiene motivos para regalarme nada.

Sir Ross carraspeó y cogió aquella brillante tela color lavanda. La visión de los largos dedos de Cannon acariciando la delicada seda, hizo que el corazón de Sophia latiese más deprisa. Las gruesas pestañas de sir Ross descendieron mientras examinaba las costuras, los bordados y el encaje del vestido.

—Esto ha de ser muy caro —opinó—. Está bien hecho y la tela es de primera calidad. Sin embargo, no hay ninguna etiqueta, cosa que no es común. Yo diría que el remitente no desea que se sepa quién es el diseñador, ya que podría revelar su identidad.

—Entonces, ¿no hay forma de averiguar quién lo ha enviado?

Ross alzó la vista.

—Haré que un agente le pregunte a Ernest sobre el hombre que lo trajo y también indague qué modistas y sastres pueden haber confeccionado este vestido.

Esta tela no es habitual, por lo que la lista será reducida.

—Muchas gracias —dijo Sophia, cuya dubitativa expresión se desvaneció con la siguiente pregunta de sir Ross.

—Sophia, ¿ha conocido últimamente a algún hombre en el que haya podido despertar interés? Alguien con el que haya coqueteado, o con quien haya hablado en el mercado, o...

—¡No! —exclamó ella. No estaba segura de por qué la pregunta la había alterado tanto, pero sintió como las mejillas se le enrojecían—. Se lo aseguro, sir Ross, no podría comportarme con un caballero de esa manera, es decir... —Tuvo que detenerse, confusa, al darse cuenta de que ya se había comportado así con alguien en particular: el propio sir Ross.

—Está bien —dijo él con calma—. No la culparé por ello; es libre de hacer lo que quiera.

Ansiosa, Sophia hablaba sin pensar.

—Pues no tengo ningún pretendiente, ni me he comportado de forma que pueda haber atraído a alguno. Mi última experiencia fue algo que sin lugar a dudas no quiero que se vuelva a repetir.

La mirada de sir Ross se tornó felina.

—¿Por la forma en que él la dejó? ¿O es que acaso no encontró placer en sus brazos?

A Sophia le pareció asombroso que le preguntara algo tan íntimo y sintió arder la cara.

—No creo que eso tenga relación con la cuestión de quién envió el vestido.

—No la tiene —reconoció Ross—, pero siento curiosidad.

—¡Bueno, pues seguirá sintiéndola! —replicó Sophia, tratando de recobrar la compostura—. ¿Puedo irme ya, señor? Tengo mucho por hacer, especialmente ahora que Eliza está lesionada. Lucie está desbordada.

—Sí —contestó él bruscamente—. Haré que Sayer investigue el tema del vestido y la mantendré informada.

—Gracias —dijo Sophia, poniéndose de pie para marcharse. Sir Ross se adelantó para abrirle la puerta, pero se detuvo cuando ella le habló sin volverse—. No... no encontré placer en sus brazos —admitió, fijando los ojos en la sólida puerta de roble—, pero seguramente fue más culpa mía que suya.

Sophia sintió la calidez del aliento de sir Ross en su cabello y como los labios de éste se acercaban a su cabeza. Esa cercanía le provocó una sensación de deseo. Sin más, abrió ella misma la puerta y salió del despacho, negándose a volver la vista hacia el magistrado.

Ross cerró la puerta y volvió a su escritorio. Apoyó las manos en la superficie abarrotada y soltó un profundo suspiro. El deseo que había mantenido tanto tiempo bajo estricto control se había desbordado por completo. Toda su fuerza de voluntad, sus necesidades físicas y su naturaleza obsesiva se centraban ahora en una sola cosa: Sophia. Casi le resultaba imposible estar en la misma habitación que ella sin tocarla.

Cerró los ojos y absorbió la familiar atmósfera del despacho. Se había pasado gran parte de aquellos últimos cinco años entre esas paredes, rodeado de mapas, libros y documentos. Había salido para llevar a cabo investigaciones u otros asuntos oficiales, pero siempre había vuelto allí, a ese centro de la ley y el orden que eran su despacho. De repente, le resultó asombroso que se hubiera volcado en su trabajo de aquella manera durante tantísimo tiempo.

El vestido lavanda seguía sobre el escritorio, espléndido; Ross se imaginó qué aspecto tendría Sophia con él puesto. El color combinaría de maravilla con su cabello rubio ceniza y sus ojos azules. ¿Quién se lo habría enviado? De repente, se sintió invadido por unos celos y una actitud posesiva que le sorprendieron. Quería tener la exclusividad de proporcionarle cualquier cosa que ella necesitase o quisiese.

Volvió a suspirar con fuerza e intentó comprender aquella mezcla de alegría y falta de disposición que habitaba en su interior. Se había dicho a sí mismo que nunca más se volvería a enamorar. No había olvidado lo terrible que era preocuparse tanto por una mujer, temer por su seguridad y desear la felicidad de ésta más que la suya propia. Sin embargo, tendría que encontrar una manera de acabar con todo aquello, tendría que dar con una forma de satisfacer el desesperante deseo que sentía hacia Sophia y al mismo tiempo evitar confiarle su corazón.

5

A primera hora de la noche, cuando Sophia estuvo segura de que sir Ross había salido por motivos de trabajo, le pidió a Lucie que la ayudara a dar la vuelta al colchón de la cama del magistrado y a cambiar las sábanas.

—Lo siento, señorita —respondió Lucie, esbozando una sonrisa de disculpa—. Pero es que mis manos no paran de sangrarme desde que esta tarde le saqué brillo a los cobres.

—¿Cómo? ¿Tus manos? Déjame verlas. —Sophia se fijó en las manos de la pobre doncella, tan castigadas por la mezcla de arena y ácidos para limpiar las ollas y cacharros que estaban llenas de pústulas sangrantes—. Pero Lucie, ¿por qué no me lo has dicho antes? —la regañó Sophia.

Sentó a la muchacha en una silla de la cocina y fue a la despensa, de la que volvió con un surtido de botellas. Puso glicerina, agua de rosas y aceite en un bol y luego batió bien la mezcla con un tenedor.

—Sumerge las manos en esto durante media hora y ponte guantes para dormir.

—No tengo guantes, señorita.

—¿Que no tienes guantes? —Sophia pensó en los suyos, el único par que poseía, y se lamentó al pensar en sacrificarlos; pero cuando se volvió a fijar en las manos de Lucie, no pudo sino sentir vergüenza de sí misma—.

Pues ve a mi cuarto y coge los míos, que están en la cesta que hay bajo la mesilla de noche.

La doncella la miró con preocupación.

—Pero voy a estropearle los guantes, señorita Sydney.

—Oh, tus manos son más importantes que un estúpido par de guantes.

—Y ¿qué hacemos con el colchón de sir Ross?

—No te preocupes por eso; ya me encargaré yo.

—Pero cuesta darle la vuelta sin ayuda...

—Tú te sientas y metes las manos en ese líquido —dijo Sophia, tratando de sonar autoritaria—. Cuídatelas bien o mañana no podrás hacer nada.

—No quiero faltarle al respeto, señorita Sydney —le dijo Lucie, mirándola con una sonrisa de agradecimiento—, pero es usted un encanto, un auténtico encanto.

Sophia se despidió y corrió a limpiar la habitación de sir Ross antes que éste volviera. Dejó un juego de sábanas limpias sobre una silla y observó el cuarto con preocupación. Había quitado el polvo y fregado, pero había que darle la vuelta el colchón, y la ropa que sir Ross se había puesto el día anterior todavía no había sido llevada a la lavandería.

La habitación era lo bastante apropiada para alguien como sir Ross. Había elegantes muebles de caoba tapizados con brocado de color verde oscuro y con cortinillas en las portezuelas de vidrio. Una pared estaba decorada con un tapiz antiguo y gastado. En otra había una serie de dibujos enmarcados que mostraban a sir Ross como una figura omnímoda con políticos y miembros del gobierno sentados en las rodillas como si fueran niños. Una mano de Ross sostenía las cuerdas de algunos agentes de Bow Street, caracterizados como marionetas, y cuyos bolsillos rebosaban de dinero. Era evidente que tales dibujos pretendían caricaturizar el tremendo poder que sir Ross y sus agentes habían alcanzado.

A Sophia no le costó comprender el motivo del artista. A la mayoría de los ingleses no le hacía ninguna gracia la idea de contar con un cuerpo de policía organizado y alegaban que tal cosa sería peligrosa e inconstitucional. Se sentían más cómodos con el antiguo sistema, según el cual ciudadanos corrientes pero inexpertos hacían de policías durante el período de un año.

Sin embargo, dicho sistema no había podido evitar la proliferación de robos, violaciones, asesinatos y fraudes que había golpeado a la poblada Londres en los últimos tiempos. El Parlamento había rechazado la posibilidad de autorizar a un verdadero cuerpo de policía, así que los agentes de Bow Street hacían prácticamente lo que les daba la gana, arrogándose la mayoría de sus competencias de motu proprio. El único hombre ante quien respondían era sir Ross, quien se había hecho mucho más poderoso de lo que nunca nadie hubiera imaginado.

Después de fijarse en las corrosivas caricaturas, Sophia se preguntó por qué sir Ross había decidido colgarlas en su habitación y llegó a la conclusión de que ésa era la forma de recordarse a sí mismo que cualquier decisión o acción suya sería objeto de examen y, por lo tanto, su comportamiento tenía que ser ejemplar.

Dejó de pensar en eso y sacó las sábanas de la enorme cama de sir Ross. Darle la vuelta al colchón no era fácil, pero, después de unos cuantos jadeos, lo logró. Se sentía orgullosa de su habilidad para hacer una cama, de su capacidad para estirar las sábanas de tal manera que se podría haber hecho rebotar una moneda encima de ellas. Después de sacudir el cubrecama y moldear las almohadas, centró su atención en la ropa que había sobre otra silla. Se puso la corbata negra de seda en un brazo y cogió la arrugada camisa de lino blanco.

El olor de sir Ross se había impregnado en la camisa y Sophia olisqueó un aroma agradable y ligeramente masculino. La curiosidad hizo que se llevara la camisa a la nariz y aspirase aquella fragancia de sudor y jabón de afeitar, mezclado con la esencia de un macho saludable; nunca había encontrado tan atrayente el olor de un hombre. A pesar de su supuesto amor por Anthony, nunca se había fijado en detalles semejantes. Disgustada consigo misma, había llegado a la conclusión de que debía de haber sido el ideal de Anthony, sus fantasías acerca de él, y no el hombre en sí, lo que había hecho que ella se enamorara. Había deseado ser rescatada por un príncipe azul y dio la casualidad de que Anthony desempeñó ese papel hasta que se cansó de ella.

De repente, la puerta se abrió.

Sophia, sorprendida, dejó caer la camisa y se sintió culpable. Sir Ross había entrado en la habitación, vestido con abrigo y pantalón negros. La vergüenza se apoderó de ella; ¡seguro que sir Ross la había visto oliendo y acariciando la camisa!

Sin embargo, el habitual estado de alerta de Cannon había desaparecido; de hecho, tenía la mirada levemente desenfocada y Sophia se dio cuenta de que no había advertido nada. Confusa, se preguntó si habría estado bebiendo; no era propio de él, pero era la única razón que justificaría aquella actitud.

—Ha vuelto pronto de su investigación en Long Acre. Estaba... estaba ordenando su habitación.

Ross sacudió la cabeza, como si pretendiese despejarse y se acercó a ella. Sophia se apoyó contra el tocador y le miró con preocupación.

—¿Se encuentra bien, señor?

Sir Ross avanzó y apoyó las manos en el mueble, a cada lado de Sophia. Tenía la cara pálida como la cera, lo que hacía que le resaltasen el cabello, las cejas y las pestañas.

—Encontramos al hombre que buscábamos; estaba escondido en una casa en Rose Street —dijo; un mechón de pelo le cayó sobre la frente, blanca y sudorosa—. Se subió al techo... y saltó a la casa contigua antes de que Sayer pudiese detenerlo. Me puse a perseguirlo... no podía dejar que se escapase.

—¿Ha estado persiguiendo a un hombre por los tejados? —dijo Sophia, horrorizada—. Pero ¡eso es muy peligroso! Podrían haberlo herido.

—De hecho... —Sir Ross parecía consternado y le fallaba el equilibrio— cuando le di alcance, sacó una pistola del abrigo.

—¿Le han disparado? —le preguntó ella, y se puso a examinar el abrigo frenéticamente—. ¿Le ha dado? Dios mío...

Sophia notó que el lado izquierdo del abrigo estaba frío y húmedo. Se le escapó un grito al verse la mano empapada de sangre.

—Es sólo un rasguño —alegó Cannon.

—¿Se lo ha dicho a alguien? —le preguntó Sophia, ansiosa, conduciéndole hacia la cama—. ¿Ha llamado a un médico?

—No hace falta —dijo él, testarudo—. Como ya le he dicho, no es más que... —Gruñó de dolor cuando Sophia le movió los brazos para sacarle el abrigo.

—¡Túmbese! —le ordenó ella, horrorizada por la cantidad de sangre que había manchado la camisa de sir Ross, lo que hacía que tuviera todo el lado izquierdo de color escarlata. Le desabrochó la camisa y contuvo el aliento al ver una desagradable herida de bala debajo del hombro izquierdo—. No es un rasguño; es un agujero. No se le ocurra moverse. ¿Por qué diablos no se lo ha dicho a nadie?

—Es sólo una herida sin importancia —se obstinó Ross, malhumorado.

Sophia cogió la camisa que su jefe se había puesto el día anterior y la apretó con fuerza contra la herida. Sir Ross no pudo sino apretar los dientes ante el dolor.

—¡Será cabezota! —le recriminó ella, apartándole el mechón que le había caído sobre la frente, empapada en sudor—. A pesar de lo que usted y todos en Bow Street parecen pensar, ¡no es invulnerable! Sujete esto contra la herida mientras voy a buscar un médico.

—Avise a Jacob Linley —le dijo Ross—. A esta hora de la noche suele estar en Tom's, cruzando la calle.

—¿La cafetería de Tom?

Sir Ross asintió cerrando los ojos.

—Ernest lo encontrará.

Sophia salió corriendo de la habitación, pidiendo ayuda a gritos. Los sirvientes hicieron acto de presencia en menos de un minuto, todos alarmados por la noticia.

Como los sirvientes de Bow Street estaban acostumbrados a toda clase de emergencias, solían reaccionar con celeridad. Ernest corrió a buscar al doctor, Eliza fue por toallas y sábanas limpias y Lucie fue a informar a sir Grant.

Sophia volvió al cuarto de sir Ross y se temió lo peor cuando le vio inmóvil. Cogió la camisa empapada de sangre y apretó la herida de su jefe, que gruñó de dolor y abrió los ojos de golpe.

—Hacía años que no me disparaban —murmuró—. Me había olvidado de cuánto duele.

Sophia estaba abrumada.

—Espero que le duela —le dijo con vehemencia—. ¡Puede que así aprenda a no andar corriendo por los tejados! ¿Cómo se le ha ocurrido hacer algo semejante?

Ross la miró con ceño.

—Por alguna razón, el sospechoso no quería bajar a la calle para que me fuese más fácil detenerlo.

—Pensaba que eran los agentes los que perseguían —comentó Sophia, cortante—, y que usted era el que daba las órdenes y se quedaba a salvo.

—No siempre funciona así.

Sophia se tragó otra respuesta afilada y le desabrochó los puños de la camisa.

—Le voy a quitar la camisa. ¿Cree que podrá sacar el brazo de la manga o tendré que recurrir a la tijera?

Ross extendió el brazo como toda respuesta y Sophia, con cuidado, fue corriéndole el tejido. Primero le quitó la camisa por el brazo ileso, dejando al descubierto el velludo pecho de sir Ross. Era más musculoso de lo que ella había imaginado; tenía los hombros y el pecho bien desarrollados y los músculos del diafragma muy tensos. Nunca antes había visto un cuerpo masculino tan imponente. Se inclinó sobre él y sintió cómo se le enrojecían las mejillas.

—Le levantaré un poco el brazo para sacarle la camisa —le dijo.

—Ya puedo hacerlo yo —dijo Ross, mirando a Sophia con la vista nublada por el dolor y con el cuello cada vez más tenso.

—Déjeme a mí —insistió ella—, o hará que la hemorragia empeore. —Levantó poco a poco el brazo de Ross y acabó de quitarle la camisa.

—Cuando me imaginé estar en la cama con usted —dijo él—, no pensé que fuera a suceder de esta forma.

Sophia rió, sorprendida.

—Pasaré por alto ese comentario. La pérdida de sangre le está haciendo delirar.

Se sintió aliviada al ver llegar a Eliza con una palangana de agua caliente y una pila de paños limpios y doblados. Sir Ross se quejó, pero no se movió mientras las dos mujeres le limpiaban de sangre el pecho y el cuello.

—Parece que la bala todavía sigue alojada en el hombro —advirtió Eliza, que reemplazó un paño empapado en sangre por otro limpio y seco—. El doctor Linley va a tener que extraerla; por suerte, la herida no está cerca del corazón.

Sophia se inclinó sobre Ross y le arregló la almohada sobre la que apoyaba la cabeza. Si el sospechoso hubiese tenido mejor puntería, podría haberle alcanzado el corazón con facilidad, pensó. Instantáneamente, se sintió asombrada por la mezcla de miedo y angustia que la invadió.

—Estoy bien —gruñó sir Ross, como si le hubiese leido la mente—. Estaré en pie en un par de días.

—No, no y no; me niego —repuso Sophia—. Se quedará en la cama hasta que esté completamente recuperado y haré cualquier cosa para que así sea.

Sophia no se dio cuenta de que a esa promesa podía adjudicársele cualquier connotación sexual hasta que vio un atisbo de burla en la mirada de sir Ross. Ella lo miró en silencio, y él no pudo sino esbozar una sonrisa. Eliza, junto a ellos, mostró un repentino interés en doblar los paños y las toallas limpias en pequeños cuadrados.

La tensión que se respiraba en el ambiente se disipó con la afortunada llegada de Jacob Linley, el médico. Era esbelto y guapo, de brillante pelo rubio y sonrisa fácil. Sophia había oído hablar de él, puesto que en Bow Street requerían sus servicios a menudo, ya fuese para tratar u opinar sobre algún asunto médico. Sin embargo, ésta era la primera vez que ella lo veía en persona.

—Cannon —dijo con soltura, poniendo un pesado maletín de cuero marrón en la silla que había junto a la cama—, parece que esta noche hemos vivido una pequeña aventura, ¿eh? —Centró su atención en la herida—. Mmm... A juzgar por el hematoma que hay junto al orificio, diría que el disparo se efectuó desde muy poca distancia; ¿cómo ocurrió?

—Me sumé a la persecución de un sospechoso de asesinato —le informó sir Ross, con el entrecejo ligeramente fruncido.

—Corrió en pos de él por los tejados —intervino Sophia, incapaz de guardar silencio.

El doctor se volvió hacia ella y la miró amistosamente con sus ojos color avellana.

—¿Por los tejados, dice usted? Bueno, pues creo que a partir de ahora será mejor que sir Ross se quede en el suelo, ¿no le parece?

Sophia respondió asintiendo vigorosamente.

Linley, sin dejar de sonreír, le dedicó una breve pero elegante reverencia.

—Supongo que usted debe de ser la señorita Sydney, la ayudante de quien tanto he oído hablar. He de admitir que pensé que las calurosas descripciones que hacían los agentes de usted eran exageradas, pero ahora veo que se quedaban cortos.

Antes de que Sophia pudiese responder, se oyó la voz de sir Ross.

—¿Va a estar de cháchara toda la noche, Linley, o me va a sacar la bala?

El doctor le guiñó el ojo a Sophia y puso manos a la obra.

—Voy a necesitar una palangana grande llena de agua

hirviendo, jabón, un tarro de miel y un vaso de brandy. Y un poco más de luz.

Sophia corrió a buscar los artículos en cuestión y Eliza se ocupó de traer velas y lámparas.

Cuando Sophia volvió de la cocina, la habitación estaba tan iluminada como a mediodía. Dispuso la palangana, el jabón, la miel y el brandy junto al lavatorio. Luego volvió junto a la cama y vio como el médico secaba algunos instrumentos de metal con un paño. Linley sonrió, dándose cuenta de su interés.

—Hay menos posibilidades de que una herida se vuelva pútrida y maloliente si se mantiene limpia, aunque nadie ha sabido explicar el motivo. Por eso mantengo los instrumentos y las manos tan limpios como puedo.

—¿Para qué es la miel?

—Es excelente para cubrir la herida y al parecer ayuda a que cicatrice; también hace que el tejido no se pegue a la ropa cuando se cambia el vendaje.

—¿Y el brandy?

—Lo he pedido porque tengo sed —explicó tranquilamente Linley y, acto seguido, bebió un sorbo de licor—. Ahora, señorita Sydney, después de lavarme las manos voy a proceder a la extracción de la bala, un paso muy desagradable que hará que sir Ross sude como un condenado. Si tiene un estómago débil, le aconsejo que espere en otra habitación.

—No lo tengo —le repuso Sophia—. Quiero quedarme.

—Muy bien —dijo Linley. Cogió una sonda larga y delgada y se sentó en la cama—. Trate de no moverse —le pidió a sir Ross—; si se siente muy molesto, puedo decirle a sir Grant que venga a sostenerlo.

—No me moveré —le aseguró Cannon.

Cuando el doctor dio la señal, Sophia sostuvo una

lámpara sobre su hombro. Ella prefirió fijarse en la tensa expresión de sir Ross en vez de en el diligente trabajo manual del doctor Linley. Los únicos signos que dio sir Ross de estar sufriendo fueron una mueca ocasional y alguna leve contención de la respiración cuando la sonda se movía. Finalmente, el instrumento tocó la bala, que estaba incrustada contra un hueso.

—Aquí está —dijo Linley con calma, pero con un atisbo de sudor que le hacía brillar la frente—. Es una pena que sea tan resistente, Cannon; hubiera sido mejor que se desmayase antes de sacarle esta cosa.

—Nunca me desmayo —masculló Ross. Su mirada buscaba desesperadamente los ojos de Sophia, que le sonrió de forma tranquilizadora.

—Señorita Sydney —le dijo Linley—, sostenga esta sonda tal como está colocada y procure no variar el ángulo.

—Sí, señor —obedeció ella, mientras Linley cogía un delicado instrumento que se asemejaba a unas pinzas.

—Tiene usted buen pulso —comentó el médico, volviendo a tomar la sonda y comenzando a extraer la bala—. Y, por si fuera poco, es usted muy guapa. Si alguna vez se cansa de trabajar en Bow Street, la contrataré como mi ayudante.

—Es mía —intervino sir Ross, antes de que ella pudiese responder.

Y, dicho esto, se desmayó.

6

A la extracción de la bala siguió un alarmante borbotón de sangre roja y brillante. Sophia se mordió el labio y vio como Linley presionaba la herida con un paño limpio. Las palabras «es mía» parecían flotar en el aire; ella trató de buscar una explicación para la frase, pero no tuvo demasiada fortuna.

—Qué... qué amable de su parte expresar su satisfacción por mi trabajo —dijo.

—No es eso lo que sir Ross ha querido decir, señorita Sydney —le respondió el médico, todavía centrado en su tarea—. Créame, creo haber entendido bastante bien a lo que se refería.

Cuando Linley terminó de vendar el hombro de Ross, dirigió sendas miradas a Sophia y Eliza, que estaba recogiendo una pila de trapos sucios para lavar.

—¿Quién de ustedes cuidará de sir Ross? —preguntó el doctor.

La pregunta fue recibida con silencio por parte de ambas mujeres, que se miraron. Sophia se mordió el labio, queriendo desesperadamente encargarse del cuidado de su jefe. Sin embargo, al mismo tiempo, se sintió alarmada por la inefable ternura que se despertaba en su interior. La repulsión que había sentido una vez por sir Ross se estaba resquebrajando a pasos agigantados. Le parecía imposible endurecer aquella anterior sensación de odio, y el darse cuenta de ello la desesperaba. Lo siento, John, pensó con amargura; te estoy fallando y tú te mereces algo mejor que esto. Por el momento, iba a dejar de lado sus planes de venganza; no tenía elección. Ya volvería a pensar en ello más adelante.

—Yo me ocuparé de él —dijo Sophia—. Dígame qué tengo que hacer, doctor Linley.

—Hay que cambiar el vendaje dos veces al día —contestó el doctor—. Aplíquelo en la base de la herida, tal como me ha visto hacerlo esta noche. En caso de que la herida supure o despida mal olor, o si el hombro se hincha y se pone rojo, haga que me avisen. Además, si la zona de alrededor de la herida se calentase, desearía saberlo de inmediato. —Hizo una pausa para dirigir una sonrisa a sir Ross, que estaba recobrando el conocimiento—. Sírvale la típica comida de enfermo: carne a la plancha, té, leche, tostadas, huevos pasados por agua... y, por amor de Dios, raciónele el café para que pueda descansar. —Linley, todavía sonriendo, se inclinó y puso la mano en el hombro ileso de Ross—. Por esta noche he acabado con usted, amigo mío, pero volveré en un día o dos para seguir atormentándolo. Ahora iré a decirle a sir Grant que ya puede venir a verlo; supongo que debe de estar impaciente.

El doctor salió de la habitación; sus pasos eran silenciosos para alguien tan alto.

—Qué caballero tan agradable —comentó Sophia.

—Pues sí —coincidió Eliza, y rió entre dientes—, y el doctor Linley también es soltero. En Londres hay muchas damas de buena familia que requieren sus servicios, tanto profesional como personalmente. La que consiga hacerse con ellos es una mujer con suerte.

—¿A qué se refiere con servicios personales? —le preguntó Sophia, perpleja—. ¿No se referirá...?

—Oh, sí —dijo la cocinera con timidez—. Dicen que el doctor Linley es alguien muy experimentado en las artes amatorias, además de en las...

—Eliza —la interrumpió sir Ross con voz ronca—, si se va a poner a chismorrear, hágalo en una habitación donde no me vea obligado a escuchar —dijo, mirando a ambas mujeres con ceño y centrándose luego en Sophia—. Seguro que tienen algo mejor de lo que discutir que de «artes amatorias».

—No le falta razón —dijo Sophia, mirando a Eliza con una sonrisa—. No debemos rebajarnos ante sir Ross de esta manera. —Y añadió con picardía—: Puede seguir hablándome del doctor Linley cuando estemos en la cocina.

Como la molestia inicial de la herida se fue convirtiendo en un agudo dolor, Ross aceptó que Sophia le ayudara a desvestirse. Él hizo tanto como le fue posible, pero pronto se sintió exhausto. Para cuando Sophia le puso una camisola blanca de lino sobre la cabeza y le ayudó a pasar el brazo herido por la manga, él ya se encontraba dolorido y agotado.

—Gracias —susurró, apoyándose contra la almohada y gruñendo de dolor.

Sophia estiró las sábanas y cubrió a sir Ross hasta el pecho. Sus ojos, oscurecidos por la preocupación y una especie de insondable emoción, buscaban los de Ross.

—Sir Grant está esperando en el pasillo; ¿desea verlo ahora, o debo decirle que vuelva más tarde?

—Que pase —decidió Cannon, al que se le escapó un suspiro. En realidad no tenía ganas de hablar ni con Morgan ni con nadie. Deseaba silencio, paz y la agradable presencia de Sophia junto a él.

Instintivamente, ella comenzaba a acercarse a él, pero entonces vaciló. No era la primera vez que Ross notaba en ella un conflicto interior, una lucha entre el deseo y la repulsa, como si estuviera decidida a negarse a sí misma algo que quería con todas sus fuerzas. Sophia le acarició la frente y le apartó el pelo con los dedos.

—No hable con él demasiado tiempo —le dijo en voz baja—. Necesita descansar. Volveré más tarde con la bandeja de la cena.

—No tengo hambre.

Sophia hizo caso omiso de sus palabras y se fue, lo cual hizo sonreír a Ross, ya que estaba seguro de que ella no dejaría de insistir hasta que él comiese algo.

Sir Grant Morgan entró en la habitación, agachando la cabeza para pasar por el umbral. Le echó un rápido vistazo a Ross y se detuvo en el vendaje sobre su hombro.

—¿Cómo está? —le dijo, sentándose en la silla que había junto a la cama.

—Nunca he estado mejor. No es nada; volveré al trabajo mañana mismo, o a más tardar pasado.

Morgan soltó una carcajada.

—Maldita sea, Cannon. Me gustaría saber qué me diría si yo hubiera cometido la imprudente locura que usted ha llevado a cabo esta noche.

—Si no me hubiese sumado a la persecución, Butler habría escapado.

—Ya, claro —ironizó Morgan—. Sayer me ha dicho que fue todo un espectáculo. Según él, trepó por el edificio como un condenado gato y siguió a Butler hasta el tejado contiguo; luego saltó casi dos metros sobre el vacío, poniendo en peligro su vida, y después de que Butler disparase nadie supo que estaba usted herido, porque siguió hasta que lo atrapó. Sayer opina que es un maldito héroe. —El tono de Morgan dejaba claro que no estaba de acuerdo con tales afirmaciones.

—No me caí —señaló Ross—, y todo ha terminado bien, así que déjalo estar.

—¿Que lo deje estar? —Aunque Morgan todavía controlaba su temperamento bastante bien, su expresión comenzaba a delatarlo—. ¿Qué derecho tiene a arriesgar su vida de esa manera? ¿Sabe lo que sería de Bow Street si hubiera muerto? No hace falta que le recuerde toda la gente que se alegraría de usar su desaparición como excusa para desmantelar a los agentes y dejar todo Londres a merced de cazarrecompensas y señores del crimen como Nick Gentry.

—Tú no dejarías que eso ocurriese.

—Yo no podría evitarlo —replicó Morgan—. No tengo sus facultades, ni sus conocimientos ni su influencia política; por lo menos no todavía. Su muerte pondría en peligro todo por lo que hemos trabajado; y pensar que la causa de todo es una mujer, por el amor de Dios.

—¿Qué has dicho? —preguntó Ross—. ¿Crees que he corrido por un tejado por culpa de una mujer?

—Por culpa de la señorita Sydney —precisó Morgan, clavándole sus ojos verdes—. Desde que ella está aquí usted no es el mismo y lo de esta noche es un buen ejemplo de ello. Aunque no fingiré que comprendo qué ideas tiene en la cabeza...

—Gracias —masculló Ross.

—... está claro que tiene un problema. Y me parece que su origen es su interés por la señorita Sydney. —Las duras facciones de Morgan se relajaron al observar a Ross de forma perspicaz—. Si la quiere, tómela —le dijo tranquilamente—. Dios sabe que ella lo está deseando; es algo obvio para todo el mundo.

Ross frunció el entrecejo y no contestó. No era precisamente el hombre más consciente de sus propias necesidades; prefería examinar las emociones y las inquietudes de otros en vez de las suyas propias. Para su desagradable sorpresa, se dio cuenta de que Morgan estaba en lo cierto. Había actuado de modo imprudente, seguramente a causa de la frustración y puede que incluso debido a cierto sentimiento de culpa. Parecía que su esposa hubiese muerto hacía ya mucho tiempo y que el dolor que había llevado a cuestas los últimos cinco años hubiera disminuido. Últimamente había habido días en los que ni siquiera había pensado en Eleanor, a pesar de lo mucho que la había amado. Sin embargo, aquellos recuerdos se habían vuelto distantes y borrosos desde que Sophia había entrado en su vida. Ross no podía recordar si alguna vez había sentido semejante pasión por su mujer. No cabía duda de que era una indecencia compararlas, pero no podía evitarlo. Eleanor era tan frágil, voluntariosa y apagada... y Sophia tenía aquella belleza dorada y aquella vitalidad tan femenina.

Ross, impertérrito, miró a Grant.

—El interés que pueda tener en la señorita Sydney es cosa mía —dijo llanamente—. Y en cuanto a mis actos algo precipitados de esta noche, a partir de ahora trataré de limitar mis actividades a aquellas que sean de una naturaleza más reflexiva.

—Y dejará la caza de delincuentes a los agentes, tal como yo aprendí a hacer —añadió Morgan, muy seriamente.

—Sí. Sin embargo, desearía corregirte en un punto: no soy irreemplazable. No está tan lejos el momento en que tendrás que ocupar mis zapatos, y no te costará tanto como crees.

Morgan esbozó una sonrisa y bajó la cabeza para mirar sus grandes pies.

—Puede que tenga razón; al que sí le va a costar es al tipo que tenga que llenar los míos.

En ese momento, Sophia llamó con suavidad a la puerta y entró cautelosamente. Estaba algo despeinada, con algún mechón que se le escapaba de las horquillas, por lo que resultaba muy atractiva. Llevaba una bandeja con un plato cubierto y un vaso de lo que parecía agua de cebada. A pesar de que Ross se sentía muy débil, su presencia le levantó el ánimo.

—Buenas noches, sir Grant —saludó Sophia, sonriente—. Si desea cenar, no tengo inconveniente en traer otra bandeja.

—No, gracias —le respondió Morgan amablemente—. He de volver a casa con mi mujer; me está esperando —añadió, y se despidió de ambos disponiéndose a partir. Al llegar a la puerta se detuvo y miró a Ross—. Piense en lo que le he dicho.

El dolor del hombro hizo que a Ross le costase descansar. Se despertaba con frecuencia y pensó en tomar una cucharada del jarabe de opio que había sobre la mesita de noche. Sin embargo, acabó por rechazar la idea, ya que no le gustaba la ligera ebriedad que le producía. Pensó en que Sophia estaba durmiendo a unas pocas habitaciones de la suya, y luego se le ocurrieron varias excusas que podría usar para conseguir que ella se quedase a su lado. Estaba aburrido e incómodo, y la deseaba, pero era consciente de la que ella necesitaba descansar.

El amanecer fue avanzando tímidamente sobre la ciudad, y las primeras y débiles luces se colaron por las cortinas entreabiertas de la habitación de sir Ross, que se sintió aliviado al oír los sonidos de la gente que comenzaba a trajinar por la casa. El ligero andar de Sophia, que se dirigía al pequeño ático de Ernest para despertarlo; las criadas, que llevaban cubos con carbón e iban encendiendo las luces; los bruscos pasos de Eliza en dirección a la cocina...

Finalmente, Sophia entró en la habitación, con el rostro despejado y brillante y el cabello recogido en un gran moño sobre la nuca. Empujaba un carro con una serie de productos que fue colocando en la mesita de noche, y luego se sentó a un lado de la cama.

—Buenos días —le dijo a Ross; le tocó la frente y luego le colocó la mano bajo su barbudo mentón—. Tiene un poco de fiebre. Le cambiaré el vendaje y luego le diré a las criadas que le preparen un baño de agua tibia. El doctor Linley me dijo que se podía bañar siempre y cuando el agua no mojase las vendas.

—¿Me va a ayudar a lavarme? —le preguntó Ross, disfrutando del repentino rubor que tiñó las mejillas de Sophia.

—Mis tareas como enfermera no llegan a esos extremos —le contestó ella remilgadamente, aunque no pudo evitar que el comentario le provocase una leve sonrisa—. Si necesita ayuda para bañarse, Ernest se la proporcionará —le dijo, mirándolo de cerca, como fascinada por la visión de aquel rostro sombreado por la barba—. Nunca lo había visto sin afeitar.

—Por la mañana pincho como un erizo —dijo él, frotándose la mandíbula.

Sophia lo miró.

—En realidad, le da un aire más varonil, como si fuera un pirata.

Ross observó como ella ponía manos a la obra, corriendo las cortinas para que entrase la luz del día, poniendo agua caliente en la jofaina y lavándose las manos meticulosamente. Aunque Sophia quería dar la impresión de que controlaba la situación, era evidente que no estaba acostumbrada a estar a solas con un hombre en la habitación de éste. Casi no miró a Ross cuando volvió junto a la cama y preparó los nuevos vendajes.

—Sophia —le susurró Cannon—, si se sientes incómoda puede...

—No —le aseguró ella con honestidad, mirándolo a los ojos—. Quiero ayudarle.

A Ross le fue imposible reprimir una sonrisa burlona.

—Tiene la cara enrojecida.

Sophia seguía ruborizada, pero se le dibujó un hoyuelo en la mejilla mientras destapaba el tarro de miel e impregnaba un trozo de tela con el espeso líquido ámbar.

—En su lugar, sir Ross, yo no me burlaría de la persona que está a punto de atenderlo.

Él no pudo sino quedarse en silencio y dejar que ella empezara a desabrocharle los botones de la camisola. Con cada centímetro de aquel peludo pecho que se iba revelando, el delator rubor de Sophia se iba haciendo más intenso. Aunque trataba de mantener la calma, había algunos botones que le costaban más que otros. Ross se dio cuenta del sonido que estaba haciendo al respirar y trató de controlarse, pero el pulso ya se le había acelerado. No podía recordar la última vez que una mujer lo había desnudado; aquélla le parecía la experiencia más erótica que había tenido nunca. La habitación en silencio, y Sophia inclinada sobre él, con el entrecejo fruncido por la concentración. El aroma a miel flotaba en el ambiente, mezclado con el olor fresco y femenino de la mujer.

Sophia desabrochó el último botón y apartó la camisola para dejar al descubierto el hombro vendado. Observó aquel pecho desnudo, pero su cara no reveló nada.

Ross se preguntó si ella preferiría a los hombres lampiños en el pecho. El amante de Sophia era rubio y recitaba poesía; pues muy bien, él era oscuro como un sátiro y a duras penas si podía recordar un solo verso. El ambiente se iba caldeando y haciéndose más tenso, y Ross comenzó a sentirse incómodo. Las mantas le cubrían la mitad inferior del cuerpo, pero, aun así, su incipiente erección formaba un considerable bulto que Sophia podría advertir fácilmente con sólo mirar en la dirección adecuada.

Comenzó a quitarle el vendaje, pasando la mano por el hombro de Ross para hacerse con el extremo de la tela, y él se dio cuenta de que la respiración de ella se iba volviendo más agitada. De repente, la situación lo superó; aquella suave y fragante mujer, la cama, su propia semidesnudez... Su sentido común fue vencido por sus necesidades masculinas. Sentía total necesidad de dar, tomar y dominar. Emitió un tosco sonido, agarró a Sophia por la cintura y la atrajo hacia sí.

—Oh, sir Ross, qué... —susurró ella mientras él giraba sobre sí mismo y se ponía sobre ella. Sophia le puso las manos sobre el pecho, agitándolas como las alas de un pajarillo asustado. Deseaba quitárselo de encima, pero no quería hacer que la herida empeorase—. No quiero hacerle daño.

—Entonces no te muevas —le dijo él con voz ronca, bajando la cabeza.

Ross la besó en los labios, buscando su sabor más íntimo. Ella se quedó paralizada. Él saboreó el delicado ardor de su boca, moviendo los labios y besándola de manera húmeda y sutil. Ella se rindió y comenzó a gemir, besándolo como si quisiese devorarlo.

Las voluminosas faldas de Sophia se amontonaban sobre Ross, que, impaciente, las recogió para colocar una pierna entre las de ella. Sintió los dedos de Sophia sobre el pecho, haciendo presión sobre su musculoso pecho.

A pesar de la sencillez de esa caricia, Ross sintió un placer casi agónico. Sediento de más, la besó en el cuello, comenzando por detrás de la oreja, hasta llegar a la juntura con el hombro. Ella se arqueó contra él.

—Puede... puede venir alguien —musitó, ruborizada.

—Nadie vendrá —le aseguró Ross, distrayéndola con besos, mientras sus dedos manipulaban frenéticamente los botones del vestido—. Si alguien se acerca, oiré crujir el suelo.

Mientras Sophia yacía gimiendo bajo sir Ross, él le abrió el vestido y estiró la cinta que cerraba la parte del pecho. Deslizó la mano bajo la gasa y descubrió una piel increíblemente suave en la curva del pecho. Recorrió el frágil montículo con el pulgar hasta toparse con el erguido vértice del seno.

Sophia apoyó la cara contra el cuello de Ross, que notó su frenética respiración.

—Ross... —le susurró ella.

El hecho de oír su nombre en los labios de Sophia excitó a Cannon fulminantemente. Posó la cabeza entre aquellos pechos y, con la punta de la lengua, trazó un húmedo círculo alrededor del delicado pezón. El pequeño capullo se tornó más oscuro, más duro, y a Sophia se le tensó todo el cuerpo. Muy despacio, Ross comenzó a lamer la cresta con embites lujuriosos que hacían que ella se aferrara a él.

—Por favor... —murmuró ella, poniéndole ambas manos en la nuca y atrayéndolo hacia abajo—. Por favor, Ross...

—¿Quieres que siga?

—Sí. Hazlo de nuevo, oh, sí...

Ross tomó todo el pezón con la boca, lo cual hizo gemir más a Sophia. Chupaba lentamente, haciendo una leve presión con los dientes, mientras sus dedos jugueteaban con el endurecido pezón del otro pecho. Sophia le revolvió el cabello y le levantó la cara, besándolo con una intensidad arrebatadora, como si en ese momento no existiese nada salvo ellos en aquella cama. Luego comenzó a acariciarle la espalda, resiguiendo la forma de sus músculos.

—Sophia —le dijo Ross, casi sin aliento—, no sabes cuántos largos y solitarios años te he estado esperando.

Sophia, aturdida y con las pupilas dilatadas, lo miró a los ojos, mientras sentía como él le iba subiendo más las faldas. Ross fue encontrándose sucesivamente con la rodilla, la liga que le sostenía las medias y el borde desgastado de las bragas. Siguió subiendo la mano y se topó con el tejido elástico que había en la confluencia de los muslos. El vello púbico se arremolinaba suavemente contra la tela, y Ross lo acarició con ternura antes de subir hacia el vientre. Dio con los cordeles de los calzones, los desató e introdujo la mano debajo. Movió los dedos contra el mojado triángulo de Sophia y comenzó a hablar cariñosamente.

—Eres tan hermosa, Sophia, tan dulce…, tan suave. Ábrete para mí; eso es.

Con sumo cuidado, separó los labios hinchados y trató de introducir un dedo entre ellos. Sophia se sobresaltó, y Ross se detuvo.

—No, no —le susurró—; no te haré daño. Déjame.

Volvió a besarla hasta que Sophia se relajó y entonces otra vez deslizó los dedos entre sus piernas; y ella ya no pudo resistirse. Ross la besó en los labios y luego le mordisqueó el delicado lóbulo de la oreja.

—Quiero hacerte el amor —le susurró.

Sophia escondió el rostro contra el cuello de Ross,

mientras la mano de éste seguía acariciándola suavemente.

—Sí —respondió ella, y estalló en sollozos.

Aquella repentina muestra de emoción dejó a Ross atónito. Supuso que Sophia tenía miedo, que pensaba que esta experiencia acabaría como la anterior. La meció entre sus brazos y le besó las mejillas, húmedas y saladas.

—No llores —le dijo con remordimiento—. ¿Quieres que esperemos? No pasa nada, Sophia.

—No quiero esperar —repuso ella, aferrándose a él con una fuerza sorprendente—. Házmelo ahora. Ahora...

El rubio vello se apretó ansiosamente contra su mano y Ross respondió con un gemido de deseo. Introdujo un dedo y lo empujó hacia dentro, notando cómo la carne presionaba el nudillo. Sophia gemía y suspiraba, besándole el cuello con avidez. Ross retiró el dedo de aquellos tiernos pliegues, y Sophia se restregó contra él.

—Relájate —le susurró Cannon—. Ten paciencia, cariño.

—Por favor... —suplicó ella—. Te necesito, por favor.

La tumescente vara en que se había convertido el miembro de Ross luchaba por liberarse mientras él se colocaba sobre Sophia. Empujó el tenso glande contra los húmedos rizos y el corazón se le desbocó cuando comenzó a penetrarla.

—Abrázame —pidió él con voz ronca.

De repente se oyó un sonido tenue en el pasillo: alguien se dirigía a la habitación.

Enfurecido, Ross consideró seriamente la posibilidad de asesinar a quienquiera que fuese. Después de años de espera, había encontrado finalmente a su mujer, su compañera, y estaba en la cama con ella. No quería que nadie los interrumpiese. Se volvió de lado, y un agudo dolor le atravesó el hombro como si de un cuchillo se tratase. Sin embargo, se alegró de sentirlo insoportable, ya que le ayudó a desviar la atención de la presión de su entrepierna.

Sophia se aferró a él con desesperación.

—No pares, no pa...

Ross la besó en la frente con brusquedad. Cuando por fin pudo hablar, su voz denotaba una terrible frustración.

—Sophia, viene alguien y la puerta está abierta. Si no quieres que nos vean así, sal de la cama.

A ella le llevó unos segundos comprender aquellas palabras. De repente palideció y se incorporó entre un remolino de sábanas, mantas y faldas arrugadas.

Ross se subió las mantas hasta la cintura y se puso boca abajo, gruñendo de furia contra el colchón. Mientras trataba sin éxito de hacer disminuir su tremenda erección, oyó cómo Sophia se arreglaba la ropa. Corrió a la jofaina y comenzó a fingir que se estaba lavando las manos, como si estuviese ocupada preparándose para cambiarle a Ross el vendaje.

Llamaron brevemente a la puerta y apareció el alegre rostro de Ernest, ajeno a la tensión que se respiraba en la habitación.

—¡Buenos días, sir Ross! Eliza me ha enviado a decirle que su madre llegará de un momento a otro. Un lacayo ha venido a avisar de ello.

—Estupendo —masculló Ross entre dientes—. Gracias, Ernest.

—¡No hay de qué, señor! —contestó el chico de los recados, y se fue, dejando la puerta abierta de par en par.

Ross alzó la cabeza para mirar a Sophia, que se resistió a darse la vuelta y enfrentarse a él. Sus manos dejaron de moverse, y habló sin dejar de mirar el agua de la jofaina.

—Acabo de... de darme cuenta de que sería más conveniente cambiarle el vendaje después de su baño. Le diré a Ernest que le traiga el desayuno y a Lucie que vaya llenando la bañera.

—Sophia —le dijo Ross en voz baja—, ven aquí.

Ella hizo caso omiso de la orden y se marchó, dejando tras de sí su agudo tono de voz.

—Vuelvo enseguida.

A pesar de la frustración que sentía, a Ross se le escapó una irritada carcajada.

—Ve, pues —le dijo, dejando caer la cabeza en la almohada—. No podrás seguir evitándome eternamente.

Sophia fue corriendo a encerrarse en su habitación. El corazón le latía tan violentamente que incluso le dolía el pecho.

—Oh, Dios —murmuró.

Como si estuviera en un sueño, se puso delante del pequeño espejo de su tocador. Tenía el cabello revuelto y los labios hinchados. También advirtió una rojez en el cuello. Lo tocó y se dio cuenta de que se lo había provocado la barba de sir Ross. Le parecía extraño que le hubiera quedado la piel marcada por los besos de un hombre, lo cual era signo, a la vez, de la intensidad en que él deseaba poseerla.

Sophia apoyó las manos en el tocador, cerró los ojos y suspiró con fuerza. Nunca se había sentido tan torturada; su cuerpo hervía de deseo, pero su corazón sufría, consciente de su traición y de su exangüe fuerza de voluntad. Una vez Ross había comenzado a besarla, había sucumbido y no había pensado en nada más. Ella había intentado convertirse en su amante, pero su plan había sufrido un duro revés. Ya no deseaba castigarlo, por mucho que se lo mereciera. Deseaba amarlo, entregarse a él por completo, y eso no desembocaría en la destrucción de Ross, sino en la suya propia.

Cuando sir Ross hubo desayunado y se hubo bañado, Sophia volvió a subir. Cannon estaba en la cama y parecía impaciente, ya que no dejaba de retorcer las sábanas recién cambiadas.

A Sophia le sorprendió verlo aseado y afeitado, con el oscuro pelo peinado hacia atrás, en contraste con el blanco impoluto de las sábanas. El color grisazulado de su pijama hacía que los ojos desprendiesen una luz de luna destilada.

—No sé cuánto más podré aguantar así —murmuró Ross, mirándola sin sonreír.

Sophia pensó que se refería al encuentro íntimo que acababan de tener, y se ruborizó, pero luego se dio cuenta de que estaba hablando del hecho de estar en la cama.

—Le hará bien reposar un poco más —le dijo—. No pasa en la cama todo el tiempo que debería.

—Tú puedes remediar eso.

—Me refiero a dormir —aclaró Sophia, que no pudo reprimir una risita nerviosa—. Sir Ross, si sigue molestándome de esa manera, tendré que pedirle a Eliza que sea ella quien le cambie las vendas.

—No, por favor —respondió él esbozando una tenue sonrisa—. Seré bueno.

Ross mantuvo su promesa y se quedó quieto mientras ella le cambiaba las vendas. La herida estaba roja e hinchada, aunque no había signos de supuración. Sophia le tocó la frente, que estaba seca y caliente.

—Le ha subido un poco la fiebre. ¿Cómo se siente?

—Quiero levantarme de la cama y hacer algo.

Sophia sacudió la cabeza.

—No se moverá de aquí hasta que el doctor Linley diga lo contrario. Y, por el momento, no creo que le convenga que nadie le moleste.

—Estupendo —dijo Ross con una sonrisa—. Es la excusa perfecta para librarme de mi madre; no tengo ganas de que se pase todo el día aquí.

—¿Quiere que prepare unos refrigerios?

—No, por Dios. Eso haría que se quedase todavía más tiempo.

—Muy bien, señor —dijo Sophia y, aunque no miró a Ross, sintió como éste la observaba fijamente.

—Sophia —dijo él con calma—, ¿qué te sucede?

—Nada —repuso ella, forzando una sonrisa.

—Sobre lo que ha pasado antes...

Para alivio de Sophia, Ross fue interrumpido por el sonido de pasos y el murmullo de voces animadas en el pasillo. De repente, Eliza entró a la habitación.

—Sir Ross —dijo—, la señora Cannon y el señorito Matthew acaban de llegar.

—¡Querido! —exclamó una mujer alta y canosa, que pasó junto a la cocinera y se acercó a la cama. Llevaba un vestido de seda verde agua y desprendía un leve aroma a perfume exótico. Cuando una de sus largas manos acarició la mejilla de Ross, las alhajas de sus dedos brillaron con fulgor.

Sophia, que se había retirado a un rincón de la habitación, observaba a Catherine Cannon con discreto interés. La madre de Ross no era lo que se dice hermosa, pero tenía tanto estilo y era tan dueña de sí misma que el efecto era deslumbrante.

Ross le susurró algo a su madre y ésta se rió, sentada al borde de la cama.

—Esperaba encontrarte pálido y debilucho, querido

—exclamó—, pero veo que estás mejor que nunca. ¡Incluso has ganado peso! Te favorece.

—Debes agradecérselo a la señorita Sydney —comentó Ross, mirando a Sophia—. Acércate, quiero presentarte a mi madre.

Sophia se mantuvo en su rincón, pero hizo una cortés reverencia, dedicándole a Catherine una tímida sonrisa.

—¿Cómo está, señora Cannon?

La mujer la escrutó con amabilidad.

—Qué jovencita tan encantadora —dijo, mirando a su hijo con una ceja arqueada—. Yo diría que demasiado guapa para trabajar en un lugar como Bow Street.

—De hecho —intervino una voz burlona desde la puerta—, me pregunto qué motivos tendrá el santo de mi hermano para contratar a una muchacha tan bonita.

El hermano menor de Ross, Matthew, estaba de pie junto a la puerta en una pose ensayada, haciendo recaer el peso en una pierna y el hombro apoyado contra el marco. No era difícil advertir el parecido físico entre ellos, que compartían la misma tez y complexión. Sin embargo, las facciones de Matthew eran menos angulosas que las de Ross; tenía la nariz más pequeña y la barbilla menos definida. Algunas mujeres opinaban que Matthew era el más guapo de los dos, ya que aún guardaba un aspecto juvenil que le proporcionaba atractivo. Sin embargo, Sophia pensó que parecía una versión a medio cocinar de su hermano mayor. Ross era todo un hombre, elegante, duro y con experiencia en la vida; Matthew no era más que una pálida imitación.

Sophia dirigió la mirada al insolente personaje que se apoyaba en el marco de la puerta, e inclinó la cabeza en una levísima reverencia.

—Señor Cannon —murmuró.

Ross miró a su hermano con ceño.

—Déjate de tonterías, Matthew, y entra de una vez. ¿Dónde está tu mujer?

—La pobre Iona está un poco resfriada —contestó la madre—, y tenía miedo de contagiarte. Desea que te recuperes lo antes posible.

Sophia, que seguía de pie en un extremo de la habitación, hizo otra reverencia.

—Con su permiso, los dejaré solos —dijo—. Sir Ross, haga sonar la campanilla si necesita algo.

Cuando Sophia salió de la habitación, Ross fulminó a su hermano con la mirada. No le había gustado la manera en que Matthew se había referido a ella, ni el modo en que la había mirado. Enfadado, se preguntó cuándo dejaría éste de ver a cada mujer que conocía como una posible conquista.

Aunque la esposa de Matthew, Iona, era una chica encantadora, estaba claro que él no había abandonado su interés por las mujeres. Si se había acostado con alguien fuera del matrimonio todavía estaba por saberse. Sin embargo, sí había una cosa que podía mantenerlo a raya: la total certeza de que Ross no se tomaría ninguna infidelidad a la ligera. Ross era quien se hacía cargo de los asuntos financieros de toda la familia y mantenía a su hermano menor con una asignación periódica. Si alguna vez Ross llegase a tener pruebas de alguna infidelidad de Matthew, no dudaría en reprenderlo con todos los medios a su alcance, entre ellos el reducirle significativamente los ingresos.

—¿Cuánto hace que trabaja aquí? —preguntó Matthew.

—Unos dos meses.

—¿No te parece poco conveniente el contratar a una mujer como ella? Ya sabes lo que va a decir la gente, que te presta sus servicios en más de una forma.

—¡Matthew! —protestó la madre enérgicamente—. No es necesario hacer tales insinuaciones.

Matthew respondió con una mueca.

—Madre, hay ciertas cosas que un hombre sabe con tan sólo mirar a una mujer. Es obvio que, bajo la superficie, la señorita Sydney es una fulana como cualquier otra.

A Ross le costó no montar en cólera.

—Siempre se te ha dado mal juzgar a la gente, Matthew —le dijo, cogiendo con fuerza la sábana—. Te aconsejo que mantengas la boca cerrada y que recuerdes que eres un hombre casado.

Matthew lo miró con recelo.

—¿Qué demonios quieres decir? —replicó.

—Quiero decir que mi ayudante parece haberte despertado un excesivo interés.

—Te equivocas —le contestó Matthew, indignado—. Sólo he dicho que...

—Basta ya —intervino Catherine, riendo de asombro—. Me disgusta veros discutir.

Ross le dirigió a su hermano una mirada fría como el acero.

—No permitiré que Matthew insulte a empleados de esta casa.

—Dime —lo desafió su hermano—, ¿en qué consiste tu relación con la señorita Sydney, que sales en su defensa con tanta vehemencia?

Antes de que Ross pudiese responder, Catherine chilló, irritada.

—Matthew, ¡creo que tratas de molestar a tu hermano adrede! La relación que tenga con la señorita Sydney sólo le concierne a él, no a nosotros. Y ahora, haz el favor de esperar en el pasillo y déjanos tranquilos durante un rato.

—Será un placer —respondió Matthew con tono burlón—. Nunca me ha gustado visitar a gente enferma.

Tan pronto salió de la habitación, Catherine se inclinó sobre su otro hijo.

—Y ahora dime, Ross, ¿cuál es tu relación con la señorita Sydney?

Ross no pudo evitar soltar una carcajada.

—¡Acabas de decir que eso sólo me concierne a mí!

—Bueno, sí, pero soy tu madre. Y tengo derecho a saber si estás interesado por alguien.

—No pienso decir nada —le contestó Ross, sonriendo ante la ávida curiosidad de su madre.

—Ross... —insistió ella, y puso los ojos en blanco. Luego le devolvió la sonrisa—. He de reconocer que hacía mucho tiempo que no te oía reír. Ya estaba pensando que te habías olvidado de cómo hacerlo; pero querido, en serio, ¿una sirvienta, cuando podrías escoger entre las herederas mejor educadas de Inglaterra?

Ross la miró a los ojos, consciente de que la sola idea de casarse con un miembro del servicio doméstico estaba considerada una escandalosa transgresión social. El hecho de mantener relaciones sexuales con una sirvienta se aceptaba, pero un caballero nunca se casaría con ella. Sin embargo, eso a Ross le importaba un comino. Después de años de tratar con todo el mundo, desde la realeza hasta los pobres más pobres, había aprendido que la conciencia de clase de su propia sociedad no era más que pura hipocresía. Había observado que los nobles eran capaces de cometer los crímenes más atroces y que incluso los vagabundos más harapientos se comportaban a veces con honor.

—La señorita Sydney es la hija de un vizconde —le dijo a su madre—; aunque me daría igual si su padre fuera trapero.

Ella puso cara de asombro.

—Me temo que trabajar tanto tiempo en Bow Street te ha dado una sensibilidad demasiado democrática. —Estaba claro que aquel comentario no era un cumplido—. Sin embargo, ¿la hija de un vizconde? Podría ser peor, supongo.

—Estás dando cosas por sentadas, madre —le dijo Ross secamente—, yo no he dicho que tenga ningún interés por ella.

—Sí que lo has dicho —repuso ella con aire de suficiencia—. Una madre se da cuenta de estas cosas. Y ahora, dime cómo una mujer de sangre supuestamente azul ha acabado trabajando en Bow Street.

—¿No vas a preguntarme nada sobre la herida? —replicó Ross, arqueando las cejas y cada vez más incrédulo.

—¡Vas a tener otra herida si no me cuentas más sobre la señorita Sydney!

7

Sophia no subió a la habitación de Ross hasta el cabo de varias horas después de que su madre y su hermano se hubiesen marchado. Cannon estaba impaciente y se preguntaba qué insignificantes tareas podían ser más importantes que atenderlo a él. Ella había enviado a Lucie a subirle una bandeja con la cena y la medicina, así como algo de lectura para que se entretuviera.

Sin embargo, sir Ross no tenía apetito y comenzaba a dolerle la cabeza. A medida que el sol se iba poniendo y la habitación se oscurecía, no paraba de dar vueltas y más vueltas en la cama. Tenía calor y le dolía todo el cuerpo, especialmente el hombro, pero lo peor era que se sentía aislado. Mientras él estaba confinado en aquella cama, enfermo, el mundo seguía girando. Se quitó la camisola con rabia y se quedó con las sábanas hasta la cintura, sumido en su agobio.

Para cuando Sophia apareció en la habitación, a las ocho de la tarde, Ross estaba hosco y exhausto, yaciendo boca abajo a pesar del dolor que ello le provocaba.

—¿Sir Ross? —dijo Sophia, moviendo la lámpara levemente para iluminarlo—, ¿está dormido? He venido a cambiarle el vendaje.

—No, no estoy dormido —gruñó él—. Tengo calor y me duele el hombro, y ya estoy harto de estar tumbado en esta cama infernal.

Sophia se inclinó sobre él y le tocó la frente.

—Todavía tiene fiebre. Vamos, deje que le dé la vuelta. No me extraña que le duela el hombro, tal como está acostado.

Los brazos de Sophia, esbeltos pero fuertes, lo ayudaron a volverse. Él emitió un quejido y se le resbalaron las sábanas hasta las caderas. Sophia le sostuvo la nuca y le acercó un vaso a los labios. Ross bebió el agua de centeno, fría y dulce, a pequeños sorbos. El fresco aroma de ella parecía ocultar el ambiente viciado de la habitación.

—¿Quién ha cerrado las ventanas? —preguntó Sophia.

—Mi madre; dice que el aire del exterior es malo para la fiebre.

—No creo que el aire nocturno le haga ningún daño —opinó Sophia, y fue a abrir las ventanas.

Ross se reclinó en la almohada, aliviado de que el ambiente de la habitación se tornara más respirable.

—No te he visto en todo el día —le recriminó. Se subió la sábana a la altura del pecho y se preguntó si ella se había dado cuenta de que estaba desnudo bajo ellas—. ¿Qué has estado haciendo?

—Las chicas y yo hemos limpiado la salida de humos de la cocina y hemos pintado los hierros, y luego hemos hecho la colada y planchado. Después, Eliza y yo hemos estado haciendo mermelada de moras.

—Deja que Eliza se encargue y quédate conmigo.

—Sí, señor —respondió Sophia, a la que le causó gracia el tono autocrático empleado por Ross—. Si deseaba mi compañía, sólo tenía que pedirlo.

Ross frunció el entrecejo y se quedó callado mientras ella le cambiaba el vendaje del hombro. La visión del rostro sereno de Sophia, cuyas oscuras pestañas le cubrían los ojos azules mientras se concentraba en la tarea, hacía más llevadero el sufrimiento. Ross recordó su ardiente y decidida reacción aquella mañana y se sintió satisfecho. A pesar de sus miedos, Sophia había deseado que él le hiciera el amor. Cannon no iba a sacar el tema ahora, no hasta que se hubiese recuperado; pero cuando llegase ese momento...

Sophia terminó de atar la venda e introdujo un paño en un recipiente lleno de agua.

—No hay signos de infección —dijo, sacando el trapo del agua—. Creo que la herida se está curando. Puede que la fiebre comience a bajarle pronto, y así se sentirá mejor.

Le pasó el paño húmedo por la cara y la frente. De repente, una fresca brisa entró por la ventana y rozó la piel mojada de sir Ross, lo cual hizo que temblase de placer.

—¿Tiene frío? —le preguntó Sophia.

Él cerró los ojos y negó con la cabeza.

—No —susurró—. No pares; me hace sentir bien.

Ella mojó el paño de nuevo y Ross soltó un leve suspiro mientras el frescor se extendía por su cuello y su pecho. ¿Cuánto hacía que nadie había cuidado de él? No podía recordarlo. Rebosando gratitud, oyó la voz melodiosa de Sophia, que tarareaba una canción.

—¿Sabes la letra? —le preguntó, adormilado.

—En parte.

—Cántamela.

—No tengo una voz especial —alegó ella—. Se sentirá decepcionado si espera oír algo por encima de la media.

—Tú nunca podrías decepcionarme —repuso Ross, cogiéndole los dedos, que ella tenía sobre su pecho.

Sophia se quedó en silencio durante un rato, sin mover los dedos. De repente, se puso a cantar una tonada melódica y relajante.

Cuando haya encontrado a mi amor verdadero,
lo recibiré alegre, de día o de noche,
porque las campanas sonarán
y los tambores retumbarán
para darle la bienvenida con una inmensa alegría.

Cuando Sophia calló, Ross abrió los ojos y vio que tenía una expresión de amargura en el rostro, como si aquella canción le hubiese recordado el desengaño amoroso sufrido en el pasado. Ross sintió celos y preocupación a partes iguales, y buscó una manera de liberarla de aquellos tristes recuerdos.

—Tenías razón, no tienes una voz espectacular... —le dijo, sonriendo al verla fruncir el entrecejo— pero me gusta mucho —añadió.

Sophia volvió a colocarle el paño húmedo en la frente.

—Ahora le toca a usted entretenerme —dijo con picardía—. Puede comenzar cuando quiera.

—No sé cantar.

—Bueno, tampoco esperaba que pudiera hacerlo, con una voz como la suya.

—¿Qué tiene de malo mi voz?

—Es muy grave. Nadie esperaría oír de usted el canto de un barítono —opinó Sophia, riendo al ver la expresión de descontento de sir Ross. Le levantó la cabeza y le acercó el vaso con agua de centeno a los labios—. Vamos, beba un poco más.

Ross tragó aquel mejunje con una mueca de desagrado.

—Hacía años que no bebía agua de centeno —comentó.

—Eliza me ha dicho que usted nunca cae enfermo —dijo Sophia, poniendo el vaso sobre la mesilla—. De hecho, a la mayoría de los agentes les ha sorprendido que lo hayan herido. Es como si pensaran que las balas deberían rebotarle como gotas de lluvia.

—Nunca he dicho que fuera sobrehumano —afirmó Ross, sonriente.

—Aun así, todos creen que sí lo es —le dijo Sophia mirándolo—. Piensan que está más allá de las necesidades y las debilidades del hombre, que es invulnerable.

Ambos se quedaron en silencio, mirándose, y Ross entendió entonces que ella le estaba haciendo una especie de pregunta.

—Pues no —dijo finalmente—. Tengo necesidades, y también debilidades.

Sophia bajó la mirada hacia el cubrecama y, con cuidado, deshizo una arruga que se había formado en la tela.

—Sin embargo, no cede ante ellas.

Ross volvió a cogerle los dedos, pasando el pulgar por la superficie de sus uñas.

—¿Qué es lo que quieres saber, Sophia?

Ella levantó la vista.

—¿Por qué no se ha vuelto a casar después de la muerte de su esposa? Ha pasado ya mucho tiempo y usted todavía es relativamente joven.

—¿Relativamente? —repitió él, arqueando una ceja.

Ella sonrió.

—Dígame por qué lo llaman el Monje de Bow Street, cuando podría encontrar fácilmente alguien con quien casarse.

—No quiero casarme de nuevo. Me las arreglo bastante bien yo solo.

—¿Amaba a su mujer?

—Eleanor era alguien fácil de amar —dijo Ross, tratando de evocar la imagen de su mujer, su rostro pálido y delicado, su sedoso cabello. Sin embargo, tenía la sensación de que la hubiese conocido en otra época. Sorprendido, se dio cuenta de que, para él, Eleanor ya casi no era real—. Era refinada... inteligente... y muy amable. Nunca hablaba mal de nadie. —Esbozó una sonrisa—. Eleanor detestaba que la gente dijese palabrotas, así que se esmeró en curarme de ese hábito.

—Debió de ser una mujer muy especial.

—Sí, pero era físicamente muy frágil, de una forma poco común. De hecho, su familia no quería que contrajese matrimonio.

—¿No? ¿Por qué?

—Eleanor enfermaba con mucha facilidad. Después de llevarla a dar una paseo en carro por el parque una tarde de otoño, cogió un resfriado y tuvo que guardar cama una semana. Era una mujer muy delicada. A sus padres les preocupaba la lluvia de peticiones de matrimonio que pudiera recibir, por no hablar de mis posteriores atenciones como esposo. Temían que un embarazo pudiese matarla. —Su voz adoptó un tono de culpa—. Traté de convencerlos de que la protegería y de que no sufriría ningún mal a mi lado. —No miró a Sophia cuando ésta le dio la vuelta el paño que tenía en la frente—. Fuimos felices cuatro años. Pensábamos que ella no era fértil, porque no conseguía quedarse en estado, lo cual, para mí, era un alivio.

—¿No deseaba tener hijos?

—No era algo que me importase; yo sólo quería que Eleanor estuviera sana y feliz. Sin embargo, un día me dijo que estaba esperando una criatura. Estaba encantada con la noticia. Decía que nunca se había sentido mejor; así que me convencí a mí mismo de que tanto ella como el bebé estarían bien.

Ross se detuvo, demasiado consternado para proseguir. Cualquier mención al nombre de Eleanor le resultaba tremendamente difícil, a la vez que era algo muy íntimo. Aun así, no quería dejar de compartir ningún detalle de su pasado con Sophia.

—¿Qué ocurrió? —le preguntó ella quedamente.

Ross sintió como si algo se desatara en su mente. Todo su rígido autodominio parecía haberse disuelto, y comenzó a contarle cosas que nunca le había contado a nadie; le parecía imposible esconderle nada a ella.

—El día que comenzaron las contracciones supe que algo iba mal. Eleanor no soportaba bien el dolor. Estaba demasiado débil para empujar. El parto ya duraba más de veinticuatro horas y cuando comenzó el segundo día... Dios, fue algo infernal. Hice venir a más médicos, cuatro en total, y se pusieron a discutir sobre qué se podía hacer con mi esposa. Eleanor sentía dolores espantosos, y me rogaba que la ayudase. Hubiera hecho cualquier cosa por ella, cualquier cosa. —Ross no se dio cuenta de que había apretado los puños hasta que sintió las manos de Sophia acariciándolos suavemente—. Lo único en que coincidieron los médicos fue que el bebé era demasiado grande. Tenía que elegir. Les dije que salvaran a Eleanor, por supuesto, pero eso significaba que... —Se detuvo y contuvo la respiración. Le era imposible contarle a Sophia lo que había ocurrido después; no había palabras para explicarlo—. Había tanta sangre... Eleanor gritaba y me suplicaba que parasen. Quería morir para darle una oportunidad al bebé, pero yo no podía dejar que eso sucediera, así que ambos... —Hizo otra pausa y trató de respirar con normalidad.

Sophia no se movía ni decía nada, por lo que Ross supuso que su historia la había disgustado, que le había contado demasiado. Debía de estar horrorizada.

—Elegí la opción equivocada —murmuró—. Y a causa de ello murieron los dos.

El ambiente de la habitación, tan agradable hacía un

instante, ahora lo hacía temblar. Ross se quedó helado, mudo, asqueado.

Sophia le quitó el paño de la frente y le acarició la cara.

—No fue culpa suya —le dijo—. Seguro que es consciente de eso.

Estaba claro que ella no había entendido el fondo de la historia. Ross había tratado de hacerle ver cuán egoísta había sido.

—No debería haberme casado con Eleanor. Si la hubiese dejado en paz, todavía estaría viva.

—Eso no hay forma de saberlo. Pero, en caso de ser así, si nunca se hubiera casado con ella, ¿cómo hubiese sido la vida de su mujer? Vacía, apartada del mundo, falta de amor. —Lo arropó hasta el cuello y fue a buscar una manta al cajón inferior de la cómoda. Se la echó encima y volvió a sentarse a su lado—. Usted no obligó a Eleanor a casarse. Estoy segura de que ella era plenamente consciente de los riesgos que asumía, pero para ella valió la pena, porque durante el tiempo que estuvo con usted se sintió amada y feliz. Ella vivió como quiso. Estoy segura de que no hubiese querido que se culpara a sí mismo de lo que pasó.

—No importa que no me hubiera culpado —afirmó Ross, enfadado consigo mismo—. Yo sé que toda la culpa es mía.

—Es natural que piense así —repuso Sophia, comprensiva—. Usted se cree que es omnipotente, que todo, ya sea malo o bueno, debe atribuírsele a usted. Qué difícil debe de ser aceptar que algunas cosas simplemente escapan a su influencia.

Aquel irónico comentario resultó, curiosamente, reconfortante.

Ross la miró a los ojos y se dio cuenta del alivio que

le suponía hacerlo. Aunque no quería admitir tal sentimiento, le era imposible pasarlo por alto.

—Después de todo, usted sólo es un ser humano —le dijo ella—, no una especie de ser divino.

Sólo un ser humano.

Desde luego que Ross lo sabía. Sin embargo, sólo en ese momento fue consciente de la carga que le había supuesto tratar de convencer al mundo de lo contrario. Había hecho todo lo humanamente posible para probar que era invulnerable y, en líneas generales, había tenido éxito. En su posición, eso era algo casi obligado. La gente quería creer que el magistrado jefe de Bow Street era todopoderoso; querían tener la seguridad de que, mientras ellos dormían, él trabajaba sin cesar ofreciéndoles protección. A resultas de eso, Ross había vivido aislado durante años; no había nadie que lo conociese o le comprendiese de verdad. Sin embargo, por primera vez en su vida de adulto, había encontrado a alguien que no lo miraba con asombro. Sophia lo trataba como si fuese un hombre normal.

En ese momento se levantó y se movió por la habitación, ordenando tranquilamente los objetos que había en el lavatorio y doblando ropa y toallas. Ross la observaba con la intensidad de un depredador, pensando en lo que le haría cuando recobrase las fuerzas. Estaba claro que ella no tenía ni idea de lo que rondaba por su cabeza, o no se mostraría tan tranquila.

8

—¡Es usted un paciente terrible! —exclamó Sophia cuando vio a sir Ross vestido y en pie—. El doctor Linley dijo que debía guardar cama al menos un día más.

—Ese hombre no lo sabe todo —replicó Ross.

—¡Y usted tampoco! —Exasperada y preocupada, Sophia siguió los movimientos de Cannon, que fue hasta la cómoda y abrió el cajón de arriba en busca de una corbata limpia—. ¿Qué piensa hacer?

—Estaré en mi despacho una hora, más o menos.

—¡Pues a mí me parece que se pasará el día trabajando!

Durante los cuatro días que Ross había estado en cama, a Sophia le había sido cada vez más difícil hacerlo reposar. A medida que le iban volviendo las fuerzas y se le iba curando el hombro, más ganas tenía de retomar su habitual y agotador ritmo. Para mantenerlo en cama, Sophia le había traído expedientes y tarjetas del despacho, y había tomado notas mientras él le dictaba, bien desde la cama, bien desde una silla. Le había servido todas las comidas y se había pasado horas leyéndole. A menudo, lo había visto dar cabezadas y se había fijado en cada detalle de su rostro, distendido por el sueño; la forma en que le caía el cabello en la frente, las suaves arrugas de la boca...

Se había familiarizado con el olor de Ross, con el movimiento de su garganta cuando bebía café y con la textura de sus músculos cuando le cambiaba el vendaje; con la rugosidad de su barbilla antes de afeitarse; con el tono ronco de su risa, como si no estuviese acostumbrado a emitir tal sonido; con las ondas caóticas que se le formaban en el cabello negro antes de que ella se lo peinara cada mañana; con el modo en que la sorprendía con sus besos cuando ella se llevaba la bandeja o le acomodaba la almohada, unos besos dulces y contenidos mientras la tocaba de forma amable pero insistente.

Y, en lugar de negarse, ella respondía con abandono.

Para vergüenza de Sophia, había comenzado a tener tórridas fantasías con Ross. Una noche había soñado que se metía en su cama y se acostaba desnuda junto a él. Cuando se hubo despertado, se dio cuenta de que las sábanas estaban mojadas de transpiración, que el corazón le latía más deprisa y tenía la entrepierna mucho más sensible de lo habitual. Por primera vez en su vida, colocó sus dedos sobre aquel palpitante montículo y se acarició con suavidad. Un placer inmenso le recorrió las entrañas al imaginarse que Ross la tocaba de nuevo, que le besaba los pechos y que movía los dedos de forma experta entre sus muslos. Aunque la sensación de culpa y vergüenza era cada vez mayor, siguió estimulándose y descubrió que, cuanto más se frotaba, más intenso era el placer, hasta que desembocó en una ola de calor y de sus labios emanó un tembloroso gemido.

Sophia se puso boca abajo y se quedó confusa y aturdida. Sintió el cuerpo placenteramente más pesado y se preguntó con qué cara miraría a Ross al día siguiente. Nunca había sentido nada igual; era una necesidad física tan urgente que la alarmaba.

Además de la atracción sexual que sentía, se daba cuenta de cuánto le gustaba Ross. Le fascinaban las peculiaridades de su personalidad. Cuando se enfrentaba a un trabajo que le resultaba desagradable, no trataba de eludirlo, sino que lo abordaba con férrea determinación. Para él, el deber lo era todo. Si le pidiesen que se pusiera un cilicio en sacrificio de la gente que dependía de él, lo haría sin vacilar.

A ella le hacía gracia el hecho de que, aunque Ross nunca mentía, maquillaba la verdad en aras de sus propósitos. Si, por ejemplo, alguna vez levantaba la voz, aseguraba que no estaba gritando, sino que estaba siendo «claro».

Negaba que fuese testarudo y se definía a sí mismo como alguien «firme». Tampoco era alguien autoritario, sólo «decidido». Sophia no dudaba en reírse de tales aseveraciones y había descubierto, para su deleite, que Cannon no sabía cómo reaccionar. No era alguien a quien la gente se atreviese a cuestionar y ella era consciente de que él, en cierta manera, disfrutaba con sus provocaciones.

Charlando en las tranquilas horas de la tarde, Sophia había compartido con él los pocos recuerdos que guardaba de su infancia: las caricias de su padre al desearle buenas noches, un pícnic en familia, los cuentos que le leía su madre... Incluso la vez en que ella y su hermano habían mezclado los polvos de colorete de su madre con agua y habían jugado con la pasta resultante, y cómo los habían mandado a la cama sin cenar.

Ross había sido capaz de extraer de Sophia más confesiones, a pesar del esfuerzo de ella por guardárselas. Antes de darse cuenta, se había encontrado a sí misma contándole las vivencias de los meses siguientes a la muerte de sus padres, cuando ella y John se habían dedicado a hacer de las suyas por el pueblo.

—Éramos unos auténticos diablillos —le había di-

147

cho, sentada en el borde de la cama, rodeándose las rodillas con los brazos—. Hacíamos travesuras terribles; incursionábamos en las tiendas y las casas y robábamos... —Hizo una pausa y se rascó la frente, para aliviar un repentina punzada.

—¿Qué robabais?

—Comida, más que nada. Siempre estábamos hambrientos. Las familias que intentaban cuidar de nosotros no tenían muchos recursos y, cuando nuestro comportamiento se volvía intolerable, se libraban de nosotros —explicó, cogiéndose las rodillas con más fuerza—. Era culpa mía. John era demasiado joven para ser consciente de lo que hacía, pero yo no tenía ninguna excusa. Debería haberlo llevado por el buen camino, haber cuidado de él...

—Erais unos críos —la disculpó Ross con aparente preocupación, como si comprendiese el peso de la culpa que amenazaba con agobiarla—. No fue culpa tuya.

Ella sonrió, pero no podía aceptar ese consuelo.

—Sophia —preguntó Ross con calma—, ¿cómo murió John?

Esa pregunta la puso tensa y tuvo que resistir la tentación de contarle la verdad. Aquella voz, suave y profunda, le estaba tocando la llave que abriría su alma, y si Sophia se la daba, Ross se pondría furioso, la castigaría, y ella sería reducida a nada.

En vez de contestarle, rió nerviosamente y se inventó una excusa para poder salir de la habitación.

Ahora, mientras Ross sacaba una corbata de seda de la cómoda, Sophia se vio obligada a volver al presente. El hecho de que sir Ross se hubiese tomado la libertad de levantarse, le dio a ella una oportunidad perfecta para centrar su atención en otra cosa, y no dudó en aprovecharla.

—Está abusando de su resistencia y acabará por desmayarse —le advirtió—. Y eso no me haría ninguna gracia; así que hágame el favor de obedecer al doctor y reposar.

Ross se hizo el lazo de la corbata frente al espejo sin mostrar el mínimo ápice de preocupación.

—No voy a desmayarme —aseguró tranquilamente—. Tengo que salir de esta habitación, o me volveré loco —añadió. Su mirada plateada encontró la de Sophia en el espejo—. Sólo habría una forma de hacerme volver a la cama, pero no creo que estés preparada.

Sophia apartó la mirada, súbitamente ruborizada. El que Ross expresase su deseo por ella de forma tan explícita era un signo de la complicidad que se había creado entre ambos.

—Al menos, desayune algo —le dijo—. Iré a la cocina a asegurarme que de Eliza ha preparado café.

—Gracias —respondió él, esbozando una sonrisa cargada de ironía.

Sophia se pasó el resto de la mañana archivando informes y declaraciones en la sala de archivos, mientras Ross estaba reunido en su despacho. En determinado momento, mientras ordenaba las pilas de papeles, suspiró desalentada. Durante su primer mes de trabajo en Bow Street, había empezado a reunir información que, en su opinión, podía ser perjudicial para la oficina de Bow Street y para la gente que allí trabajaba. La mayor parte de las veces, se trataba de errores cometidos por los agentes y oficiales de la ley, que iban desde fallos en los procedimientos hasta manipulación de pruebas. Ross había decidido disciplinar a sus hombres en privado, ya que lo último que necesitaba la institución era un escándalo potencialmente ruinoso.

Sophia sabía que necesitaba mucha más información

si quería suficiente munición para acabar con Ross y sus hombres. Durante las últimas tres semanas, sin embargo, no había hecho absolutamente nada en pos de su objetivo y, lo que era peor, no tenía ánimo para ello. Ya no deseaba hacer daño a sir Ross. Se maldecía a sí misma por ser tan débil, pero ya no podía traicionarlo. A pesar de que trataba de evitarlo, cada vez se preocupaba más por él, lo cual significaba que la muerte de su pobre hermano nunca sería tratada con justicia y que la corta vida de John finalmente no habría tenido ningún sentido.

Sophia, triste, siguió ordenando archivos hasta que apareció Ernest e interrumpió su tarea.

—Señorita Sydney, sir Ross la reclama.

—¿Por qué? —respondió ella, mirando al chico de los recados con súbita preocupación.

—No lo sé, señorita.

—¿Dónde está sir Ross? ¿Se encuentra bien?

—Está en su despacho —le dijo el chico, y se fue con su habitual prisa a realizar más recados.

A Sophia se le contrajo el estómago de ansiedad al preguntarse si Ross habría hecho algún esfuerzo de más. Cabía la posibilidad de que se le hubiese abierto la herida, o que le hubiera vuelto la fiebre, o que tanta actividad le hubiera dejado exhausto. Fue corriendo hasta el despacho, ignorando las caras de asombro de los abogados y funcionarios a los que iba empujando por el estrecho pasillo.

La puerta del despacho del magistrado jefe estaba abierta y Sophia cruzó el umbral. Ross, sentado tras su escritorio, pálido y con aspecto de estar un poco cansado, levantó la vista en cuanto la vio.

—Sophia, qué...

—¡Sabía que todavía era demasiado pronto para que volviese usted al trabajo! —exclamó ella, yendo hacia él.

De forma impulsiva, le puso las manos en la frente y en las sienes—. ¿Tiene fiebre? ¿Qué le pasa? ¿Le ha vuelto a sangrar el hombro, o...?

—Sophia —la interrumpió Ross, cogiéndole las manos y acariciándole las palmas con los pulgares, mientras esbozaba una sonrisa tranquilizadora—. Estoy bien, no tienes por qué preocuparte.

Ella lo observó de cerca, para asegurarse de que era cierto.

—Entonces, ¿por qué me ha hecho llamar? —le preguntó, algo molesta.

La mirada de sir Ross se desvió hacia un punto más allá de ella. Para su consternación, Sophia se dio cuenta entonces de que no estaban solos. Se dio la vuelta y vio a sir Grant, que estaba sentado en el amplio sillón de las visitas; el hombretón los miraba a ambos con agudo interés. Sophia apartó las manos de Ross y bajó los ojos.

—Lo siento —se disculpó, deseando que se la tragase la tierra—. He... he excedido mis límites, sir Ross; perdóneme.

Ross respondió a la reacción de Sophia con una sonrisa y se dirigió a sir Grant.

—Morgan, si no te importa, tengo un asunto que discutir con la señorita Sydney.

—Eso parece —contestó Morgan lacónicamente. Hizo una leve reverencia, miró a Sophia con sus brillantes ojos verdes y se marchó, cerrando la puerta.

La muchacha se llevó las manos a la cara, roja de vergüenza.

—Oh, ¿qué va a pensar sir Grant de mí? —dijo entre los dedos, completamente tensos.

Ross salió de detrás del escritorio y se acercó a ella.

—Sin duda, que eres una mujer amable y responsable.

—Lo siento —repitió Sophia—; no me di cuenta de que sir Grant estaba aquí. No debería haber entrado de forma tan impetuosa y tampoco... Lo que pasa es que me he acostumbrado a...

—¿A tocarme?

Sophia se quería morir de vergüenza.

—Me he tomado demasiadas libertades con usted. Ahora que se ha recuperado, las cosas tienen que volver al estado en que se encontraban antes.

—Espero que no —respondió Ross en voz baja—. Me gusta la confianza que hay entre ambos, Sophia.

Él la tomó del brazo, pero ella retrocedió un paso.

—¿Por qué me ha hecho venir? —le preguntó otra vez Sophia, apartando la vista.

Ross se tomó su tiempo para contestar.

—Acabo de recibir un mensaje de mi madre, informándome de una grave crisis en su casa.

—Espero que nadie haya caído enfermo.

—Me temo que es más serio que eso —dijo él con ironía—. Se trata de la fiesta que organizará con motivo del cumpleaños de mi abuelo. —Sophia, perpleja, observó a Ross, que continuó—: Por lo visto, el ama de llaves de mi madre, la señorita Bridgewell, se ha casado de forma inesperada. Se ha estado viendo con un sargento del ejército, que le propuso matrimonio cuando supo que su regimiento iba a ser trasladado a Irlanda. Naturalmente, la señorita Bridgewell deseaba acompañar a su flamante marido a su nuevo destino. La familia le desea lo mejor, pero, desgraciadamente, su ausencia ocurre justo en medio de los preparativos de la fiesta por el noventa aniversario de mi abuelo.

—Vaya por Dios. ¿Cuándo tendrá lugar la fiesta?

—Precisamente en una semana.

—Vaya por Dios —repitió Sophia, recordando las

grandes celebraciones a las que tuvo que enfrentarse cuando trabajaba en una finca de Shropshire, que requerían ser planeadas meticulosamente y llevadas a cabo sin el menor error. Comida, flores, invitados... Una fiesta de tales características significaba un montón de trabajo. Sophia se compadeció del personal que tuviera que encargarse de organizar los preparativos—. ¿Quién se encargará de organizarlo todo?

—Tú —murmuró Ross con ceño—. Mi madre te quiere a ti. El carruaje de la familia está esperando abajo. Si lo deseas, puedes partir hacia Berkshire en este mismo instante.

—¿Yo? —dijo Sophia, sin dar crédito a sus oídos—. Pero ¡debe de haber otros que puedan ocupar el lugar de la señorita Bridgewell!

—Según mi madre, no. Ha pedido expresamente tu ayuda.

—¡No puedo! Es decir, no tengo experiencia en ocuparme de algo así.

—Te las has arreglado bastante bien dirigiendo a los sirvientes de esta casa.

—Tres sirvientes —puntualizó Sophia, agitada—. Su madre debe de tener docenas.

—Unos cincuenta —le informó Ross con deliberada despreocupación, como si la cifra fuera insignificante.

—¡Cincuenta! ¡Yo no puedo encargarme de cincuenta personas! Seguro que hay alguien más capacitado que yo.

—Puede que si la marcha del ama de llaves no hubiese sido tan precipitada, hubieran encontrado a otra. Tal como están las cosas, eres la persona en quien mi madre ha depositado todas sus esperanzas.

—En ese caso, lo lamento por ella —repuso Sophia con tono lastimero.

Ross se echó a reír.

—Sólo se trata de una fiesta, Sophia. Si todo sale bien, no dudes que mi madre sabrá agradecértelo. Y si resulta un desastre, le echaremos la culpa a la ausente señorita Bridgewell. No tienes nada de que preocuparte.

—¿Y qué hay de usted? ¿Quién se ocupará de usted y de la casa mientras esté fuera?

Ross alargó la mano y tocó el cuello del vestido azul oscuro de Sophia, acariciándole la suave piel de la barbilla con los nudillos.

—Tendré que apañármelas sin ti —susurró—. Supongo que será una semana muy larga.

Sophia percibía el aroma a jabón de afeitar y también el olor a café en su aliento.

—¿Estará allí toda su familia? —le preguntó con ceño—. ¿Incluso su hermano y su esposa?

La idea de tener que pernoctar bajo el mismo techo que Matthew era muy poco atrayente.

—Lo dudo. Matthew e Iona prefieren los placeres de la vida urbana; para ellos, el campo es demasiado tranquilo. Supongo que esperarán hasta el fin de semana y llegarán al mismo tiempo que el resto de invitados.

Sophia sopesó la situación. Desde luego, no parecía muy cortés rechazar la petición de la madre de Ross. Pensó en la misión hercúlea que se le encomendaba y suspiró, resignada.

—Iré —dijo lacónicamente—. Haré todo lo que esté en mi mano para que la fiesta de su abuelo sea un éxito.

—Gracias.

Ross le pasó la mano por la nuca y acarició el moño que Sophia se había hecho. Sus dedos acariciaron unos delicados mechones, lo que a ella le agitó la respiración.

—Iré a hacer el equipaje —dijo.

Ross trazó un pequeño círculo con el pulgar en el cuello de la muchacha.

—¿No me vas a dar un beso de despedida?

Sophia se humedeció los labios.

—No creo que nos convenga... insistir con eso. No creo que sea apropiado. Ésta es una oportunidad perfecta para volver a poner las cosas en su sitio.

—¿No te gusta besarme? —repuso Ross, tomando un pequeño mechón que le caía sobre el cuello y acariciándolo suavemente.

—Eso no es relevante —se oyó decir Sophia—. La cuestión es que no debemos.

—¿Por qué? —quiso saber Ross, desafiante.

—Porque creo que... tengo miedo —dijo ella, haciendo acopio de valor—. No puedo tener una aventura con usted.

—Yo no te he pedido una aventura. Lo que quiero de ti es...

Ella le puso la mano sobre los labios. No tenía idea de lo que él pretendía decirle, pero no deseaba oírlo. Fueran cuales fuesen las intenciones de Ross, Sophia se moriría si él las llegase a expresar con palabras.

—No diga nada —le suplicó—. Deje que nos separemos por una semana. Tómese un tiempo para reflexionar y estoy segura de que sus sentimientos cambiarán.

La lengua de Ross tocó los dedos de Sophia, que apartó la mano instintivamente.

—¿En serio? —preguntó él, inclinando la cabeza.

Sus labios rozaron los de ella, un turbador placer. Sophia sintió la punta de la lengua de Ross, tan suave, contra el labio inferior, y la poca resistencia que le quedaba se desvaneció. Jadeando, se aferró a aquel sólido cuerpo, mientras él posaba la mano sobre sus nalgas. Sophia lo besó con ardor. Le era imposible ignorar la atracción surgida entre ellos y él quería hacérselo notar en ese momento. Ross le devolvió un beso aún más profundo, deslizando la lengua en su boca, hasta que Sophia se abandonó por completo.

Entonces él la soltó, y Sophia, atónita, se llevó los dedos a la boca.

Aunque tenía las mejillas encendidas, el rostro de Ross expresaba arrogancia.

—Adiós, Sophia —le dijo con tono grave—. Te veré en una semana.

El vehículo que había enviado la familia Cannon era, de lejos, el más lujoso en que Sophia había viajado nunca, con ventanas que se abrían y cortinillas de terciopelo, de madera lacada en verde oscuro y decorada con grandes hojas doradas, y el interior tapizado en brillante cuero marrón. El carruaje, muy cómodo, recorrió con soltura los cuarenta kilómetros de distancia entre Londres y Berkshire.

Aunque la perspectiva de tener que organizar una fiesta no era nada alentadora, Sophia estaba ansiosa por ver la finca en que Ross había pasado su infancia. El condado de Berkshire y sus alrededores eran tal como él lo había descrito, con abundantes terrenos de pastura, espesos bosques y pequeños poblados con puentes que cruzaban los ríos Kenneth y Támesis. Los olores a tierra revuelta, a río y hierba fresca, se mezclaban para crear una agradable fragancia.

El carruaje salió de la carretera principal y se metió en un camino más estrecho, antiguo e irregular, por lo que el vehículo comenzó a dar brincos y a sacudirse. A medida que se iban acercando al pueblo de Silverhill, el paisaje se volvía más pintoresco, con gordas ovejas pastando en las praderas y casitas de madera y piedra manchando el verde del campo. El camino pasaba a través de una serie de arcos gastados por el tiempo, cubiertos de hiedra y rosas. El carruaje rodeó la periferia de Silverhill y enfiló una larga avenida privada, pasando bajo los portales de piedra de la finca de los Cannon, que, según Ross, tenía alrededor de seiscientas hectáreas.

A Sophia le impresionó la belleza de aquel lugar, en el que había arboledas de robles y hayas e incluso un lago artificial que brillaba bajo un límpido cielo azul. Finalmente, se alzó ante ella la silueta de una mansión jacobina, cuyo techo estaba formado por varias torretas y hastiales. La fachada de ladrillos pulidos era tan grandiosa que Sophia sintió una punzada de ansiedad en el estómago.

—Dios mío —murmuró.

La entrada en forma de torre de la mansión de Silverhill Park tenía delante setos de más de cuatro metros de altura y estaba bordeada por un paseo ajardinado rodeado de prímulas y rododendros. Una hilera de enormes plátanos orientales flanqueaba el camino hasta una plantación de naranjos situada en la parte sur. Ni en sus sueños más osados había esperado Sophia que la finca de los Cannon fuera tan imponente.

Dos pensamientos la asaltaron de golpe. Primero, ¿por qué un hombre que poseía semejante riqueza se conformaba con vivir en los espartanos cuarteles de Bow Street? Y segundo, ¿cómo iba a sobrevivir ella durante los próximos siete días? Estaba claro que ella no era ni muchísimo menos la persona más adecuada para llevar a cabo la tarea que le habían encomendado. Era demasiado inexperta para poder dirigir a semejante regimiento de sirvientes. No conseguiría imponerse, no la escucharían.

Sintió náuseas y se llevó las manos al estómago.

El carruaje se detuvo delante de la entrada principal. Sophia, pálida pero resignada, aceptó la mano del cochero, que la ayudó a bajar y la acompañó hasta la puerta. Unos pocos golpes con aquella mano enguantada y la puerta de roble se abrió con un silencio propio de bisagras bien engrasadas.

El vestíbulo, de suelo de piedra, era enorme, con una gran escalera central que se bifurcaba en el segundo rellano para conducir a las alas este y oeste de la mansión. Las paredes estaban cubiertas por gigantescos tapices tejidos en tonos anaranjados, dorados y azul claro. A Sophia le llamó la atención el hecho de que el vestíbulo estaba flanqueado por sendas habitaciones de recepción. La de la izquierda estaba decorada con un estilo masculino, en tonos azules y con elegantes muebles de tono oscuro, mientras que la de la derecha era de un estilo femenino, con paredes recubiertas de seda color melocotón y delicados muebles de color dorado.

Un mayordomo condujo a Sophia a la habitación de la derecha, donde la estaba esperando la madre de sir Ross.

Catherine Cannon, una mujer alta y elegante, estaba ataviada con un sencillo vestido informal y con brillantes peinetas de amatista en su cabello gris y bien peinado. Sus facciones eran angulosas, pero sus ojos verdes denotaban amabilidad.

—¡Señorita Sydney! —exclamó dando un paso al frente—. Bienvenida a Silverhill Park. Gracias por rescatarme de este terrible desastre.

—Espero que pueda serle de alguna utilidad —dijo Sophia. La madre de Ross le apretó las manos con ternura—. Sin embargo, ya le he dicho a sir Ross que tengo muy poca experiencia en asuntos como éste.

—Oh, ¡he depositado todas mis esperanzas en usted, señorita Sydney! Me dio la impresión de que era usted una mujer muy capaz.

—Sí, pero...

—Una de las criadas la acompañará a su habitación, para que pueda usted refrescarse después de tan largo viaje. Luego daremos una vuelta por la casa y le iré presentando a los sirvientes.

Sophia fue conducida hasta una habitación pequeña pero acogedora, que había pertenecido a la anterior ama de llaves de Silverhill Park, y se lavó la cara con agua fría. Cuando volvió a salir al pasillo, la maravilló el encanto de la casa. Los techos estaban decorados con secciones pintadas y arcos entrelazados, las galerías estaban repletas de esculturas y había hileras de ventanas que proporcionaban unas fabulosas vistas de los jardines que rodeaban la mansión.

Se reunió con Catherine Cannon y la acompañó en un recorrido por la casa, tratando de no perderse detalle de cada lugar para poder recordar su ubicación. Estaba algo sorprendida por la forma en que la trataba la madre de Ross, con mucha más condescendencia de lo que merecía un sirviente. Mientras iban caminando por la casa, la señora Cannon le contaba historias sobre su hijo, por ejemplo, que de niño solía gastarle bromas al mayordomo y llevaba a sus amigos en la carretilla del jardinero.

—Entonces, sir Ross no siempre ha sido tan serio y solemne —comentó Sophia.

—¡No, en absoluto! Todo cambió cuando falleció su esposa. —La señora Cannon se apagó repentinamente y su voz adquirió un tono apesadumbrado—. Una auténtica tragedia; fue algo devastador para todos nosotros.

—Sí —coincidió Sophia en voz baja—. Sir Ross me lo ha contado.

—¿En serio? —le preguntó Catherine, y se detuvo justo en medio de un amplio salón con empapelado blanco y dorado de estilo francés. Atónita, miró a Sophia.

Ésta le devolvió la mirada, incómoda, temiendo haber dicho alguna inconveniencia.

—Bueno —prosiguió la señora Cannon, con una leve sonrisa—, no he sabido de nadie a quien mi hijo le contase una sola palabra sobre Eleanor. Ross es un hombre exremadamente reservado.

Temiendo que la señora Cannon estuviera sacando conclusiones erróneas, Sophia trató de remediar el posible malentendido.

—Sir Ross mencionó algunas cosas sobre su pasado cuando estaba con fiebre. Se encontraba cansado y enfermo...

—No, querida —respondió Catherine amablemente—; es obvio que mi hijo confía en usted y que aprecia su compañía. Además —añadió, bajando la voz—, cualquier mujer que sea capaz de apartar a mi hijo del sórdido mundo de Bow Street tendrá mi bendición.

—¿No está usted contenta con su cargo de magistrado jefe?

—Mi hijo ha dedicado diez años de su vida al servicio público y ha tenido un éxito más que considerable —contestó la madre de Ross, mientras iban finalizando su recorrido por el salón—. Estoy muy orgullosa de él, naturalmente, pero creo que ha llegado la hora de que preste atención a otros menesteres. Debería casarse de nuevo y tener hijos. Ya sé que da la impresión de ser un hombre frío y distante, pero le aseguro que tiene las mismas necesidades que cualquier hombre. Necesita que le amen y tener una familia.

—Oh, sir Ross no es frío en absoluto. Cualquier niño sería muy afortunado de tener un padre como él; y tengo la convicción de que como esposo sería... —Sophia cerró la boca de golpe, dándose cuenta de que estaba hablando demasiado.

—Sí —dijo Catherine con una sonrisa—, fue un marido excelente para Eleanor. Cuando se vuelva a casar, estoy segura de que su mujer tendrá pocas quejas. —Se dio cuenta de que Sophia se sentía incómoda con tales comentarios y cambió de tema—. ¿Quiere que vayamos al comedor principal? Está junto a una sala de servicio, muy adecuada para mantener la comida caliente durante una cena larga.

Por el día, Sophia estaba tan ocupada que tenía poco tiempo para pensar en Ross. Sin embargo, no había forma de escapar al aburrimiento y la desolación que llenaban las silenciosas horas de la tarde. Finalmente, se dio por vencida y reconoció que se había enamorado del hombre al que, en principio, había deseado la ruina. Había sido derrotada por su corazón. No había nada que hacer salvo abandonar sus planes de venganza; no más intentos de seducción, ni victorias contaminadas por el odio. Dejaría su empleo en Bow Street lo antes posible e intentaría rehacer su vida lo mejor que pudiera.

Esta nueva decisión la dejó abatida, pero a la vez en paz consigo misma, y se concentró en la fiesta del fin de semana con escasa decisión.

Veinticinco habitaciones de la casa principal serían ocupadas por una parte de los invitados, así como una docena más en la casa auxiliar, reservada a los hombres solteros. Familias de Windsor, Reading y de los alrededores asistirían al baile de máscaras del sábado por la noche, con lo que el número de invitados ascendería a trescientos cincuenta.

Por desgracia, las notas que había escrito la anterior ama de llaves dejaban mucho que desear. Sophia pensó que la ausente señora Bridgewell había estado mucho más preocupada por su propia historia de amor que por la futura fiesta de cumpleaños. Se dedicó a hacer un inventario de la vajilla, del contenido de la antecocina y de la bodega, de las despensas y los armarios de ropa blanca y mantelería. Después de consultar con el cocinero y la señora Cannon, tomó nota de las sugerencias para el menú y de la vajilla adecuada para servir cada plato. Luego se reunió con el mayordomo y el jefe de los jardineros y planificó las tareas de las criadas. El carnicero, el lechero y el tendero del pueblo vinieron a verla para tomar nota de los pedidos para la fiesta.

En medio de toda esa actividad, Sophia conoció a Robert Cannon, el caballero anciano por cuyo noventa aniversario se había armado tanto revuelo. La madre de Ross había intentado prepararla para la abrumadora franqueza con que se expresaba el hombre.

—Cuando conozca a mi suegro, le ruego que no se sienta desconcertada por sus modales. A medida que ha ido envejeciendo se ha vuelto más sincero, por así decirlo. No se sienta intimidada por nada de lo que diga. Es un buen hombre, si bien adolece de discreción.

Volviendo de la cámara de hielo, que estaba apartada de la casa, Sophia vio a un anciano sentado bajo un toldo en el jardín de rosas, junto a una mesilla con refrescos. Su silla estaba equipada con un reposapies y Sophia recordó que la señora Cannon le había dicho que su suegro sufría a menudo de gota.

—Tú, muchacha —la llamó con tono imperativo—, ven aquí. No te he visto nunca.

Sophia obedeció.

—Buenos días, señor Cannon —lo saludó, haciendo una reverencia.

Robert Cannon era un anciano bien parecido, con apenas una franja de cabello plateado y un rostro gastado pero distinguido, con los ojos de color azul acero.

—Supongo que eres la chica de la que me ha hablado mi nuera, la de Bow Street.

—Sí, señor. Espero poder contribuir a que su fiesta de aniversario sea todo un éxito.

—Sí, sí —la cortó él, impaciente, con un gesto de que el acontecimiento era una solemne tontería—. Mi nuera aprovecharía cualquier excusa para celebrar una fiesta. Y ahora dime exactamente cómo van las cosas entre tú y mi nieto.

Sophia se quedó boquiabierta.

—Señor —dijo con cautela—, me temo que no entiendo su pregunta.

—Catherine me ha dicho que Ross está interesado en ti, lo cual es una agradable noticia. Quiero que mi linaje continúe y Ross y su hermano son los últimos hombres de la familia Cannon. ¿Qué pasa? ¿Ya se ha echado atrás?

Sophia estaba demasiado anonadada como para responder inmediatamente; ¿cómo demonios había llegado aquel hombre a esa conclusión?

—¡Señor Cannon, está usted completamente equivocado! —exclamó—. Yo... yo no tengo ninguna intención de... de... y sir Ross no... —Se quedó en silencio momentáneamente, mientras su mente buscaba sin éxito las palabras.

Cannon la miró con una mueca de escepticismo.

—Catherine dice que eres una Sydney. Yo conocí bastante bien a tu abuelo Frederick.

Esa revelación dejó a Sophia todavía más asombrada.

—¿En serio? ¿Era usted amigo de mi abuelo?

—No he dicho que fuéramos amigos —refunfuñó Cannon—. Sólo he dicho que lo conocía bien. La razón de nuestras desavenencias era que estábamos enamorados de la misma mujer: Sophia Jane Lawrence.

—Mi abuela —dijo Sophia, meneando la cabeza, cautivada por la inesperada conexión con el pasado de su familia—. Me pusieron el mismo nombre que ella.

—Una mujer encantadora y muy educada. Te pareces a ella, aunque ella era un poco más refinada en su apariencia. Tenía una majestuosidad que tú no posees.

Sophia esbozó una sonrisa.

—Es difícil ser majestuosa cuando una es sirviente, señor.

Los ojos del hombre se fijaron en los de Sophia y la expresión de su arrugado rostro pareció ablandarse.

—Sonríes de la misma forma que lo hacía ella. ¡La nieta de Sophia Jane, una sirviente! Corren malos tiempos para los Sydney, ¿eh? Tu abuela hubiera hecho mejor casándose conmigo.

—¿Por qué no lo hizo?

—Ven, siéntate a mi lado —le dijo el anciano, señalándole una silla—. Te contaré la historia.

Sophia dirigió una ansiosa mirada hacia la casa, pensando en las tareas pendientes.

—Eso puede esperar, querida. Después de todo, se supone que el fin de semana es en mi honor y aquí estoy, confinado en el jardín. Sólo te pido unos minutos de tu tiempo; ¿es mucho pedir?

Sophia se sentó.

Cannon se reclinó en su silla.

—Tu abuela, Sophia Jane, fue la mujer más encantadora que he conocido nunca. Su familia no era rica, pero eran de buena sangre y deseaban que su única hija se casase con alguien distinguido. Después de ser presentada en sociedad, me dediqué en cuerpo y alma a ganarme su mano. El que ella no tuviese una dote sustancial no era un obstáculo, ya que nuestra familia era acaudalada. Sin embargo, antes de que pudiese persuadir a los Lawrence de que diesen el visto bueno a un posible compromiso, tu abuelo, lord Sydney, hizo una oferta por su mano. Yo no podía competir contra su título. Aunque el apellido Cannon es distinguido, yo no soy ningún lord; así que tu abuelo se quedó con ella.

—¿A cuál de los dos amaba mi abuela? —le preguntó Sophia, fascinada por una parte de la historia de su familia de la que nunca había oído hablar.

—No estoy seguro —respondió Cannon, pensativo, lo cual sorprendió a Sophia—. Puede que a ninguno de los dos; pero sospecho que, con el tiempo, Sophia Jane acabó arrepintiéndose de su elección. Lord Sydney era un tipo bastante agradable, pero nunca me pareció que tuviese demasiado bajo la superficie. Yo era mucho mejor partido.

—Y más modesto, también —dijo Sophia, riendo.

A Cannon pareció gustarle la desfachatez del comentario.

—Dime, chiquilla, ¿tus abuelos estaban contentos con su matrimonio?

—Eso creo —dijo Sophia—. Aunque la verdad es que no recuerdo haberlos visto juntos demasiado a menudo; parecía que llevasen vidas paralelas. —Se interrumpió, pensando en el pasado. Sí, daba la impresión de que sus abuelos no sentían demasiado afecto el uno por el otro—. Por fortuna, usted acabó por encontrar otro amor —señaló, tratando de poner un final feliz a la historia.

—No, no lo hice —respondió Cannon con rotundidad—. Admiraba a mi esposa, pero mi corazón siempre estuvo con Sophia Jane. —Le brillaron los ojos—. Todavía la amo, aunque haga tanto que se marchó.

Sophia reflexionó sobre todas aquellas palabras y sintió una ola de melancolía. No cabía la menor duda de que eso era lo que sir Ross sentiría siempre por su difunta esposa, Eleanor.

No se dio cuenta de que había expresado aquel pensamiento en palabras hasta que Robert Cannon habló, irritado.

—¡Qué flor tan frágil! Nunca logré comprender la atracción que sentía mi nieto hacia ella. Eleanor era una mujer encantadora, pero Ross necesita a una mujer con vitalidad, que le dé hijos fuertes —dijo el anciano, midiendo a Sophia con la mirada—. Tú pareces adecuada para semejante tarea.

Sophia se puso de pie precipitadamente, alarmada por el rumbo que tomaba la conversación.

—Bueno, señor Cannon, ha sido un placer conocerle. Sin embargo, si no atiendo a mis responsabilidades, temo por el éxito de su fiesta —dijo, y añadió con tono coqueto—: Por desgracia, no me pagan para conversar con caballeros apuestos, sino para trabajar.

Cannon trató de mantener una expresión de seriedad, pero no pudo evitar soltar una risita.

—Le haces justicia a tu abuela —comentó—. Muy pocas mujeres saben decir que no a un hombre de una forma que éste se sienta halagado.

Sophia le hizo una nueva reverencia.

—Le deseo un muy buen día, señor, pero como ya le

he dicho, está equivocado con lo de sir Ross. No hay ninguna posibilidad de que me proponga matrimonio, y si lo hiciera, tampoco aceptaría.

—Ya veremos —murmuró el anciano, cogiendo su vaso de limonada mientras Sophia iba hacia la casa.

9

Sophia se frotó los cansados ojos mientras miraba su libreta de notas. Era viernes por la mañana y los invitados no tardarían en comenzar a llegar. De hecho, ya habían llegado sirvientes de diferentes casas con baúles y maletas dispuestos a prepararlo todo para la llegada de sus respectivos amos y amas. Estaba sentada en una larga mesa de madera que había en una habitación contigua a la cocina, tiempo atrás utilizada para elaborar las medicinas que se usaban en la finca y actualmente sólo para guardar hierbas secas, mazapanes, panes y conservas.

—Bueno, Lottie —le dijo a la criada principal, que era responsable de transmitir las instrucciones de trabajo a las otras criadas—, ya sabe cómo y cuándo se deben ordenar y limpiar las habitaciones después de que los invitados se levanten cada mañana.

—Sí, señorita.

—Y recuerde que no debe dejar que ninguna criada se aventure sola en las habitaciones de los solteros en la casa auxiliar ; deben trabajar en parejas.

—¿Por qué, señorita?

—Porque uno de los solteros podría verse asaltado por lo que una vez me describieron como «pasión mañanera». Cabe la posibilidad de que quieran aprovecharse de alguna chica y hacerle proposiciones deshonestas, o algo peor. Habrá menos probabilidades de que ocurra si las muchachas trabajan juntas.

—Muy bien, señorita.

—Y ahora, como parte de los invitados llegará esta mañana, ponga mazos de naipes en la sala de juego. Supongo que algunos caballeros querrán visitar el pabellón de pesca junto al lago; ¿podría decirle a Hordle que coloque sillas, mesas y un poco de vino?

—Señorita Sydney... —Lottie miró sobre el hombro de Sophia y soltó una risita—. ¡Oh, Dios mío! —exclamó llevándose una mano a la boca y riendo disimuladamente.

—¿Qué sucede? —le preguntó Sophia, dándose la vuelta y poniéndose de pie al ver la alta silueta de sir Ross en la puerta de la habitación. El corazón le latió con más fuerza ante semejante visión. Ross estaba terriblemente guapo, con un aspecto muy viril, vestido con un hermoso abrigo azul y pantalones beige.

—Voy a hablar con el señor Hordle —dijo la criada, todavía riendo mientras salía corriendo de la habitación.

Sophia lo miró a los ojos y se humedeció los labios. No podía hacer mucho que estaba en Silverhill Park; debía de haberla ido a buscar nada más llegar. La semana que habían pasado separados no había hecho sino intensificar sus sentimientos hacia él y tuvo que contenerse para no arrojarse a sus brazos.

—Buenos días, sir Ross —dijo, casi sin aliento—. Tiene... tiene buen aspecto.

Ross se acercó y con una de sus grandes manos le tocó la mejilla, manteniendo la yema de los dedos durante un instante en la curva de la mejilla.

—Eres aún más encantadora de lo que recordaba —murmuró—. ¿Qué tal te ha ido, Sophia?

—Bastante bien —consiguió decir ella.

—Mi madre no podría hablar mejor de ti. Está muy satisfecha con tu trabajo.

—Gracias, señor —respondió Sophia, bajando las pestañas, temerosa de que el deseo tan intenso que sentía fuera demasiado fácil de percibir. Sintiéndose cohibida, se dio la vuelta y cruzó los brazos—. ¿Ha sabido algo del vestido? —le preguntó, tratando de recuperar el dominio de sí misma.

Ross entendió que se refería al vestido de noche color lavanda.

—Todavía no. Después de estudiar la tela y el estilo de confección, Sayer ha limitado las posibilidades a tres sastres. Voy a interrogarlos personalmente cuando vuelva a Londres.

—Gracias —le dijo Sophia, esbozando una leve sonrisa—. Debería ofrecerle algo a cambio; cóbreme los gastos, o...

—Sophia —la interrumpió él frunciendo el entrecejo, como si se sintiera insultado—, jamás aceptaría dinero de ti. Es responsabilidad mía protegerte a ti y a los que trabajan para mí.

Ella no supo qué responder.

—Debo volver al trabajo —dijo escuetamente—. Antes de que me vaya, ¿quiere algo más, sir Ross? Un refresco, café...

—Sólo a ti.

A Sophia le temblaron las rodillas. Trató de mantenerse serena. Como si su boca no estuviera seca de deseo, como si su cuerpo no hirviese de excitación. Hizo un intento por desviar la conversación.

—¿Cómo está su hombro, señor?

—Se está curando bien; ¿quieres echarle un vistazo? —le preguntó Ross llevándose la mano a la camisa, como si estuviese ansioso por desnudarse para ella en ese preciso lugar. Sophia le dirigió una mirada de asombro pero, por el brillo de sus ojos, se dio cuenta de que Ross estaba bromeando.

Si alguna vez iba ella a poner fin a la atracción que había surgido entre los dos, tenía que ser ahora.

—Sir Ross, ahora que ya vuelve a estar bien, y que yo he tenido algunos días para reflexionar sobre nuestra... nuestra...

—¿Relación? —sugirió él.

—Sí. He llegado a una conclusión.

—Y ¿qué conclusión es ésa?

—Creo... creo que mantener una relación íntima no sería inteligente por parte de ninguno de los dos. Yo estoy satisfecha con ser su ayudante, y con eso me basta —dijo, y sólo titubeó al final de su discurso—. A partir de ahora no aceptaré más atenciones indecorosas de su parte.

Ross mantuvo su mirada sobre ella.

—Ya discutiremos ese asunto más tarde —murmuró finalmente—. Después del fin de semana. Ya verás como acabaremos por entendernos.

Sophia, nerviosa, tragó saliva y se dio la vuelta, tratando de mantenerse ocupada con los objetos de un estante cercano. Encontró un ramillete de hierbas secas y, sin darse cuenta, se puso a hacer crujir las hojas.

—No cambiaré de opinión.

—Yo creo que sí — repuso Ross en voz baja, y se fue.

Nobles, políticos y hombres de diversas profesiones se paseaban por las habitaciones comunes y los jardines traseros. Las mujeres jugaban a las cartas, charlaban sobre costura o revistas femeninas o paseaban por los pulcros senderos que había en el exterior. Los caballeros se dirigían a la sala de billares, leían periódicos en la biblioteca o iban al pabellón junto al lago. Era un caluroso día de junio y la brisa que soplaba no bastaba para aligerar al inmisericorde sol.

Entre bambalinas, los sirvientes estaban muy ocupados limpiando, cocinando, planchando y aireando todos los manteles y sábanas que se usarían en esos dos días de fiesta. La cocina rebosaba de vapores y aromas; los hornos de pan estaban llenos de masa y los asadores repletos de carnes y jamones. Siguiendo las órdenes del cocinero, las ayudantes de cocina envolvían codornices en hojas de parra y beicon y las ensartaban en brochetas. Las codornices serían servidas como aperitivo, para aplacar el apetito de los comensales hasta que la cena fuese servida, a las diez en punto.

Satisfecha de que todo discurriese según lo previsto, Sophia fue hasta los amplios ventanales que había al final de la gran escalera y observó a un grupo de invitados que estaban en la terraza del jardín de abajo. Localizó a Ross a la primera; su inconfundible figura era fácil de distinguir entre las otras. Aunque llevaba el peso de su autoridad sin problemas, era un hombre de éxitos casi legendarios, y los invitados eran claramente conscientes de ello.

Sophia sintió una punzada de celos al ver la forma en que las mujeres revoloteaban a su alrededor, nerviosas y excitadas con su presencia, y cómo le hablaban y le sonreían y le lanzaban miradas coquetas. Por lo visto, la reputación de sir Ross como casto caballero no sólo no apagaba el ardor femenino, sino que lo avivaba aún más. Sophia estaba segura de que muchas de las mujeres allí presentes, sin importar su edad o circunstancias, estarían encantadas de poder afirmar que habían conseguido atraer la atención de aquel escurridizo viudo.

Los pensamientos de Sophia fueron interrumpidos por pasos en la escalera de mármol. Se dio la vuelta y vio a un par de lacayos que cargaban con un enorme baúl, con las caras enrojecidas por el esfuerzo. Detrás de ellos iba Matthew Cannon, cogido del brazo de una joven rubia, esbelta y muy atractiva. No parecieron reparar en Sophia hasta que llegaron al descansillo.

—Buenas tardes, señor Cannon —murmuró Sophia, haciendo una leve reverencia.

Matthew la miró, obviamente sorprendido. A Sophia le causó gracia darse cuenta de que éste no había sido avisado de su presencia en la casa; aunque, por supuesto, los asuntos que tenían que ver con los sirvientes no serían de su interés.

—¿Qué está haciendo aquí? —le preguntó él bruscamente.

—La señora Cannon me pidió que la ayudase con los preparativos de la fiesta, puesto que la anterior ama de llaves se marchó precipitadamente.

—¿Quién es? —le preguntó a Matthew la joven de cabello rubio.

El hermano de Ross se encogió de hombros, como quitándole importancia al asunto.

—No es más que la sirvienta de mi hermano. Vamos, Iona; no es nada decoroso que nos entretengamos en el descansillo.

Sophia observó con interés cómo se marchaba la pareja. La esposa de Matthew era la clásica belleza inglesa, rubia y pálida, de boca pequeña y roja como el capullo de una rosa. Iona parecía fría y distante, como si fuera incapaz de enfadarse. Sophia sintió pena por ella; estar casada con un niñato consentido como Matthew no debía de ser fácil.

Al anochecer, los invitados se dirigieron al comedor, presidido por un gran hogar de mármol. Unos enormes arcos de piedra rodeaban una serie de ventanas coloreadas de estilo prerrafaelita, que brillaban a la luz de las velas. Sophia trató de pasar lo más inadvertida posible, consultando cosas con los lacayos mientras éstos servían la cena, compuesta por ocho platos, entre los que había ternera en su jugo, pez de San Pedro, liebre y cerceta asadas y salchicha de faisán. Después de que se hubieron retirado todos los platos, se sirvió una selección de mermeladas, pasteles y helados.

Cuando hubo acabado la cena, los lacayos recogieron la mesa y usaron espátulas de plata para recoger las migas que habían quedado sobre el mantel. Las damas se retiraron al salón a tomar café, mientras los caballeros se quedaron en la mesa a beber oporto y tener un poco de conversación masculina, aunque algunos se fueron a la sala de billares a fumar. Después de media hora de separación, las parejas volvieron a reunirse en el salón para tomar té y seguir charlando.

Sophia entró discretamente en la sala y miró a Catherine Cannon para ver si estaba satisfecha; cuando las miradas de ambas se encontraron, Catherine sonrió y le hizo un gesto de que se acercase. Sophia obedeció al instante.

—¿Sí, señora Cannon?

—Sophia, a los invitados les gustaría jugar al juego de los asesinatos.

—¿Perdón? —preguntó Sophia con asombro.

Catherine rió al ver la cara de la muchacha.

—Los asesinatos son la última moda; ¿no has oído hablar de ello? Los jugadores extraen tiras de papel de un bol para ver qué papel les ha tocado desempeñar. Uno de los papeles dice «asesino», otro «investigador», y el resto son víctimas potenciales. La casa debe estar a oscuras y todo el mundo tiene que esconderse. El asesino va en busca de víctimas, mientras el investigador trata de descubrir su identidad.

—Como el escondite.

—¡Exacto! Y ahora, Sophia, llama a una o dos criadas y dejad la casa a oscuras, y dile a los sirvientes que sigan con su trabajo sin estorbar a los jugadores.

—Sí, señora Cannon; ¿sería tan amable de decirme qué partes de la casa deben quedar a oscuras?

Una de las acompañantes de Catherine, una mujer pelirroja de mediana edad, con un elegante peinado, respondió:

—¡Todas, por supuesto! Sería un aburrimiento si no pudiésemos usar toda la casa.

Haciendo caso omiso de la mujer, Sophia inclinó la cabeza y le susurró a Catherine:

—Señora Cannon, ¿puedo sugerir que la cocina permanezca iluminada? Las encargadas de la cocina tienen un montón de vajilla que lavar...

—Una decisión inteligente, Sophia; será mejor que mantenga la cocina iluminada. Y ahora, dese prisa, por favor; me temo que muchos de los invitados están ansiosos por comenzar.

—Sí, señora.

Mientras Sophia iba a cumplir las órdenes, oyó como la mujer pelirroja le decía a Catherine:

—No me gustan sus modales, Cathy. Si quieres mi opinión, creo que es demasiado orgullosa, lo cual no es nada apropiado para un ama de llaves.

A Sophia le ardieron los oídos al saberse criticada.

—Nadie te ha pedido tu opinión —murmuró entre dientes.

Aunque trataba de evitarlo, no podía dejar de pensar

con amargura que, si el destino hubiese sido más benévolo, ella hubiera podido ser una de las invitadas de esa noche. Había nacido con el mismo estatus social que toda aquella gente y no tenía paciencia para aguantar su arrogancia. De hecho, su sangre era más azul que la de los Cannon, aunque eso ya no sirviese de nada.

Después de ordenar a los sirvientes que dejasen las habitaciones a oscuras, fue a apagar las luces de una de las habitaciones de recepción de la planta baja. La luz de la luna brillaba a través de la ventana, y Sophia comenzó a echar las cortinas de terciopelo.

De repente, alguien entró en la habitación. Sophia, iluminada por un rayo de luna, dudó un instante y se volvió. A primera vista, la silueta del hombre le recordó a Ross, y el corazón le latió con más fuerza; sin embargo, su voz hizo desvanecer todas sus ilusiones.

—Eres una gatita muy lista —le dijo Matthew Cannon con desdén—. Te entrometes en la vida de mi hermano y ahora en la casa de mi familia. Debes de estar muy satisfecha.

Sophia trató de permanecer impertérrita, aunque por dentro hervía de rabia. ¿Qué derecho tenía aquel majadero para seguirla hasta allí e insultarla?

—No sé a qué se refiere, señor Cannon; sólo espero que su madre esté satisfecha conmigo.

Matthew soltó una risa gutural.

—Seguro que lo está; y no me cabe duda de que mi hermano también, y en más de una forma.

—¿Perdón? —Sophia fingió no entender el comentario y se dispuso a salir de la habitación—. Discúlpeme.

Sin embargo, Matthew se interpuso en su camino con una desagradable sonrisa en el rostro.

—Ross debe de haber sido un blanco fácil —comentó—. Después de tantos años de vivir como un monje, mi hermano debe de haber sucumbido ante ti como un perro hambriento ante un hueso.

—Se equivoca —replicó Sophia—. Por favor, señor Cannon, déjeme pasar.

—Y parece que ya lo tienes enredado —agregó—. Es lo que se comenta en la familia; mi madre afirma incluso que... Bueno, da igual. No voy a dar categoría a sus estúpidas especulaciones poniéndolas en mi boca. Sólo quiero que te quede una cosa bien clara, golfilla: tú nunca formarás parte de esta familia.

A medida que se iba acercando a ella, las sombras jugaban sobre sus manos a medio alzar y les daba aspecto de garras.

—Esa idea ni se me ha pasado por la cabeza —declaró Sophia—. Creo que la bebida no le sienta nada bien, señor.

La declaración de Sophia pareció aplacar a Matthew.

—Mientras no albergues ninguna ilusión de convertirte en una Cannon, no tengo nada que discutirte; de hecho... —Hizo una pausa y la miró de forma especulativa—. Pronto te cansarás de las atenciones de mi hermano, si es que no lo has hecho ya. Es demasiado beato como para ofrecerle verdadera pasión a una mujer. Supongo que no debe de haber ninguna excitación en irse a la cama con semejante blandengue; ¿por qué no intentarlo con un hombre que te puede dar más variedad?

—Ése debe de ser usted, supongo —respondió Sophia con acidez.

Matthew extendió las manos y le dedicó una sonrisa de complicidad.

—Al contrario que ese dechado de virtudes para el cual trabajas, yo sé complacer a una mujer. —Se rió desde lo más hondo de la garganta y luego añadió en tono confidencial—: Puedo hacer que sientas cosas que nunca has imaginado; y si me satisfaces, te recompensaré con todas las chucherías que una mujer pueda desear. Es mucho más de lo que tienes ahora, ¿verdad?

—Me da usted asco.

—¿En serio? —dijo Matthew, que se acercó a ella con dos pasos y la agarró de la nuca, estirándole dolorosamente el moño—. Entonces, ¿por qué estás temblando? —murmuró, con la boca a un centímetro de la de ella—. Estás excitada, ¿no es así?

Sophia retrocedió emitiendo un sonido de repulsa. Forcejearon un instante, pero Matthew se detuvo al notar que alguien entraba en la habitación. Sophia se horrorizó al darse cuenta de que era Ross. Aunque la habitación estaba en penumbras, los ojos del magistrado jefe brillaron como los de un gato. Su mirada se posó primero sobre Matthew y luego en Sophia.

—¿Qué estáis haciendo aquí? —preguntó bruscamente.

—Estaba buscando un sitio donde esconderme —le contestó Matthew, soltando a Sophia de golpe—. Por desgracia, tu preciosa señorita Sydney ha decidido hacerme partícipe de sus encantos. Tal como suponía, no es más que una fulana. Que la disfrutes —dijo, y se marchó dejando la puerta entornada.

Sophia estaba helada y no podía dejar de contemplar la amenazadora silueta de sir Ross. La tensión del silencio se quebró por los sonidos que hacían los invitados mientras se escurrían por la casa en busca de un escondite.

—¿Qué ha ocurrido? —le preguntó Ross en voz baja.

Sophia abrió la boca para decirle la verdad, pero, de repente, se le ocurrió una idea escalofriante. Matthew Cannon acababa de darle la excusa perfecta para acabar de una vez por todas con lo que había entre ella y Ross.

Si él creía que había tratado de seducir a su hermano, ya no se sentiría interesado por ella. La dejaría ir sin pensárselo dos veces; y eso sería mucho más fácil que la otra alternativa, es decir, las discusiones, las confesiones sobre el pasado y cómo ella había tratado de acabar con él y el dolor de Ross cuando supiese que había enviado al hermano de Sophia a la muerte. Puede que fuera mejor hacerle creer que, en realidad, nunca la había llegado a conocer, y que ella no era merecedora ni de afecto ni de confianza; que tenía suerte de poder deshacerse de ella.

Haciendo acopio de todas sus fuerzas, Sophia trató de que su voz sonase fría y calmada.

—Su hermano acaba de explicarlo —dijo.

—¿Has tratado de seducirlo? —le preguntó Ross, incrédulo.

—Sí.

—¡Claro, y yo me lo creo! —exclamó él, tomándola del cuello con tanta fuerza como Matthew y cogiéndole el vestido con la otra mano—. ¿Qué está pasando aquí? Yo no estoy jugando a nada, y no toleraré que tú lo hagas.

Sophia se quedó inmóvil entre los brazos de Ross, con la cara vuelta hacia un lado.

—Suélteme. No me importa lo que crea; ¡la única verdad es que no lo deseo! Y ahora, ¡quíteme las manos de encima! —exclamó, y embistió contra los musculosos hombros de Ross, golpeándolo en el lugar de la herida. Él gruñó, molesto, pero no la soltó; su aliento a vino quemaba a Sophia como si de vapor se tratase.

—Puede venir alguien —susurró la muchacha.

A Ross no pareció importarle. Le echó la cabeza hacia atrás, dejando al descubierto la totalidad de su cuello. Sophia pudo notar el duro empuje de la erección de Ross, a pesar de la gruesa falda que llevaba puesta. Ross le lamió los labios y luego la besó en la boca con lujurioso ardor. La mujer sintió una placentera oleada de calor por todo el cuerpo. Emitió un profundo gemido y se entregó a Ross sin reservas.

—No puedes mentirme —le susurró él al oído, acariciándole uno de los pechos por encima del vestido—. Te conozco demasiado bien, Sophia; dime la verdad.

Desesperada y totalmente perdida, se dejó caer contra Ross. Había perdido el control sobre sus palabras y sus actos. Se sintió anegada por una oleada de emoción, sintiendo como ésta rompía sobre su alma, hasta dejarla limpia como una playa sin arena.

—No puedo —dijo con voz quebrada—, porque la verdad haría que me odiases y yo no podría soportarlo.

—¿Odiarte? —le preguntó Ross, elevando el tono—. Dios mío, ¿cómo puedes pensar eso? Sophia...

Ross se detuvo y tomó aire al ver que a la muchacha le corrían lágrimas por las mejillas. Sin poderse contener, volvió a besarla y acariciarla con frenesí, como si quisiese arrancarle la ropa. Ella sucumbió a los labios y las manos de Ross, ahogándose en un mar de sensaciones, con todos sus pensamientos sumergidos en un éxtasis de rendición. Él introdujo la lengua en su boca y se dedicó a explorarla. Sophia perdió el equilibrio y se aferró al cuello de Ross con más fuerza; él era la única cosa sólida en un mundo que se había hecho volátil e inestable. De repente, se sintió caer sobre la alfombra y se dio cuenta de lo que Cannon pensaba hacer.

—Oh, no —dijo entre suspiros, pero él la hizo callar con otro beso ardiente, mientras su cuerpo iba bajando sobre el de ella.

Ross le levantó el vestido hasta la cintura y se puso a hurgar entre su ropa interior. Sophia se retorció al sentir su mano por encima de la ceñida liga que llevaba puesta. El pulgar de Ross le iba rozando la piel, suave y caliente, moviéndose cada vez más arriba, hasta que topó con la mata de vello rizado.

En algún lugar de la casa, una mujer chilló, tratando de parecer asustada, mientras el asesino seguía con su búsqueda, lo que hizo que los invitados se echaran a reír.

—Nos encontrarán —dijo Sophia, estremeciéndose frenéticamente bajo el cuerpo de Ross—. No, no debes...

Con ternura, él introdujo los dedos en la ingle de ella, moviendo el pulgar hacia arriba para acariciarle la capucha del sexo. Ella gemía y temblaba, mientras aquellos dedos entraban en su cuerpo con delicadeza y la boca de él la besaba con desesperada avidez.

—No podemos —susurró Sophia—; aquí no.

Ross la acalló con un beso y le apoyó la cabeza en un brazo. Retiró los dedos del interior de Sophia, que notó como él se desabrochaba los pantalones.

Ross la montó, usando los muslos para separarle las piernas. Sophia apoyó la cabeza en el abultado bíceps de Ross y comenzó a jadear, mientras el cuerpo se le ponía rígido de ansiedad.

—Relájate —le dijo él, deslizándole la mano bajo las nalgas—; tendré cuidado. Ábrete para mí; eso es... Así.

Ross la penetró con un cuidado exquisito, abriéndola y llenándola de cálidas sensaciones imposibles.

Se oyeron pasos en el exterior y sonido de risas; sin duda alguno de los invitados buscaba un sitio donde esconderse.

Estaban a punto de ser descubiertos. Sophia se echó hacia atrás, llena de pánico, luchando enérgicamente por liberarse. Ross notó como todo el peso de su erección se deslizaba húmedamente fuera de aquel cuerpo embriagador. Resoplando con fuerza, le apretó las muñecas contra la alfombra.

—Cállate —le dijo al oído.

—¿Y si nos escondemos aquí? —preguntó una mujer, deteniéndose ante la puerta.

—No —respondió una voz masculina—. Demasiado obvio. Sigamos por el pasillo.

Los pasos de ambos se fueron alejando de la puerta, y Sophia se apartó de Ross en cuanto éste le soltó las muñecas. Se puso de pie y se estiró la ropa. La cara le ardía de excitación; se agachó para levantarse las voluminosas bragas y atárselas. Los brazos y las piernas le temblaban a causa del miedo y los nervios, y sentía todo el cuerpo dolorido por la pasión de la que no había podido liberarse. Nunca había sentido nada igual, ese fuego inextinguible que le quemaba con una ferocidad de locura.

Ross se abrochó los pantalones y se acercó a Sophia por detrás. El suave roce de sus dedos sobre los hombros de ella hizo estremecer a la muchacha. Deseaba tomar las manos de Ross y llevárselas a los pechos, y suplicarle que le proporcionase el alivio que ansiaba. En lugar de ello, se quedó quieta como una estatua mientras él hurgaba en su despeinada cabellera.

—Es obvio que he perdido la práctica —comentó Ross con ironía—. Mi sentido del tiempo solía ser mucho mejor.

—No deberíamos haber ido tan lejos —dijo Sophia, sintiendo los labios hinchados—. He... hemos tenido suerte de no poder acabar.

—No tardaré en acabarlo, por Dios —le aseguró Ross, apretándole los hombros—. Iré a tu habitación más tarde.

—¡No! —replicó Sophia—. Cerraré la puerta con llave. No... no quiero volver a hablar de esto nunca más. Por lo que a mí se refiere, esto nunca ha ocurrido.

—Sophia —murmuró él—, sólo hay una cosa que

puedes hacer para mantenerme alejado de tu cama, y es decirme que no me deseas.

Ross esperó con calculada paciencia mientras Sophia luchaba consigo mísma. Cada vez que trataba de hablar se le cerraba la garganta, y los hombros se le estremecían al contacto de las manos de Ross.

—Por favor —susurró finalmente, aunque no tenía muy claro a qué se refería.

Ross le pasó la palma por la clavícula e hizo presión sobre el centro del pecho, sintiendo a través del grueso vestido el latido de su corazón.

—Pronto llegará nuestra hora de la verdad —le dijo con ternura—. No hay nada que temer, Sophia.

Ella se apartó con un movimiento brusco.

—Sí que lo hay —contestó con voz quebrada—, lo que pasa es que todavía no lo sabes.

10

Sophia corrió a su habitación y trató de calmarse. Se lavó la cara con agua fría hasta que le quedó enrojecida. Después de cepillarse el cabello y atárselo en un moño bien tirante, volvió a sus tareas, sintiéndose nerviosa y confusa.

El juego de los asesinatos no tardó en acabarse y los invitados se dedicaron a entretenerse jugando a adivinar imitaciones de estatuas clásicas, lo que arrancaba las carcajadas del grupo en cada intento. Sophia, que no había recibido ninguna educación en historia del arte, no podía entender cómo aquella gente podía considerar tan divertido aquel juego. Con aire ausente, ordenó a los lacayos que recogieran las tazas de té y los vasos de oporto. En el fregadero de la cocina, numerosas criadas lavaban la cristalería, montones de platos y vajilla en general. Por suerte, los demás sirvientes parecían demasiado ocupados como para notar la actitud distraída de Sophia.

Faltaba poco para las dos de la madrugada, y la mayoría de los invitados se habían retirado a sus habitaciones, donde los esperaban mozos y criadas para ayudarlos. Sophia, exhausta, supervisó la limpieza de las habitaciones comunes y felicitó a los sirvientes por un trabajo bien hecho. Finalmente, se dirigió a su habitación, llevando consigo una linterna de hojalata con forma de taza y una cenefa de agujeros. Aunque estaba extrañamente tranquila, le tembló la mano hasta que consiguió encender la linterna. La pared se llenó de puntos brillantes, como si de una nube de luciérnagas se tratase.

Cuando llegó a su cuarto, cerró la puerta y colocó la linterna sobre la mesilla rústica que había en un rincón. Sólo entonces, en la intimidad de su dormitorio, se permitió dar salida a sus tensas y reprimidas emociones. Se apoyó en el borde de la mesilla, agachó la cabeza y suspiró de forma temblorosa. Observó la luz rota frente a ella y recordó los ardientes momentos que acababa de pasar en brazos de Ross.

—Ross —murmuró—, ¿cómo puedo dejarte?

—Nunca dejaré que eso suceda —respondió una voz entre la penumbra.

Sophia se volvió y ahogó un grito. La intermitente luz de la linterna de hojalata jugaba con el marcado contorno del rostro de Ross, que estaba tumbado en la cama, tan quieto que al entrar en la habitación ella no lo había visto.

—¡Me ha dado un susto de muerte! —exclamó.

Él esbozó una sonrisa y se incorporó.

—Lo siento —se disculpó, yendo hacia ella. Sus dedos recorrieron las húmedas mejillas de la muchacha—. ¿Por qué hablabas de dejarme? Antes no tenía intención de hacerte sentir incómoda. Era demasiado pronto; no debería haberme acercado a ti de esa manera.

Aquel comentario hizo que nuevas e hirientes lágrimas brotaran de los ojos de Sophia.

—No es eso.

Ross le pasó la mano por detrás de la cabeza y le soltó el pelo, haciendo caer las horquillas al suelo.

—Entonces, ¿qué es? Puedes decírmelo. —Le acarició la nuca e hizo que el cabello le cayera por los hombros en un torrente de rizos—. Debes comprender de una vez por todas que decírmelo será lo mejor para ambos.

Las palabras de Ross le dieron ganas de lanzarse a sus brazos y ponerse a llorar a moco tendido; sin embargo, se mantuvo impertérrita y apartó la vista, haciendo un esfuerzo por hablar.

—Hay cosas que no pueden mejorarse.

—¿Qué cosas?

Sophia se restregó la mano por las mejillas y trató de que no le temblase la mandíbula.

—No me toque, por favor —dijo entre suspiros.

Ross hizo caso omiso y la rodeó con los brazos, apoyándola contra la anchura de su pecho.

—Ya sabes lo testarudo que soy, Sophia —le dijo, colocándole una mano en la espalda. Aunque no la estaba abrazando con fuerza, Sophia sabía que le sería imposible liberarse. Ross le dio un beso en la frente y continuó—: Tarde o temprano, acabaré por sonsacarte la verdad. Ahórranos tiempo y dímelo ahora.

Sophia, desesperada, comprendió que Ross insistiría hasta tener las respuestas que quería, a no ser que ella encontrase un modo de detenerlo.

—Salga de mi habitación —le pidió con decisión—; o me pondré a gritar y a decirles a todos que me está forzando.

—Adelante —la desafió él, expectante, tranquilo y relajado, mientras Sophia temblaba a causa de los nervios. Se le dibujó una leve y arrogante sonrisa en el rostro—. Ya deberías saber que es inútil engañarme.

—Maldito sea —murmuró ella.

—Creo que quieres decírmelo —insistió Ross, pasándole la nariz por la cabeza—. Supe que me ocultabas cosas desde que llegaste a Bow Street. Es hora de sacarlas a la luz, Sophia; cuando lo hayas hecho, ya no habrá nada que temer.

Sophia se aferró a sus sólidos brazos y respiró entrecortadamente; había llegado la hora de confesar. Tenía que contarle todo y afrontar las consecuencias. Se le escaparon suspiros y comenzó a llorar por el fracaso de su venganza y por el desesperanzado amor que sentía hacia él.

—No —susurró Ross, abrazándola contra el pecho—. No, Sophia, cariño, no pasa nada.

La ternura que le demostraba era más de lo que ella podía soportar. Hizo un esfuerzo por liberarse de su abrazo y se dejó caer sobre la cama. Se incorporó y alzó una mano para mantener a Ross a distancia. Aquel gesto, a pesar de su fragilidad, bastó para que él no se acercase. Se quedó de pie en la penumbra, y el tamaño de su silueta bloqueaba casi toda la luz de la linterna de hojalata.

—No te lo puedo decir si me tocas —dijo ella, tuteándolo, con voz ronca—. Quédate ahí.

Ross se quedo inmóvil y en silencio.

—Ya sabes lo ocurrido los meses posteriores a la muerte de mis padres —dijo Sophia entre suspiros—, cuando a John y a mí nos pillaron robando y a mí me acogió mi prima Ernestine.

—Sí.

—Bueno, pues John no fue con ella. En lugar de eso, se escapó a Londres. Allí siguió robando y haciendo cosas malas, y... —Cerró los ojos, pero no pudo evitar que las lágrimas siguieran resbalando por sus mejillas—. Se juntó con una banda de ladronzuelos. Fue arrestado y lo acusaron de robo de menor cuantía. —Se restregó la cara y resopló.

—Ten —murmuró Ross; ella vio de reojo que le estaba ofreciendo un pañuelo. La expresión de Cannon era adusta y revelaba qué difícil resultaba para él contemplar la desdicha de Sophia y no poder estrecharla entre sus brazos.

Sophia aceptó el pañuelo, se secó la cara y se sonó la nariz; triste, prosiguió con su historia.

—Le llevaron ante un juez que lo condenó a pasar un año en una prisión flotante. Era una condena inusualmente dura para un delito tan nimio; cuando supe lo que le había pasado, decidí ir a Londres y visitar al juez para rogarle que redujese la pena, pero para cuando llegué a la ciudad ya se habían llevado a John.

A Sophia le sobrevino una curiosa sensación de serenidad, lo que le facilitó seguir hablando.

Era como si de repente estuviese al margen de la escena, observando una obra que se estaba desarrollando frente a ella.

—Me sentí atormentada durante meses, pensando cada minuto en mi hermano, preguntándome si estaría sufriendo. No era tan inocente como para no tener idea de lo que sucedía en las prisiones flotantes. Sin embargo, me prometí que, le sucediera lo que le sucediese en aquel lugar, cuando todo acabase me ocuparía de atenderlo y cuidarlo. Con tal que hubiera sobrevivido...

Hubo un silencio largo y emotivo.

—Pero no lo hizo —dijo Ross finalmente.

Sophia sacudió la cabeza.

—Cólera. Las prisiones flotantes siempre están llenas de una u otra enfermedad, así que sólo era cuestión de tiempo que John cayese enfermo. Y no sobrevivió. Lo enterraron en una fosa común, sin una lápida o algo que dijese que era él. Yo... no he vuelto a ser la misma desde que ocurrió. La muerte de John ha alimentado cada emoción, cada experiencia, cada pensamiento y cada deseo que he tenido en mi vida adulta. He vivido con un odio constante durante todos estos años.

—¿Odio hacia quién?

Sophia lo miró con expresión incrédula.

—Hacia el hombre que lo envió allí, el juez que no tuvo piedad de un huérfano y lo condenó a una muerte segura.

Las sombras oscurecían la mayor parte del rostro de Ross, excepto el brillo de sus ojos, entornados.

—Su nombre —exigió saber con una voz tensa que denotaba sus sospechas.

La serenidad de Sophia se esfumó, haciéndola sentir la realidad tan cruda como si de una herida abierta se tratase.

—Fuiste tú, Ross —susurró—. Tú mandaste a John a la prisión flotante.

Aunque se quedó quieto y en silencio, Sophia notó el tremendo impacto que causaron en él sus palabras, la angustia que había bajo aquella expresión. Ella sabía que Ross estaba tratando de volver rápidamente al pasado, de recordar uno de los miles de casos que habían pasado por su mesa.

El resto de la confesión emanó de ella como veneno.

—Quería vengarme de ti —dijo con abatimiento—. Pensé persuadirte para que me dieses el empleo y después ya encontraría la forma de hundirte. Durante unos días estuve copiando fragmentos de varios expedientes, buscando cualquier cosa que te desacreditase a ti y tus agentes. Pero ahí no acababa mi plan; también quería herirte de la forma más profunda posible. Quería... quería romper tu alma como tú habías roto la mía; quería que te enamorases de mí para poder lastimarte de tal forma que no te recuperases. Pero al final —dijo, y se le escapó una carcajada—, todo ese odio se ha desvanecido. He fracasado por completo.

Sophia cerró los ojos para no tener que ver la cara de

Ross. Esperó que éste le demostrara su desprecio, su furia y, lo peor de todo, su rechazo. El silencio le hacía daño, la aniquilaba, y Sophia esperó a que el destino dijese su última palabra. Todo siguió en silencio, y se sintió como en un sueño, preguntándose si Ross simplemente saldría de la habitación y dejaría que ella se derrumbase de desesperación.

No percibió ningún movimiento por parte de Ross, hasta que éste, de repente, se acercó a ella y le puso las manos en los hombros, tocándole la base del cuello con los dedos. Podría haberla estrangulado sin ningún esfuerzo y la verdad es que ella casi hubiera deseado que lo hiciera. Cualquier cosa con tal de escapar de la desolación que la inundaba. Sumisa y sin esperanzas, tragó saliva contra la ligerísima presión de aquellos dedos.

—Sophia —dijo Ross, impertérrito—, ¿todavía quieres venganza?

A ella se le hizo un nudo en la garganta.

—No —contestó.

Ross comenzó a acariciarle el cuello, provocándole agradables sensaciones. Ella comenzó a suspirar ante esas maravillosas caricias y no pudo evitar inclinar la cabeza hasta apoyarla contra el firme estómago de Ross. Parecía una marioneta; no podía moverse sin que él moviera las manos.

—¿Cuándo cambiaste de opinión? —prosiguió Ross.

Que Dios la ayudase; ya no podía ocultarle nada. Ross le arrebataría todo el orgullo y la dejaría hecha trizas. Trató de permanecer en silencio, pero era como si aquellas caricias le sacasen todas las palabras del alma.

—Cuando te hirieron —dijo con voz rota—. Quería ayudarte; deseaba que nunca más te ocurriese nada malo. Especialmente por mi parte.

Sophia estaba demasiado angustiada como para poder seguir hablando. Exhaló un profundo suspiro a la vez que sentía los tibios dedos de Ross deslizarse bajo el vestido. Él le tomó un pecho y rodeó suavemente el pezón hasta volverlo duro como el pistilo de una flor. Ross parecía tocarla no con la intención de excitarla, sino para recordar el momento íntimo que habían vivido hacía tan sólo unas horas. El calor se iba apoderando de su piel, y su cuerpo se iba debilitando, y de pronto dejó caer todo su peso sobre Ross.

Éste se incorporó y, con cuidado, la hizo volver hacia él. Ella alzó la vista y vio que sus labios estaban torcidos de dolor, como si hubiera recibido un duro revés.

—No sé lo que ocurrió en el pasado —dijo Ross con voz ronca—; no recuerdo a tu hermano, pero te prometo que averiguaré exactamente lo que pasó. Si resulta que soy culpable de tus acusaciones, aceptaré la culpa y todo lo que conlleve —aseguró, mientras sus manos seguían acariciándole el pecho, como si no pudiese evitar tocarla—. De momento sólo te pediré una cosa: quédate conmigo hasta que descubra la verdad; ¿lo harás por mí, Sophia?

Ella asintió, emitiendo un inaudible sonido de conformidad, y Ross le apartó los mechones húmedos que tenía sobre las mejillas. Se inclino hacia ella y la besó con dulzura y firmeza. Sophia trataba de pensar por encima del latido de su corazón.

—Pero el modo en que te he decepcionado... —musitó con voz quebrada—. Es imposible que sigas queriéndome.

—¿Qué te hace pensar que tengo más control sobre esto del que tienes tú? —le susurró él.

Ross la estrechó contra su cuerpo y Sophia se estremeció, sintiendo un inmenso alivio. Por fin le había contado la verdad y él no la había rechazado. Este hecho era difícil de comprender para ella; hundió la cabeza contra el abrigo de Ross, que desprendía un ligero aroma a tabaco proveniente de la sala de billares.

—Has cargado con esos sentimientos durante años... —le dijo él, meciéndola con ternura—; no te será fácil desprenderte de ellos.

—Ya lo he hecho —repuso ella entre sollozos, apoyando la cabeza en su hombro—. Todo este tiempo he deseado venganza contra alguien que no existía. No eres en absoluto el hombre que esperaba que fueses.

—Viejo y cascarrabias, con pipa y peluca —comentó Ross, recordando lo que había dicho ella el primer día.

Sophia esbozó un sonrisa amarga.

—Has ido arruinando mi plan poco a poco, haciendo que fuera imposible que no me preocupase por ti.

A Ross no le produjo ningún placer oír aquella afirmación.

—¿Y qué pasa si resulta que sí envié a tu hermano a la muerte? —preguntó, con mirada preocupada—. Cuando hace diez años me convertí en juez, no tenía ninguna experiencia. Durante algún tiempo, basé mis sentencias en las de aquellos jueces que me habían precedido. Pensaba que era mejor seguir por el sendero que ellos habían marcado. Pasó algún tiempo hasta que seguí mis propios dictados y comencé a dirigir el tribunal tal como yo quería. No tengo dudas de que era demasiado duro con muchos de los acusados que pasaban ante mí en aquella época —reconoció, y su pecho se agitó con un hondo suspiro—. De todas formas, no puedo entender que enviase a un simple ratero a una prisión flotante.

Sophia guardó silencio.

Ross le acarició las cejas con delicadeza.

—Nunca me he permitido cuestionarme el pasado. No son más que pensamientos fútiles y los remordimientos me volverían loco. Sin embargo, ésta es la primera vez que mi futuro pende de un hilo, de un error que tal vez cometí años atrás —dijo. Se apoyó sobre un codo, con un mechón de pelo castaño cayéndole sobre la frente al mirar a Sophia—. ¿Cómo podría pedirte que me perdonases por la muerte de tu hermano? No hay forma de remediarlo, pero la idea de perderte es algo que no puedo soportar.

—Ya te he perdonado —susurró ella—. Sé la clase hombre que eres. Te castigas a ti mismo más severamente de lo que nadie lo haría. Además, ¿como podría no perdonarte cuando tú me has ofrecido tu perdón tan incondicionalmente?

Ross sacudió la cabeza, sonriendo sin alegría.

—Fueran cuales fueran tus intenciones originales, no has hecho nada salvo preocuparte por mí.

—Trataba de que te enamorases de mí —dijo Sophia—; para luego destrozarte el corazón.

—No tengo nada que objetar a la primera parte del plan —comentó Ross lacónicamente—, aunque no me gustaría nada que llevases a cabo la segunda.

Sophia esbozó una sonrisa. Le rodeó el cuello con los brazos y hundió la cara contra su cuello.

—A mí tampoco.

Ross la besó con ternura. Parecía como si la pasión surgida entre ambos estuviera supeditada por la certeza de que el camino a la felicidad no sería fácil. Haría falta perdón, compromiso y fe ciega. Sophia trató de hacer el beso más intenso, pero Ross se echó hacia atrás y le tomó la cabeza con las manos.

—No voy a quedarme contigo esta noche —murmuró, masajeándole las sienes con los pulgares—. Cuando por fin durmamos juntos, no quiero que haya ningún tipo de arrepentimiento.

—No me arrepentiré de nada —repuso ella con franqueza—. Ahora sé que no me culparás por lo que tenía pensado hacerte; eso es lo que más temía. Quédate conmigo esta noche, por favor.

Él negó con la cabeza.

—No hasta que descubra la verdad sobre la muerte de tu hermano. Una vez tengamos conocimiento de todos los hechos, podremos decidir qué hacer.

Sophia apretó con fuerza la cabeza contra la mano de Ross y besó su cálida palma.

—Hazme el amor... Hazme olvidar cada momento de mi vida antes de conocerte.

—Oh, Dios —dijo Ross, y la soltó con un gruñido gutural. Se levantó de la cama como si ésta fuera un potro de tortura—. Te deseo más de lo que puedo soportar; no hagas que esto sea más difícil de lo que ya es.

Sophia era consciente de que debía ayudarlo a superar este trago amargo, pero no podía evitar seguir reclamando su compañía.

—Acuéstate a mi lado. No dormiremos juntos, si es eso lo que quieres. Tan sólo abrázame un rato.

Ross refunfuñó, frustrado, y se dirigió a la puerta.

—Ya sabes lo que pasará si lo hacemos. En cinco minutos estarías con las piernas abiertas.

La crudeza de aquella imagen provocó a Sophia una deliciosa punzada en el estómago.

—Oh, Ross...

—Atranca la puerta cuando haya salido —se limitó a decir él, abriendo la puerta y cruzando el umbral sin mirar atrás.

Después de haber dormido hasta media mañana, el hermano de Ross decidió dedicar el día a jugar a las cartas en el pabellón junto al lago. Sin embargo, Ross le salió al paso antes de que pudiese cruzar las puertaventanas traseras acompañado por varios jóvenes.

—Hola, Matthew —lo saludó amablemente, poniendo una mano en el hombro de su hermano. Matthew trató de zafarse, pero Ross lo cogió con más fuerza, impidiendo que se escabullera—. Veo que por fin te has levantado. ¿Por qué no me acompañas al estudio? De repente, me han venido ganas de hablar contigo.

Matthew lo miró con recelo.

—Puede que más tarde, hermano. Debo atender a mis amigos y estoy seguro de que no quieres que me ponga grosero.

—Pueden arreglárselas sin ti unos minutos —le dijo Ross sonriendo gélidamente. La dureza de su mirada intimidó a los tres jóvenes que acompañaban a Matthew—. Sigan con sus planes, caballeros; mi hermano se reunirá con ustedes más tarde.

Y sin más lo llevó pasillo abajo, hasta un estudio privado.

—¿Qué demonios ocurre? —preguntó Matthew, tratando sin éxito de liberarse de su hermano—. ¡Maldita sea, suéltame! ¡Me estás estropeando la chaqueta!

—Entra aquí —ordenó Ross, empujándolo dentro de la habitación y cerrando a continuación la pesada puerta de roble.

Visiblemente enfadado, Matthew se arregló con aspavientos las solapas y las mangas de su chaqueta.

Ross echó un vistazo al estudio, que seguía exactamente como su padre lo había dispuesto. La pequeña habitación, acogedora y masculina, estaba amueblada con estanterías de roble. Había una mesa francesa de alas abatibles y una silla de escritura frente a tres ventanas. Ross frunció el entrecejo, recordando que a menudo había visto allí a su padre escribiendo cartas o enfrascado en la lectura de los libros de cuentas. No podía evitar sentir que había fallado a su padre al permitir que Matthew se convirtiera en el tipo arrogante y egoísta que era.

—Me miras como si fuera algún indeseable al que te dispusieses a enviar a Newgate —le espetó Matthew con cara de pocos amigos.

—Newgate sería un paraíso en comparación con donde me gustaría mandarte.

Advirtiendo la furia que denotaba la voz de Ross, Matthew soltó un hondo suspiro.

—De acuerdo, te pido perdón por lo de anoche. Supongo que la señorita Sydney te habrá dado su versión de los hechos, mostrándose como la víctima inocente. Y admito que no me había sentado bien la bebida. Mi amigo Hatfield había abierto una botella de un brandy excelente y se me subió a la cabeza.

Matthew adoptó un aire de indiferencia, fue hasta el gastado globo terráqueo que había en un rincón y lo hizo girar, despreocupado.

—Eso no basta, Matthew. Sí, tengo intención de hablar de tu comportamiento de anoche, pero primero trataremos otro asunto que acaba de surgir.

—¿A qué te refieres? —preguntó Matthew, sorprendido.

—Esta mañana me he reunido con el señor Tanner.

—¿Quién es ese Tanner?

Ross sacudió la cabeza, sumamente molesto.

—El administrador de nuestra finca. El hombre que se ha ocupado de nuestras tierras y propiedades los últimos diez años.

—¿Y te has citado con él esta mañana? Dios mío, ¿es que nunca descansas? La última cosa que se me ocurriría hacer hoy es hablar de algún trivial asunto de negocios.

—No es trivial —replicó Ross con dureza—; y no

tiene nada que ver con negocios. Al parecer, uno de nuestros arrendatarios le ha ido a Tanner con la queja de que su hija soltera está embarazada de siete meses.

La expresión de Matthew se tornó cauta.

—¿Y a mí qué me importa que a una campesina palurda le hayan hecho un bombo?

—Su familia asegura que el padre eres tú —dijo Ross. Observó con atención el rostro de su hermano, y el corazón le dio un vuelco al ver una expresión de culpa en los ojos verdegrisáceos de Matthew. No pudo evitar un juramento—. El nombre de la familia es Rann; ¿sedujiste a esa chica o no?

Matthew adoptó una expresión hosca.

—No fue seducción; fue deseo mutuo. Ella me deseaba; yo sólo le hice un favor. Nadie salió perjudicado.

—¿Que nadie salió perjudicado? —repitió Ross, sin dar crédito a sus oídos—. ¡Tanner dice que la chica ni siquiera ha cumplido los dieciséis años, Matthew! Le has robado la inocencia y le has dejado un bebé sin padre, además de haber engañado a Iona.

Matthew no parecía arrepentido.

—Todo el mundo lo hace. Podría decirte montones de hombres que han obtenido placer fuera del lecho conyugal. Un niño bastardo es una desafortunada consecuencia, pero eso es problema de la chica, no mío.

En medio de su furia, Ross se sintió estupefacto por la falta de sensibilidad de su hermano. Eso era exactamente lo que había hecho con Sophia su antiguo amante: usarla, decepcionarla y abandonarla.

—Dios mío —murmuró Ross—, ¿qué voy a hacer contigo? ¿Es que no eres consciente de tus actos? ¿No tienes sentido de la responsabilidad?

—La conciencia y la responsabilidad son cosa tuya, hermano —contestó Matthew, haciendo girar el globo nuevamente y consiguiendo que se tambalease—. Siempre me han hecho ver en ti a un ejemplo de moralidad suprema. Sir Ross, el paradigma de la humanidad. Nadie de este mundo sería capaz de vivir según los parámetros que predicas, y estaría loco si yo lo intentara. Aparte, no le tengo ninguna envidia a tu estéril y desgraciada vida. Al contrario que tú, yo tengo algo de pasión, tengo las mismas necesidades que cualquier hombre y, por Dios, ¡las satisfaré hasta la muerte!

—¿Por qué no las satisfaces con tu mujer? —le sugirió Ross con acidez.

Matthew puso los ojos en blanco.

—Ya me había aburrido de Iona un mes antes de casarnos. No se puede esperar que un hombre se conforme con la misma mujer para toda la vida. Como se suele decir, en la variedad está el gusto.

Ross estuvo tentado de escaldarle las orejas con un buen sermón. Sin embargo, el gesto obstinado de Matthew dejaba muy claro que ni por asomo pensaba arrepentirse. Nunca asumiría voluntariamente las consecuencias de sus actos.

—Exactamente, ¿de cuánta «variedad» has disfrutado? —dijo Ross, y viendo el rostro impertérrito de Matthew, repitió la pregunta de otra forma—: ¿A cuántas mujeres has seducido aparte de la hija de los Rann?

—No estoy seguro —contestó Matthew, adoptando una expresión de suficiencia—, supongo que a nueve o diez.

—Quiero una lista con sus nombres.

—¿Por qué?

—Para averiguar si eres padre de otros niños bastardos. Y, en caso de ser así, te vas a encargar de proporcionarles sustento y educación.

El otro suspiró, disconforme.

—No tengo dinero para compartir, a no ser que aumentes mi asignación.

—Matthew... —dijo Ross, mirándolo de forma amenazante.

—Vale, me rindo —dijo su hermano, haciendo un gesto de burla con las manos—. Busca por ahí mi descendencia ilegítima y quítame el poco dinero de que dispongo. Ahora, ¿puedo reunirme con mis amigos?

—Todavía no. Hay algo que debes saber. A partir de ahora me aseguraré de que termines con tu indolente modo de vida. Se acabó el holgazanear en el club y pasarte el día bebiendo; se acabó el juego y el andar persiguiendo mujeres. Si se te ocurre visitar a alguna de tus habituales conquistas, descubrirás que ya no serás bienvenido. Y se te negará el crédito allá donde vayas, ya que me encargaré de que los tenderos tengan bien claro que ya no me hago responsable de tus deudas.

—¡No puedes hacerme eso! —exclamó Matthew, indignado.

—¡Y tanto! —le aseguró Ross—. A partir de hoy tendrás que trabajar para ganarte tu asignación.

—¿Trabajar? —repitió Matthew, a quien esa palabra parecía no resultarle familiar—. ¿Haciendo qué? Yo no estoy capacitado para trabajar; ¡yo soy un caballero!

—Ya encontraré algo apropiado para ti —le prometió Ross con una sonrisa en el rostro—. Voy a enseñarte lo que es la responsabilidad, Matthew, sea como sea.

—¡Si nuestro padre estuviera vivo, esto nunca tendría lugar!

—Si nuestro padre estuviera vivo, esto habría tenido lugar hace ya muchos años —murmuró Ross—. Por desgracia, gran parte de la culpa es mía. He estado demasiado ocupado en Bow Street como para prestar atención a tus actividades. Pero te aseguro que esto va a cambiar.

Sin dejar de soltar juramentos, Matthew se dirigió a un mueble y cogió un vaso y una licorera.

Se sirvió un brandy, lo bebió como si de un jarabe se tratase y volvió a llenarse el vaso. El licor pareció calmarlo. Tomó aire y observó la implacable mirada de Ross.

—¿Se lo vas a contar a Iona?

—No; pero no le mentiré si alguna vez me viene con preguntas acerca de tu fidelidad.

—Bien. Mi mujer nunca preguntará nada; no desea escuchar las respuestas.

—Que Dios la ayude —murmuró Ross.

Después de tomar otro trago de brandy, Matthew agitó el líquido que quedaba en el vaso y suspiró, resignado.

—¿Eso es todo?

—No —dijo Ross—. Tenemos otro asunto del que hablar: tu comportamiento con la señorita Sydney.

—Ya me he disculpado por eso. No puedo hacer más..., a no ser que quieras que me abra las venas.

—Eso no será necesario. Lo que quiero que te quede bien claro es que a partir de ahora la tratarás con absoluto respeto.

—Una criada no se merece más, hermano.

—No tardará mucho en dejar de serlo.

Aquel comentario despertó el interés de Matthew, que arqueó una ceja.

—¿La piensas despedir, entonces?

Ross lo miró de manera dura y decidida.

—Me voy a casar con ella, si me acepta como esposo.

—Madre de Dios —soltó Matthew y le devolvió la mirada, no dando crédito a lo que oía. Se dejó caer en la silla más cercana y miró a Ross con los ojos como platos—. Lo dices en serio. Esto es una locura; serás el hazmerreír de la familia. ¡Un Cannon casado con una criada! Por el bien de nuestra familia, búscate a otra. Ella no es más que una simple mujer; hay cientos que podrían ocupar su lugar.

Ross tuvo que hacer acopio de toda su voluntad para no atizarle en la cabeza. En lugar de ello, cruzó las manos encima del escritorio, cerró los ojos un instante y trató de calmarse. Luego se dio la vuelta y miró a Matthew con fuego en los ojos.

—Después de todos los años que he pasado solo, ¿me pides que rechace a la única mujer que me ha hecho sentir feliz?

Matthew sopesó sus palabras.

—A eso me refiero. Después de tantos años de celibato, cualquier mujer te resultaría deseable. Créeme, esa joven no es digna de tu afecto. No tiene sofisticación, ni estilo, ni familia. Si te gusta, tómala como amante; pero te aconsejo que no te cases, porque no tardarás en cansarte de ella y cuando lo hagas ya estarás encadenado.

De repente, a Ross se le pasó el enfado. No sentía por su hermano más que pena. Matthew nunca encontraría amor ni pasión verdaderos, sólo pobres imitaciones. Se sentiría insatisfecho el resto de su vida, y nunca sabría cómo llenar su vacío interior. Por tanto, se abandonaría a placeres artificiales y trataría de convencerse a sí mismo de que era feliz.

—No voy a tratar de hacerte ver cuánto vale Sophia —le dijo Ross con calma—. Sin embargo, si le dices algo que pueda considerarse inconveniente o condescendiente, te castraré; poco a poco.

11

Se repartieron sencillos antifaces de seda blancos y negros entre los invitados que no habían traído ninguno para el baile de disfraces. Sin embargo, la mayoría de los invitados iba engalanada con bonitas creaciones diseñadas especialmente para el evento. Sophia estaba fascinada por la variedad de máscaras adornadas con plumas, joyas, bordados y motivos pintados a mano. Los asistentes circulaban y coqueteaban con audacia, disfrutando del anonimato. Los invitados se quitarían las máscaras a medianoche y luego se serviría una copiosa cena.

Sophia echó un vistazo a través de la puerta del salón y sonrió ante la espléndida visión de los invitados, que bailaban un elegante minuet, haciendo reverencias con una gracia bien ensayada. Todas las damas vestían trajes de noche con los colores de moda, mientras que la mayoría de hombres había preferido la elegancia del blanco y el negro. El suelo, recién encerado y pulido, reflejaba la centelleante luz de los candelabros, bañando la habitación con un brillo casi mágico. El aire estaba cargado con el aroma de las flores y los perfumes, a la vez que se veía favorecido por la brisa nocturna proveniente del jardín de invierno.

Las habitaciones contiguas al salón estaban repletas de invitados que jugaban al billar o a las cartas, bebían champán y disfrutaban de delicias tales como paté de ostra, tartas de langosta y pasteles al ron. Pensando en la cena, Sophia decidió volver a la cocina y asegurarse de que todo iba según el horario previsto. Salió discretamente a un sendero que rodeaba un lateral de la casa; el aire nocturno era fresco y primaveral, y suspiró aliviada al aflojarse el tirante cuello de su vestido oscuro.

Pasó junto a uno de los jardines de invierno, flanqueado por columnas y se sorprendió al ver dentro al anciano señor Cannon, sentado en su silla de ruedas y contemplando el baile a través de una de las amplias ventanas del salón. Cerca de él había un lacayo, sin duda para atender al arrugado viejo.

Sophia se acercó esbozando una dubitativa sonrisa.

—Buenas noches, señor Cannon. ¿Puedo preguntarle por qué está sentado solo aquí fuera?

—Hay demasiado barullo ahí dentro —contestó él—. Además, los fuegos artificiales comenzarán a medianoche, y éste es el mejor lugar para verlos —dijo, y miró a Sophia de forma especulativa—. De hecho, deberías verlos conmigo. —Se volvió hacia el criado y le ordenó bruscamente—: Vaya a buscar una botella de champán y dos copas.

—Señor —dijo Sophia—, me temo que no...

—Sí, lo sé; tienes cosas que hacer. Pero éste es mi aniversario, y por tanto hay que seguirme la corriente.

Ella sonrió con ironía y se sentó en el banco de piedra que había junto a la silla de Cannon.

—Si me ven bebiendo champán y viendo los fuegos artificiales con usted, es probable que me despidan.

—Entonces te contrataré como mi acompañante.

Sin dejar de sonreír, Sophia apoyó las manos en el regazo.

—¿No se va a poner una máscara, señor?

—¿Por qué debería llevarla? No creo que sentado en

este trasto vaya a decepcionar a nadie —dijo el viejo y, observando a los bailarines a través de la ventana, soltó un bufido—. No me gustaban los bailes de disfraces cuando estaban de moda hace cuarenta años y ahora me gustan todavía menos.

—Ojalá yo tuviera una máscara —se lamentó Sophia con una sonrisa—. Podría decir o hacer lo que me viniese en gana y nadie sabría que soy yo.

El anciano la miró.

—¿Por qué llevas un vestido tan anodino en una noche como ésta? —le preguntó bruscamente.

—No tengo necesidad de llevar un buen vestido.

Cannon emitió un gruñido.

—Tonterías. Incluso la señorita Bridgewell llevaba un buen vestido de seda negra en las ocasiones especiales.

—No tengo vestidos más elegantes que éste, señor.

—¿Por qué no? ¿Acaso mi nieto no te paga un buen sueldo?

La conversación se vio interrumpida cuando el lacayo volvió con el champán y las copas.

—Ah, por fin —dijo Cannon—. ¿Es una botella de Rheims? Bien. Déjela aquí y vaya dentro a colaborar con los demás; la señorita Sydney me hará compañía.

El sirviente obedeció e hizo una reverencia. Sophia aceptó la copa de champán que le tendió Cannon, cogiéndola por el pie y contemplando con curiosidad el burbujeante líquido ámbar.

—¿Has bebido champán alguna vez? —le preguntó el viejo.

—Una vez. Cuando vivía con mi prima en Shropshire, una vecina me dio una botella que estaba por la mitad. Para entonces ya se le había ido el gas, y el sabor me decepcionó. Esperaba que fuera dulce.

—Esto es champán francés; te gustará. ¿Ves como las

burbujas suben de forma vertical? Eso es señal de un buen *vintage*.

Sophia se colocó la copa delante de la cara y disfrutó la fresca y cosquilleante sensación que le producían las burbujas al estallarle cerca de la nariz.

—¿Qué es lo que hace que haya gas? —preguntó—. Debe de ser magia.

—Es por el proceso de doble fermentación —le explicó Cannon, cuya voz era tan llana y seca que a Sophia le recordó la de Ross—. Lo llaman el vino del diablo, por su naturaleza explosiva.

Ella bebió un sorbo de aquel *vintage* seco y efervescente, y arrugó la nariz.

—Sigue sin gustarme —dijo, y el anciano soltó una risita.

—Prueba otra vez. Irás apreciando el sabor poco a poco.

Aunque se sintió tentada de comentar que ella nunca tendría la oportunidad de adquirir el gusto por el champán, Sophia asintió y bebió.

—Me gusta la forma de la copa —dijo, mientras la bebida le bajaba por la garganta.

—¿Sí? —contestó Cannon, y no pudo reprimir el centelleo de sus ojos—. Este estilo recibe el nombre de *coupe*; se hizo imitando la forma del pecho de María Antonieta.

—Es usted incorregible, señor Cannon —le dijo Sophia, mirándolo de forma reprobadora, ante lo cual el anciano se regocijó.

De repente terció una nueva voz.

—No se hizo imitando la forma del pecho de María Antonieta. Mi abuelo quiere escandalizarte.

Era Ross, que estaba muy guapo, vestido con un austero traje de noche y con su máscara en la mano. Le brillaba la dentadura en una sonrisa tan fácil y encantadora que Sophia tuvo que contener la respiración. Aquella noche no había hombre que estuviese a su altura; ninguno poseía aquella mezcla de elegancia y ruda masculinidad.

Tratando de camuflar sus emociones, Sophia bebió un largo sorbo de champán, que estaba tan frío que la hizo atragantarse.

—Buenas noche, sir Ross —lo saludó con voz ronca y lagrimeando a causa del champán. Se puso de pie con torpeza y buscó un sitio donde dejar su copa medio vacía.

—Bueno, abuelo —prosiguió Ross—, debería haberme percatado de que trataría por todos los medios de corromper a la señorita Sydney.

—Yo no llamaría corromper a abrir una buena botella de Rheims —se defendió Cannon—. ¡Pero si es un tónico para la salud! Como dicen los franceses, el champán es la medicina universal.

—Es la primera vez que lo oigo coincidir en algo con los franceses, señor —repuso Ross, divertido, pero asiendo a Sophia de la muñeca para impedir que se marchase—. Quédate y acábate tu copa, pequeña —le dijo suavemente—. Por lo que a mí se refiere, debes tener todo lo que desees.

Sophia se ruborizó y trató de zafarse, consciente de la mirada del anciano.

—Deseo volver al trabajo, señor... —Incrédula, vio como Ross le levantaba la mano y se la besaba, todo esto delante del abuelo. Su relación no podría haber quedado más clara aunque la hubiese proclamado a los cuatro vientos—. Sir Ross... —susurró Sophia, consternada.

Él siguió mirándola de forma deliberada, dándole a entender que ya no estaba dispuesto a seguir escondiendo sus sentimientos hacia ella.

Crispada, Sophia le entregó su copa.

—Tengo que irme —dijo, casi sin aliento—. Discúlpenme, por favor.

Se alejó a toda prisa y Ross se quedó con su abuelo, observándola tan intensamente que ella podía sentir el calor de su mirada en la espalda.

Ross volvió la vista hacia el anciano y arqueó una ceja, expectante.

—¿Y bien?

—Es un buen partido —dijo el viejo Cannon, sirviéndose un poco más de champán, obviamente disfrutando de aquello—. Es una chica agradable y sin pretensiones, muy parecida a su abuela. ¿Has probado ya sus encantos?

—De ser así —contestó Ross, sonriendo ante la brusquedad de la pregunta—, no se lo diría.

—Pues a mí me parece que sí —dijo el anciano, mirando a su nieto por encima de la copa—, y si tiene algo de lo que tenía su abuela, estoy seguro de que habrás pasado un rato muy agradable.

—Viejo zorro. No me diga que usted y Sophia Jane...

—Oh, sí —afirmó el anciano. El recuerdo de aquella mujer parecía resultarle delicioso. Perdido en reflexiones privadas, el viejo hizo girar el pie de su copa entre sus marchitos dedos—. La amé durante años —dijo en voz baja—. Debería haberme esforzado más en ganármela. No dejes que nada se interponga entre tú y la mujer que amas, muchacho.

A Ross se le borró la sonrisa de la cara.

—No, señor —contestó con voz grave.

Mientras Sophia atravesaba el suelo de piedra y mármol del vestíbulo principal, vio una figura que surgía de entre las sombras de una alcoba abovedada. Era un hombre que llevaba un antifaz de seda negra, vestido con un traje de noche, igual que el resto de los invitados. Era joven y fornido, de hombros anchos y cintura estrecha; la misma e inusual complexión de la mayoría de los agentes de Bow Street. ¿Qué haría tan lejos del salón? Sophia se detuvo, insegura.

—¿Puedo ayudarle, señor?

El hombre se tomó un momento para responder. Se acercó a Sophia y se detuvo a un metro de ella. Los ojos que había tras el antifaz eran de un azul brillante y de una intensidad que hipnotizaba. Cuando habló, su voz sonó ronca y grave:

—La he estado buscando.

Confusa, Sophia meneó la cabeza sin dejar de mirarlo. Había algo en aquel hombre que la inquietaba; sus sentidos advertían peligro. El antifaz dejaba al descubierto una prominente nariz y una boca generosa. Tenía el cabello castaño, corto y bien peinado, y su piel era demasiado morena para ser la de un caballero.

—¿En qué puedo ayudarle? —insistió ella.

—¿Cómo se llama?

—Soy la señorita Sydney, señor.

—¿Es usted el ama de llaves?

—Sólo por esta noche. Trabajo para sir Ross Cannon, en Bow Street.

—Un lugar demasiado peligroso para usted —opinó el enmascarado, que parecía molesto.

Sophia pensó que estaría bebido y retrocedió un paso.

—¿Es usted soltera? —preguntó el hombre, avanzando lentamente.

—No estoy casada.

—¿Cómo es posible que una mujer como usted no lo esté?

209

Sus preguntas eran extrañas e inapropiadas. Sophia, incómoda, decidió que sería mejor salir de allí lo antes posible.

—Es muy amable por su parte, señor. Sin embargo, tengo tareas que atender. Si me disculpa...

—Sophia —susurró el hombre, mirándola con lo que parecía ser nostalgia.

Sorprendida, ella se preguntó cómo sabía su nombre. Lo observó con los ojos bien abiertos, pero un repentino ruido la distrajo: risas, acompañadas por el vigoroso son de la música y la cacofonía producida por los fuegos de artificio. La brillante luz de las explosiones iluminaba el cielo y se colaba por las ventanas. Sophia se dio cuenta de que ya debía de ser medianoche, hora en que los invitados se quitarían las máscaras, y se volvió hacia el ruido.

El extraño se acercó a ella, tan silenciosamente que Sophia no se percató hasta que sintió algo frío sobre el pecho. Acto seguido oyó un leve clic, como si le hubieran puesto algo alrededor del cuello.

—Adiós —le susurró una cálida voz al oído.

Para cuando se hubo vuelto, el hombre ya había desaparecido.

Atónita, se llevó ambas manos al pecho y notó un entramado de piedras preciosas: un collar. ¿Por qué habría hecho eso un extraño? Sintiéndose confusa y atemorizada, se dirigió rápidamente al exterior. Estiró el pesado collar, buscando el cierre, pero no pudo abrirlo.

Nerviosa, corrió al jardín de invierno en el que había dejado a Ross y a su abuelo. Junto a ellos se había reunido una multitud, y seguía llegando más gente desde el salón de baile. El cielo estaba lleno de artificios que estallaban en brillantes colores, dibujando la forma de árboles y animales, mientras una lluvia de chispas caía tras la intensa nube de humo. En conjunto, era una escena caótica y ensordecedora.

Sophia se quedó de pie, contra una de las paredes de la casa, tratando en vano de cubrir el destello que salía de su cuello. Aunque era imposible que Ross la hubiese visto u oído, éste giró la cabeza como si hubiera notado que ella estaba allí. Al ver que Sophia estaba totalmente pálida, reaccionó de inmediato. Se abrió paso entre el público enfervorizado, sin dejar de mirar a Sophia, y consiguió llegar hasta ella. El ruido hacía imposible que pudiesen hablar.

Ross le cogió una mano y se la apartó delicadamente del cuello, dejando al descubierto el collar de diamantes; no pudo sino entornar los ojos ante tal visión. Sophia trató en vano de arrancarse el collar. De repente sintió los tibios dedos de Ross en la nuca. El collar se desabrochó y se le escurrió del cuello. Ross guardó el collar en un bolsillo, tomó a Sophia de la mano y se dirigió al interior de la casa.

No se detuvo hasta que llegaron a la habitación azul que estaba junto al vestíbulo principal. Después del ruido atronador y de la luz espectacular de los fuegos artificiales, el silencio de la sala era casi abrumador.

—¿Qué ha ocurrido? —le preguntó Ross con calma, a la vez que cerraba la puerta.

Sophia trató de explicárselo de forma coherente.

—Me dirigía a la cocina y un hombre me detuvo; llevaba un antifaz. Dijo que me estaba buscando. Estoy segura de que nunca lo había visto, sin embargo sabía mi nombre.

Nerviosa, describió la extraña conversación que había tenido lugar, y cómo el extraño le había abrochado el collar de diamantes antes de desaparecer. Mientras iba hablando, Ross le acarició levemente el cuello, como si quisiese borrar cualquier caricia de aquel hombre.

—¿Qué aspecto tenía?

—Tenía pelo castaño y ojos azules. Era alto, aunque no tanto como tú. Al principio pensé que se trataba de uno de los agentes. Era de complexión fuerte, e incluso parecía moverse de la misma forma que ellos; es decir, parecía demasiado ágil para su tamaño. Iba vestido con buenas ropas, como el resto de los invitados, pero no creo que fuese uno de ellos.

—¿Tenía alguna marca o cicatriz?

—No que yo pudiera ver —dijo Sophia, negando con la cabeza.

Ross sacó el collar del bolsillo y lo colocó sobre la mesa de caoba. Sophia observó la pieza completamente anonadada; nunca había visto algo tan magnífico. Se trataba de un deslumbrante collar adornado con flores de diamante y hojas de esmeralda.

—¿Es auténtico? —susurró.

—Estas joyas no son de imitación —contestó Ross llanamente.

—Debe de costar una fortuna.

—Tres o cuatro mil libras, supongo —dijo Ross—. Tu admirador debe de ser un ladrón o alguien muy rico.

—¿Por qué tiene que pasarme esto a mí? —se lamentó Sophia—. No he hecho nada para atraer el interés de nadie. ¿Qué querrá? ¿Por qué un extraño haría algo semejante?

Advirtiendo la preocupación en su voz, Ross le besó la frente, tratando de que se sintiese segura.

—Trataré de averiguarlo. No temas, no dejaré que te pase nada.

Sophia cerró los ojos y aspiró el aroma de Ross, ya familiar, sintiéndose más cómoda y segura.

—Ven —le susurró él—, te llevaré a la cocina.

—¿Y luego?

—Voy a reunir algunos sirvientes para que me ayuden a inspeccionar los alrededores, por si tu admirador todavía sigue por aquí; aunque dudo que sea tan estúpido —dijo Ross, cogiendo el collar y metiéndoselo en el bolsillo nuevamente—. Un collar como éste no aparece por arte de magia; es una pieza única y muy valiosa. Sospecho que no será difícil averiguar de dónde procede. Lo que nos lleva a una interesante cuestión: tu admirador quiere ser descubierto; en caso contrario, no te habría dado una prueba tan evidente.

—¿Crees que es la misma persona que me regaló el vestido color lavanda?

—Estoy seguro.

Ross esbozó una mueca de impaciencia, ansioso por ponerse a buscar al misterioso personaje. Sin embargo, al ver la expresión tensa de Sophia, la tomó entre sus brazos y la estrechó hasta que los pies de ella casi se separaron del suelo. Le rodeó el cuello con uno de sus musculosos brazos y la besó de forma posesiva.

Sophia abrió los labios y se entregó a la sensual exploración de la que estaba siendo objeto. El beso se tornó exigente. Ross movía la lengua lentamente al tiempo que introducía una pierna entre las de ella. Cualquier atisbo de pensamiento racional o de temor se desvaneció. Sólo existía Ross; su boca y sus manos le recordaban los íntimos y tórridos momentos que habían vivido la noche anterior. Se le aflojaron las rodillas y comenzó a jadear, acariciando sin pausa la espalda de Ross, poseída por un apremiante impulso de arrancarse la ropa, la de él y la suya propia, hasta que ambos estuvieran desnudos.

—Ross —dijo entre suspiros, arqueando el cuello mientras la lengua de Cannon trazaba un complejo dibujo en su boca.

Él alzó la cabeza y sonrió de satisfacción masculina al ver los labios de Sophia, derretidos de pasión, y el extravío de sus ojos azules.

—Eres mía, Sophia, y nunca dejaré que te suceda nada malo; ¿entiendes?

Ella asintió, aturdida, tambaleándose ligeramente mientras Ross la abrazaba y la conducía fuera de la habitación.

Como era de esperar, el misterioso hombre no estaba por los alrededores de Silverhill Park. Sin embargo, la pista que había dejado acabaría por llevar a su captura. Ross estaba impaciente por volver a Bow Street y poner en marcha la investigación. La idea de que alguien hubiese decidido acosar a Sophia de esa indecorosa manera despertaba en él sus más primarios instintos masculinos. No se daría por satisfecho hasta acorralar a aquel bastardo, cogerlo por el cuello y sonsacarle una detallada confesión.

Agradeciendo que al día siguiente la fiesta ya habría concluido, Ross mandó a un mozo a que le hiciera el equipaje para poder partir temprano por la mañana. Mientras el sirviente doblaba ropa y la iba colocando pulcramente en el baúl, Ross se dedicó a recorrer la mansión. Tan sólo quedaban algunos focos de actividad: una pareja besándose en un rincón en penumbras, un grupo que jugaba a las cartas en la sala de billares y algunos hombres que charlaban en la biblioteca, con los cigarros a medio terminar.

Para entonces, Sophia estaba en su habitación. Ross ansiaba ir a su encuentro. Nunca se había encontrado en una situación tan molesta, habiendo hecho daño a alguien a quien apreciaba, preguntándose cómo enmendar sus errores, y dándose cuenta de que no había nada que hacer. Sólo resucitar a John Sydney hubiera resuelto el problema.

El hecho de que Sophia lo hubiese perdonado no le proporcionaba alivio alguno. El conocimiento de los hechos pasados siempre estaría presente entre ellos dos. Ross suspiró profundamente y siguió caminando sin rumbo, reflexionando sobre los acontecimientos de las últimas veinticuatro horas. Sus sentimientos por Sophia se habían intensificado tanto que no podía más que desear poseerla por completo; deseaba estar con ella para siempre y de forma irrevocable. Si ella lo aceptaba, él trataría de hacerla tan feliz que el recuerdo de su hermano no interferiría en lo que sintiese el uno por el otro.

Ross llegó hasta la puerta de la habitación del ama de llaves, junto a la cocina, donde se alojaba Sophia. Levantó la mano por dos veces para llamar a la puerta, pero en ambas acabó por bajarla. Sabía que debía volver a su propia habitación y esperar pacientemente hasta descubrir la verdad sobre lo ocurrido en el pasado. Tenía que pensar en las necesidades de Sophia en lugar de en las suyas propias, pero la deseaba tanto que la conciencia y los escrúpulos ya no importaban. Debatiéndose entre el deber y el deseo, se quedó de pie frente a la puerta con los puños cerrados y con el cuerpo rezumando energía sexual.

Justo cuando su reacia conciencia le indicaba que debía marcharse de allí, la puerta se abrió y los ojos azules y de largas pestañas de Sophia se fijaron en él. Llevaba un camisón formal, de cuello alto y abotonado. Ross deseó desabrochárselo poco a poco y pasar la lengua por cada centímetro de aquella piel color perla.

—¿Te vas a quedar ahí toda la noche? —le preguntó Sophia con dulzura.

Sin dejar de mirarla, Ross se sintió estallar de deseo, lo que le hacía difícil pensar con lucidez.

—Quería ver si estabas bien.

—Pues no lo estoy —respondió Sophia, cogiéndolo del chaleco y atrayéndolo hacia si—. Me siento sola.

Respirando con fuerza, Ross dejó que ella lo hiciese entrar en la habitación. Una vez dentro, cerró la puerta y observó la expresión seria de la mujer; la tenue luz de las velas proporcionaba a sus labios un tono morado y un aspecto aterciopelado.

—Hay algunas razones por las que deberíamos esperar —alegó Ross, dándole una última oportunidad para echarse atrás.

Sin embargo, se le atascaron las palabras en la garganta en cuanto ella apretó su esbelto cuerpo contra el de él, poniéndose de puntillas para acoplarse perfectamente.

—Por una vez, no hagas lo correcto —susurró Sophia, enlazando sus brazos en el cuello de Ross, que sintió la delicada presión de los dientes de ella en el lóbulo de la oreja, justo antes de que ella le dijera con ternura—: Te deseo.

Los pocos recuerdos que Sophia tenía de su primer amante se esfumaron tan pronto fue consumida por las ardorosas caricias de Ross, que los desnudó a ambos sin prisas, deteniéndose a menudo para poseer la boca de Sophia con besos lánguidos. Ella, desconcertada, se preguntaba cómo un hombre que llevaba una vida tan frenética podía hacer el amor tan despacio, como si el tiempo hubiera perdido todo significado. Cuando finalmente quedó enteramente desnuda, Sophia se aferró a su cuerpo y suspiró. La piel de Ross era cálida y suave como la seda, y tenía el tórax cubierto de una mata de vello negro que le hacía cosquillas en los pechos. Sintió la sólida erección de Ross contra el ombligo, y lo tocó con cuidado; todavía era una novata en el arte del amor.

La verga estaba surcada por venas, y la fina y sedosa piel que la cubría se deslizaba ligeramente sobre la tumescente carne. Sophia, indecisa, la tomó con los dedos, y la tiesa vara se agitó como si tuviese vida propia. Sophia contuvo la respiración.

—Oh...

—No tengas miedo —le dijo Ross, cuya voz denotaba deseo y algo que sonaba sospechosamente a risa—. Aquí es donde es más sensible —le informó, guiando los dedos de ella hacia el glande.

Sophia comenzó a juguetear con la cabeza y con el pequeño orificio que había en el centro, hasta que vio emerger una gota de líquido. Aquella secreción humedeció el miembro viril, y Sophia acarició la cabeza con los dedos antes de bajar a explorar la tirante y caliente bolsa que había debajo.

Ross la asió suavemente por la muñeca.

—Ya basta por ahora —le dijo con voz ronca.

—¿Por qué?

—Porque estoy a punto de perder el control.

—Ésa era mi intención —dijo Sophia, y se le escapó una risita.

—Lo haremos a mi manera —susurró él, alzándola y depositándola en la estrecha cama—; y tengo intención de que dure.

Se colocó junto a ella, con su metro noventa de sólido cuerpo masculino, y Sophia se volvió hacia él, temblando de ansiedad. Ross la empujó levemente hacia atrás y se puso encima de ella, exhalando su cálida respiración contra sus pechos. Atacó uno de los pezones con la punta de la lengua, y ella se aferró a sus anchos hombros con fuerza, gimiendo. Ross chupó y mordisqueó el pezón, cada vez más duro, y luego pasó al otro pecho, haciendo que Sophia se estremeciera.

—Ross... —dijo ella desesperadamente.

—¿Mmm?

—Quiero más... más... —Sophia sintió la mano de él bajando hasta su estómago y elevó las caderas de forma elocuente.

Ross levantó la cabeza y le brillaron los ojos de satisfacción al ver el rubor que teñía las mejillas de Sophia. Ella gimió agradecida cuando los dedos de él se deslizaron a través de su vello púbico, dando con la cresta femenina que tan dulcemente le dolía. Para su desesperación, Ross se limitó a rozarla.

—Oh, Ross, no pares, por favor...

—Quiero otra cosa —dijo él, y siguió, dándole besos por todo el cuerpo, hasta que encajó los hombros bajo los muslos de ella.

Sophia sintió sus labios descendiendo hacia la entrepierna. Dándose cuenta de repente de lo que Ross pensaba hacer, se removió.

—Espera —le pidió, asiéndole la cabeza con las manos—. Espera... ahí no.

Ross le acarició un muslo, tratando de que se relajase.

—¿Nunca has hecho esto?

—Por supuesto que no, y nunca imaginé que nadie me lo haría —afirmó ella, observando a Ross perpleja—. Dudo que incluso Anthony supiera tal cosa.

Una risotada retumbó en el pecho de Ross, que acarició a Sophia en la rodilla.

—Deseaba hacértelo desde el primer día que te vi.

—¿En serio? —preguntó ella, asombrada.

—Sí, allí mismo, en mi despacho. Tuve ganas de tumbarte en mi escritorio y meter la cabeza bajo tus faldas.

—No puede ser —dijo Sophia, incrédula, incapaz de creer que bajo su imperturbable superficie Ross hubiese pensado tal cosa—. Con lo serio que estabas...

—Tan serio como puede estar un hombre con una tremenda erección.

—¿De verdad? Pero ¿cómo...? —Sophia jadeó y suspiró cuando Ross hundió nuevamente la cabeza entre sus muslos—. Oh, Ross, espera...

—Después de esta noche —murmuró él con voz ronca—, vas a olvidar por completo a Anthony.

Sophia sintió que le separaba los pliegues de su sexo, hinchados, y le tocaba con la lengua el delicado montículo. Apoyó los codos en el colchón y se dejó caer en la cama con un gemido, con la mirada perdida en la oscuridad.

¡Por Dios! Ross estaba lamiéndole allí abajo con largos y sinuosos movimientos que la hacían estremecer, desesperadamente excitada.

Le era imposible detener el movimiento de sus propias caderas, que alzaba espasmódicamente. Ross colocó las manos bajo ella, guiándola mientras su lengua iba derritiéndola. Justo cuando todas aquellas sensaciones se acercaban a su punto culminante, Ross levantó la cabeza y se puso sobre ella.

—Oh, Dios... —murmuró Sophia, al borde del clímax—. Por favor, por favor...

Ross flexionó las caderas y la penetró. Sophia gritó y sus músculos se contrajeron ante la implacable embestida de su amante. Con desesperación trató de acomodar a Ross sobre ella, pero parecía imposible.

Él la besó.

—Relájate —le susurró—. No te haré daño, mi vida; tranquila.

Ross deslizó una mano entre sus cuerpos y Sophia sintió como la acariciaba, a la vez que se movía con lentas embestidas, midiendo cada movimiento. Cada embestida de Ross generaba un gemido en la garganta de

Sophia, que se mordía los labios para evitar que se la oyera. De repente, él se encontró totalmente dentro de ella, habiéndole hundido cada centímetro de su sexo.

Luego retiró el miembro hasta la punta, y luego volvió a penetrarla con terrible lentitud, rozando los pezones de Sophia con el vello pectoral y deslizando su vientre encima del de ella. Sophia se estremeció, moviendo las caderas al son de las largas y placenteras embestidas de Ross, hasta que rogó frenéticamente:

—No seas tan delicado, por favor, no... Más fuerte, más fuerte...

Ross la besó con ardor, apagando sus lamentos. Sophia se agitó, presa de violentos espasmos, atrapando el sólido miembro en su interior hasta que Ross soltó un gruñido y se aferró a sus caderas con ambas manos dejando ir el fruto de su pasión.

Sophia todavía se retorcía y se estremecía con deleite; Ross la estrechó entre sus brazos y la besó de nuevo.

Sophia sintió otra oleada de placer, tras lo cual gimió y tembló al llegar a un segundo clímax.

Poco después, Ross se hizo a un lado y Sophia se tumbó con lujuria encima de él.

—Ross —murmuró—, quiero decirte algo. Puede que no me creas, pero es verdad.

—¿Sí?

—No hubiera podido con ello.

—¿Te refieres a partirme el corazón? Sí, ya lo sé.

—¿En serio?

Ross le acarició el despeinado cabello.

—No sería propio de ti hacer daño a nadie. Nunca hubieras sido capaz de traicionarme.

Sophia estaba muy asombrada por la confianza que Ross depositaba en ella.

—¿Cómo puedes estar tan seguro?

—Eres una persona muy transparente —le dijo él jugueteando con el lóbulo de su oreja—. Hace bastante tiempo que me di cuenta de que te preocupabas por mí, pero no estaba seguro de cuánto hasta ayer por la mañana, cuando me viste después de una semana. Tu cara era un poema.

Aturdida por aquella revelación, Sophia se incorporó y se apoyó en Ross, con sus pechos desnudos medio cubiertos sólo por mechones de cabello.

—Si soy tan transparente, ¿en qué estoy pensando ahora?

Ross la observó un instante y esbozó una sonrisa.

—Te estás preguntando cuánto voy a tardar en hacerte de nuevo el amor. —Antes de que ella pudiera responder, él la sentó sobre sus muslos. Para sorpresa de Sophia, el sexo de Ross cobró vida y se puso a palpitar, haciendo presión sobre su vulnerable carne—. Y ésta es tu respuesta —murmuró él, cogiéndole la cabeza para besarla.

Exhausta por el agitado fin de semana, Sophia se acurrucó sobre el regazo de Ross y durmió durante la mayor parte del trayecto de vuelta a Londres.

Observando aquel rostro dormido sobre sus muslos, Ross pensó asombrado en el trascendental cambio que había tenido lugar en su vida. Se había acostumbrado tanto a la soledad que había olvidado lo que era necesitar a alguien de verdad. Ahora, todos los deseos que había reprimido durante tanto tiempo, el deseo de sexo, de afecto y de estar acompañado, habían eclosionado con todas sus fuerzas. Lo turbaba el hecho de que Sophia ejerciera tanto poder sobre él, un poder que él mismo le había proporcionado; que Dios lo ayudase cuando ella se diera cuenta. Con todo, él sería incapaz de ocultarle nada.

Sophia rebotaba sobre el regazo de Ross a cada bache que atravesaba el carruaje, cosa que a él lo excitaba y le llenaba la mente de lascivas fantasías. Con cuidado, mantuvo la cabeza de Sophia contra su pecho y se dedicó a observar sus cambios de expresión mientras ella dormía: el leve ceño que se formaba entre sus oscuras cejas, los incesantes tics de su boca... como si sus sueños no fuesen nada tranquilos. Ross le acarició la mejilla; Sophia murmuró algo y distendió el ceño. Incapaz de contenerse, Ross bajó la mano hasta uno de sus pechos y acarició aquella voluptuosa curva. Incluso dormida, Sophia respondía a sus caricias, agitándose y susurrando cosas. Él le besó la frente y la tomó entre sus brazos, mientras ella se desperezaba y bostezaba.

—Lo siento —se disculpó Ross, observando las profundidades soñolientas de sus ojos—; no pretendía despertarte.

—¿Falta mucho? —preguntó ella, pestañeando con pereza.

—Media hora, como mucho.

—¿Qué ocurrirá mañana? —quiso saber Sophia, y lo miró con cierta cautela.

—Averiguaré si en realidad fui yo quien envió a tu hermano a la prisión flotante.

Ella deslizó los dedos por debajo del chaleco, buscando la calidez de su cuerpo.

—Descubras lo que descubras, no importará.

—Por supuesto que sí —dijo Ross con brusquedad.

—No —insistió ella, incorporándose. Le puso una mano en la nuca y lo besó, explorando su boca con delicadeza y disfrutando de su calidez.

Ross permaneció inmóvil durante exactamente cinco

segundos, y luego respondió al embrujo de Sophia con un leve gruñido. El sabor de ella se mezcló con el de él, y el beso se tornó profundo y completo.

—Sophia —dijo él, apartándose. Aunque no era ni el momento ni el lugar adecuado, no pudo reprimir por más tiempo las palabras que pronunció—: Quiero casarme contigo.

Ella se quedó quieta, con la cara a pocos centímetros de la de Ross. Estaba claro que no se esperaba semejante propuesta. La ansiedad la hizo pestañear y humedecerse el labio superior.

—Los caballeros de tu posición no se casan con sirvientas.

—Ha habido casos.

—Sí, y los hombres que han cometido tales errores se han visto expuestos al ridículo y, a veces, incluso al ostracismo. Además, tú estás en la mira pública; ¡tus críticos no tendrían piedad!

—He sido criticado demasiadas veces como para poder contarlas —dijo Ross con firmeza—. A estas alturas ya estoy acostumbrado. Y te estás comportando como si fuera un miembro de la realeza, cuando no soy más que un juez.

—Un juez de una buena familia que tiene lazos con la aristocracia.

—Bueno, si vamos a eso, debo señalar que tú eres la hija de un vizconde.

—Pero no fui formada como tal. Tras la muerte de mis padres no recibí más educación. No sé montar a caballo, ni bailar ni tocar ningún instrumento, y no me han enseñado nada sobre la etiqueta y los modales aristocráticos.

—Nada de eso importa.

Sophia rió, incrédula.

—¡Puede que no para ti, pero sí para mí!

—Entonces aprenderás lo que haga falta.

—No puedo casarme contigo —dijo ella.

—¿Significa que no quieres? —quiso saber Ross, cuyos labios rozaron la sedosa frente de Sophia y se movieron hacia una de sus sienes.

—Tu familia no aprobaría nuestro matrimonio.

—Sí que lo harían —dijo él, besándole el cuello—. Mi madre ha dejado muy claro que te aceptaría con los brazos abiertos. El resto de la familia, tías, tíos y primos, estarían de acuerdo con su opinión. Y mi abuelo prácticamente me ha ordenado que te lo proponga.

—¿En serio? —exclamó Sophia, atónita.

—Me dijo que eras más guapa que cualquier otra mujer con la que podría casarme. Según él, eres un buen terreno para ser cosechado, y yo debería hacerlo lo antes posible.

—¡Dios mío! —exclamó Sophia, entre la risa y el desmayo—. No quiero ni imaginarme qué más habrá dicho.

—Me contó acerca de su eterno amor por tu abuela Sophia Jane, y cómo hubiera deseado secuestrarla y fugarse con ella. Ha vivido con ese remordimiento durante años. Dios me libre de tener que pasar por lo mismo.

La expresión de Sophia se volvió meditabunda.

—Me quedaré contigo cuanto tiempo desees; puede que la mejor solución sea que me convierta en tu amante.

Ross meneó la cabeza.

—No es eso lo que necesito. No soy el tipo de hombre que tiene una amante, y tú no eres el tipo de mujer que estaría contenta con esa situación. No hay razón para que nos tomemos nuestra relación como algo vergonzoso. Quiero que seas mi esposa.

—Ross, no puedo...

—Espera —susurró él, dándose cuenta que había ido

demasiado deprisa. Debería haber tenido paciencia y haber esperado al momento adecuado—. No respondas todavía. Tómate tu tiempo.

—No necesito pensármelo —contestó Sophia—. De verdad, no creo que...

Ross la acalló con un largo beso, para hacerle olvidar lo que fuese a decir.

12

Ross se dirigió al número tres de Bow Street en cuanto llegaron a Londres. Morgan había aceptado hacerse cargo de la oficina durante la ausencia de Cannon y la luz de su despacho seguía encendida al caer la noche en Londres. Cuando Ross cruzó el umbral, Morgan levantó la vista de sus papeles y suspiró, aliviado.

—Gracias a Dios que está de vuelta.

—¿Tan malo ha sido? —repuso Ross, esbozando una leve sonrisa, con las manos metidas en los bolsillos de su abrigo—. ¿Ha ocurrido algo excepcional?

—No, sólo lo normal —dijo Morgan, frotándose los ojos con los dedos—. Hemos expedido diez órdenes judiciales, arrestado a un desertor e investigado un asesinato en Covent Garden. Y nos hemos ocupado del caso de un bacalao que se escapó de Lannigan's.

—¿Un qué?

A pesar del obvio cansancio de Morgan, éste consiguió esbozar una sonrisa.

—Al parecer, un joven llamado Dickie Sloper se encaprichó de un bacalao en particular en la tienda. El tal Dickie enganchó un anzuelo en las agallas del pescado, ató el otro extremo de la cuerda a sus pantalones y se fue caminando. El tendero, evidentemente, se alarmó al ver como el bacalao saltaba de la mesa y se deslizaba hacia la puerta por sí solo. Cuando lo pillaron, el joven Dickie juró que era inocente y que el pescado lo había seguido deliberadamente.

Ross soltó una carcajada.

—¿Lannigan presentó cargos?

—No. El pescado fue recuperado en su totalidad y Lannigan quedó satisfecho después de que Dickie pasara la noche en los calabozos de Bow Street.

Ross no pudo reprimir una sonrisa.

—Bueno, parece que Bow Street puede arreglárselas sin mí.

El magistrado adjunto le dirigió una mirada burlona.

—No dirá lo mismo cuando vea la cantidad de trabajo que se ha acumulado en su escritorio. La pila es tan alta como mi pecho. Lo he hecho lo mejor que he podido, pero estoy exhausto. Y ahora que ya está aquí, me voy a casa. Estoy hambriento y hace días que no veo a mi mujer. En otras palabras, he estado llevando la vida que lleva usted y ya no aguanto ni un segundo más.

—Espera —le dijo Ross, poniéndose serio—. He venido a pedirte un favor personal.

Ross nunca había pedido algo semejante. Morgan lo observó con atención, volviendo a su silla.

—Por supuesto —dijo sin titubear.

Cannon extrajo el collar de diamantes y esmeraldas de su bolsillo y lo depositó en el repleto escritorio de caoba.

Incluso bajo la inestable luz de la lámpara, relucía con un brillo fuera de lo común.

Morgan miró a Ross con asombro antes de volver la vista al collar, tras lo que soltó un silbido.

—Madre mía, ¿de dónde procede esto?

—Eso es precisamente lo que quiero saber.

—¿Por qué no se lo encarga a un agente? Sayer podría manejar este asunto con facilidad.

—Pero no tan rápido como tú —respondió Ross—; y quiero respuestas lo antes posible.

Aunque Morgan se había pasado la mayor parte del año en el sillón del juez, todavía tenía más experiencia y era más hábil que cualquiera de los agentes. Nadie se manejaba por Londres como él, y Ross confiaba en que se ocuparía del caso con diligencia.

—¿Cómo ha llegado este collar a sus manos? —preguntó Morgan, y Ross le contó los detalles. El magistrado adjunto lo miró con aire pensativo—. ¿La señorita Sydney está ilesa?

—Está bien, aunque naturalmente nerviosa. Quiero resolver este asunto de inmediato y ahorrarle una preocupación innecesaria.

—Por supuesto —dijo Morgan, que cogió un portalápices y lo golpeó contra el escritorio repetidamente, lo que no concordaba con su expresión impertérrita—. Cannon —dijo con calma—, supongo que ha considerado la posibilidad de que la señorita Sydney tenga relaciones con otro hombre. Estos regalos bien pueden provenir de alguien que esté enamorado de ella.

Ross sacudió la cabeza antes de que Grant acabase de hablar.

—No —dijo con firmeza—, no tiene ningún otro amor.

—¿Cómo está tan seguro?

—Porque estoy en condiciones de saberlo —dijo Ross, frunciendo el entrecejo a causa de la insistencia de su amigo.

—Vaya —dijo Morgan, con aparente alivio, dejando el portalápices sobre el escritorio y cruzando los dedos sobre el pecho—. Así que finalmente se ha acostado con ella —aventuró, observando a Ross con una mirada especulativa e irónica.

Ross borró cualquier expresión de su rostro.

—Eso no tiene nada que ver con el asunto del collar.

—No —dijo Morgan tranquilamente, pareciendo disfrutar del embarazo su interlocutor—. Pero hacía mucho tiempo desde la última vez, ¿verdad?

—No he dicho que me haya acostado con ella —repuso Ross con aspereza—. Tengo el mayor respeto por la señorita Sydney. Es más, sería algo totalmente fuera de lugar aprovecharme de una mujer que trabaja para mí.

—Sí, señor —dijo Grant—. Entonces, ¿qué tal fue? —le preguntó muy serio tras una pausa, sonriendo ante la furiosa mirada de Ross.

Para desdicha de éste, Morgan se había quedado corto con su comentario acerca de la acumulación de trabajo. Sobre el escritorio había informes, archivos, cartas y documentos variados que formaban una precaria montaña. Ross suspiró y entró en su despacho. Poco tiempo atrás no habría dicho nada de un montón de trabajo como aquél, pero ahora le parecía imposible ocuparse de todo él solo. Un año atrás, había aceptado ejercer como juez en Essex, Kent, Hertfordshire y Surrey, además de las responsabilidades que ya tenía en Westminster y Middlesex. Aquello lo había convertido en el juez más poderoso de Inglaterra, y se había sentido satisfecho por el creciente alcance de su autoridad. Hasta ahora. Ahora deseaba atajar la incesante avalancha de trabajo que le iba cayendo encima y tener un poco de vida privada. Deseaba un hogar, una esposa, incluso puede que niños algún día.

No conocía a ningún hombre que deseara sustituirlo en su cargo al frente de Bow Street, ni siquiera Grant. A pesar de que Morgan era ambicioso y trabajador, nunca pondría su trabajo por encima de su matrimonio. Ross no tendría más remedio que pedir ayuda a la administración de Bow Street, ya que aquello era demasiado trabajo para una sola persona. Como mínimo, tendría que compartirlo con tres jueces más y contratar a media docena de agentes adicionales. Además, iba a ser necesario abrir dos o tres juzgados más en Westminster. Imaginándose la recepción que iba a tener lugar en el Parlamento, y las correspondientes peticiones de subvenciones económicas, Ross esbozó una lúgubre sonrisa.

La sonrisa se le borró cuando se puso a buscar la llave de la sala de archivos. Cuando hubo dado con ella, atravesó el pasillo, entró en la sala y colocó una lámpara sobre la mesa. La habitación olía a polvo y vitela, y pequeñas motas flotaban a la luz de la lámpara. Tras una breve búsqueda, Ross dio con el cajón que tenía más probabilidades de contener el archivo de John Sydney. Sintiendo terror y decisión a partes iguales, fue hojeando los documentos, pero no encontró nada relativo al caso de un ratero llamado Sydney.

Cerró el cajón y observó la hilera de armarios, pensativo. Por lo visto, el caso de Sydney había sido demasiado insignificante para merecer un archivo entero. Sin embargo, el chico debería aparecer en los registros del tribunal. Frunciendo el entrecejo, Ross se volvió hacia otro armario y lo abrió con decisión. De repente, una suave voz interrumpió su búsqueda.

—Ya he mirado ahí.

Ross volvió la vista hacia la puerta y se encontró con la esbelta figura de Sophia. Ella avanzó hacia él, mientras la luz jugaba con sus exquisitas facciones. Una melancólica sonrisa se formó en sus labios.

—Ya he buscado en todos y cada uno de los cajones y armarios de esta habitación —murmuró—. No se menciona a John en ninguna parte.

A Ross lo asaltaron la culpa y la preocupación, pero

se mantuvo impertérrito mientras pensaba qué hacer.

—Los registros del tribunal que datan de hace más de diez años han sido trasladados a una habitación en el último piso; iré ahora mismo.

—No te preocupes —dijo Sophia—; puedes pedirle a Vickery que los busque mañana.

Comprendiendo que ella no tenía más prisa que él por encontrar la información, Ross se le acercó y le rodeó la cintura. Sophia no opuso resistencia y él la atrajo hacia sí y le besó el cuello.

—¿Y mientras tanto? —preguntó, haciéndole notar la solidez de su erección.

Sophia lo abrazó por el cuello y le rozó los labios con los suyos, insinuando el beso.

—Mientras tanto, voy a mantenerte muy ocupado.

—¿Mi habitación o la tuya?

Sophia rió al recordar la última vez que él le había hecho esa pregunta, allá en su despacho.

—¿Cuál prefieres?

Ross le susurró al oído:

—Mi cama es más grande.

Al día siguiente, la brillante luz de la mañana entró en la habitación de Ross, ya que la noche anterior habían olvidado echar las cortinas. Sophia, todavía medio dormida, dedujo que el sol debería de ser muy fuerte para atravesar la nube de humo de carbón que solía cubrir la ciudad.

Notó que algo se movía detrás de ella y, apoyándose en un codo, se giró hacia el otro lado. Ross se estaba desperezando; sus enmarañadas pestañas se abrieron dejando a la vista los perezosos ojos grises que había debajo. Estaba tan guapo con el cabello revuelto y con el rostro todavía adormilado que Sophia casi contuvo la respiración.

Por la noche, Ross se había mostrado insaciable. Había probado, tocado y besado cada centímetro de su cuerpo, con manos expertas y boca insistente. Aquellos recuerdos íntimos maravillaron a Sophia, que se sintió ruborizar. Le dolía el interior de los muslos, así como los hombros y la nuca.

Viendo la mueca de Sophia, Ross se incorporó con el ceño fruncido.

—¿Te hice daño anoche?

Ella acarició sus velludos antebrazos.

—Nada que un baño caliente no pueda remediar.

Nadie hubiese reconocido al reservado y autoritario juez de Bow Street de haberlo visto mirando a Sophia con tanta ternura.

—Estás preciosa a la luz del sol —le dijo Ross con voz ronca.

A Sophia se le borró la sonrisa de la cara al ver que la luz del sol se reflejaba sobre el blanco impoluto de las sábanas. La invadió una oleada de nerviosismo.

—Nos hemos dormido —dijo horrorizada—. No puedo creerlo. Siempre nos levantamos antes que nadie, al romper el alba, y ahora... ¡Dios mío! ¡Si casi es mediodía!

Ross la hizo tumbar de nuevo.

—Relájate —susurró—, respira hondo.

—Están todos despiertos —dijo ella, mirándolo con los ojos abiertos de par en par—. Ya se nos ha pasado la hora del desayuno. Dios mío, ¡nunca me había quedado dormida!

—Ni yo.

—Bueno, ¿y ahora qué hacemos?

—Supongo que podríamos levantarnos y vestirnos —propuso Ross, poco entusiasmado con la idea.

Sophia gimió, cada vez más preocupada.

—Todos saben que estamos en tu dormitorio: los sirvientes, los empleados, los agentes, los guardias... —se quejó, cogiendo la sábana y tapándose la cara, deseando poder esconderse para siempre—. Saben lo que hemos estado haciendo. ¡Oh, no te atrevas a reírte!

Ross intentó tranquilizarla, pero sus ojos brillaban de diversión.

—Por desgracia, hemos estropeado toda posibilidad de discreción. Lo único que podemos hacer es seguir con nuestro trabajo como si nada hubiera pasado.

—No puedo —dijo Sophia con voz apagada—; sólo de pensar en mirar a la cara a los demás...

—No tienes que mirar a nadie a la cara; nos quedaremos aquí todo el día. —Y se puso encima de ella.

—Supongo que no hablarás en serio —repuso Sophia, y él soltó una risita.

—Claro que hablo en serio —le aseguró. Sophia se agitó impacientemente bajo él.

—¡Ross, tenemos que levantarnos ahora mismo!

—Yo ya me he levantado —afirmó él, cogiéndole la mano y llevándosela a la turgente erección que estaba experimentando.

Sophia suspiró y apartó la mano.

—Si piensas que voy a hacer eso contigo ahora mismo, a plena luz del día, cuando todos saben que estamos aquí...

Ross rió maliciosamente y le abrió las piernas debajo de él.

—¡No! —murmuró ella con decisión, consiguiendo librarse y llegar hasta el borde de la cama—. Alguien puede oírnos. ¡Oh! —exclamó cuando Ross le mordisqueó la nalga derecha.

La sujetó por la cintura, la puso boca abajo y comenzó a besarle la espalda desnuda, desde la cintura hacia arriba.

—Estoy dolorida —protestó Sophia, que sintió una oleada de placer cuando Ross le mordisqueó los hombros.

—Tendré cuidado —le susurró Ross en la nuca—. Sólo una vez más, Sophia.

Sentir aquellos labios la hizo estremecerse levemente.

—Espero... espero que esto no sea lo normal en ti. Tres veces anoche y ahora otra vez... No será así todo el tiempo, ¿verdad?

—No —respondió Ross, colocando una almohada bajo el vientre de Sophia—. Salgo de una etapa de carencia. Acabaré por saciarme y no pasaré de una vez por noche.

—¿Cuánto crees que tardarás? —preguntó ella, riendo. Posó la mejilla contra el colchón y cerró los ojos—. Ross —susurró, sobresaltándose al notar que éste introducía dos dedos en su hinchada vulva.

Él actuaba con extrema delicadeza, casi sin mover los dedos dentro de Sophia. Sus labios iban moviéndose por el cuello de la muchacha, y sus besos eran suaves como alas de mariposa, soltando el cálido aliento de manera que ella se estremecía. Las sensaciones fueron intensificándose hasta que Sophia soltó un sonoro gemido y trató de darse la vuelta.

—No te muevas —le dijo Ross con un cálido susurro al oído.

—Pero te deseo... —replicó ella, agitándose mientras los dedos de él iban introduciéndose más y más.

Era una tortura yacer allí, inmóvil, con todo el peso de él encima, sintiendo el roce de su pecho contra la espalda. Ross introdujo la punta de la lengua en el hoyuelo detrás del lóbulo de su oreja y ella gruñó y se retorció, mientras su vagina apretaba con avidez los dedos de Ross. Las manos de Sophia buscaron algo a lo que aferrarse, dando con el borde del colchón y asiéndolo hasta que los nudillos se le pusieron blancos.

De repente, las piernas de Ross hicieron presión contra las suyas.

—Separa los muslos —susurró él—. Más... Así, muy bien.

Ross extrajo los dedos y su verga se abrió paso, llenando a Sophia por completo, mientras le iba levantando las caderas todavía más, ajustando su cuerpo al de ella con meticulosidad. Una vez estuvo dentro, Ross se limitó a mantenerse lo más profundo que pudo mientras con las manos buscaba entre los húmedos rizos de Sophia hasta encontrar el botón que con tanta pasión palpitaba.

Ross realizaba movimientos acompasados a las caricias de sus dedos, evitando dar a Sophia las embestidas que ella deseaba. Aquello la volvía loca. Sophia hundió la cabeza en el colchón para sofocar sus gemidos, mientras elevaba las caderas. Cada parte de su ser se centraba en el punto de unión entre ella y Ross, en el palpitante miembro que tanto placer le proporcionaba, hasta que sus sentidos estallaron convulsivamente.

Las vibrantes contracciones de Sophia envolvieron el sexo de Ross, que gruñó contra su espalda, dejando que el clímax fluyera a través de él, vaciándolo. Respirando con fuerza, se quedó sobre Sophia hasta que le temblaron los brazos. Finalmente, se inclinó de lado, sin soltarla, todavía unido a las profundidades de su cuerpo. Con el sol bañándolos, los dos amantes yacieron inmóviles entre las sábanas arrugadas y con olor a sexo.

Pasó un buen rato antes de que Ross hablara.

—Pediré que nos preparen un baño.

Sophia se volvió y hundió la cara en su pecho.

—A este paso, estaremos aquí todo el día —murmuró con cierto remordimiento.

—Eso espero —contestó él, levantándole el mentón con los dedos para robarle otro beso.

Para sorpresa de Sophia, los empleados de Bow Street se esforzaban en aparentar que nada extraño había pasado. Nadie se atrevía a mirarla a los ojos, y estaba claro que a todos les picaba la curiosidad. Sin embargo, el respeto por Ross, por no mencionar el temor que éste inspiraba, hizo que nadie dijese una sola palabra sobre el hecho de que ella, obviamente, había compartido su cama.

Se le encomendó a Vickery la tarea de buscar cualquier mención referida a John Sydney en los registros del tribunal que datasen de más de diez años atrás, aunque Ross no le explicó el motivo de tal búsqueda. Se trataba de un proceso laborioso, que requería que el actuario examinase página a página de borrosas notas, por lo que seguramente necesitaría varios días para llevarlo a buen término.

—Sir Ross —comentó Vickery—, no he podido evitar reparar en el apellido del sujeto. ¿Puedo saber si guarda alguna relación con la señorita Sydney?

—Preferiría no contestar —respondió Ross en voz baja—. Y debo pedirle que conserve ese nombre en secreto y que no comente con nadie de Bow Street esta investigación.

—¿Ni siquiera con sir Grant? —preguntó Vickery con asombro.

—Con nadie —insistió Ross, mirando a su empleado con seriedad.

Mientras Vickery llevaba a cabo la investigación, Sophia ayudaba a Ross con la avalancha de trabajo que le había caído encima. Además de sus responsabilidades habituales, el magistrado estaba preparando una serie de redadas en las afueras de Londres para limpiar asentamientos de vagabundos. Por si fuera poco, recibió una inesperada petición para actuar como mediador en una acalorada manifestación organizada por los empleados de sastrerías de Londres para reclamar un aumento de los salarios.

Sophia, entretenida con todo aquello, estaba escuchando las quejas de Ross, que se preparaba para salir de Bow Street.

—¿Llevará tiempo resolver la disputa? —preguntó.

—Ojalá que no —contestó él, ofuscado—. No estoy de humor para aguantar horas de discusiones.

Sophia sonrió al verlo fruncir el entrecejo.

—Saldrás airoso. Estoy segura de que tienes dotes para convencer a cualquiera de que acepte lo que sea.

A Ross le cambió la expresión cuando se acercó a Sophia para besarla.

—Tú eres la prueba de ello, ¿no? —murmuró.

Justo cuando Ross iba a marcharse, Vickery llamó a la puerta. Sophia fue a abrir y el corazón le dio un vuelco al ver la expresión triunfante del actuario, que sostenía en las manos unos documentos amarillentos.

—Sir Ross —dijo con visible satisfacción—, he encontrado la información que me pidió. Podría haber tardado semanas, pero he tenido la suerte de topar con la caja adecuada antes de revisar una cuarta parte de los archivos. Ahora, tal vez pueda usted decirme por qué...

—Gracias —dijo Ross impertérrito, adelantándose para coger los papeles—. Eso es todo, Vickery; buen trabajo.

Vickery pareció decepcionado al darse cuenta de que no iba a recibir más información acerca de aquello.

—Sí, señor. Supongo que lo leerá cuando vuelva de la manifestación de los sastres.

—Los sastres pueden esperar —dijo Ross con firmeza—. Cierre la puerta al salir, Vickery.

El hombre salió del despacho lentamente, perplejo de que un antiguo registro del tribunal tuviese preferencia sobre la manifestación de los sastres.

El leve sonido de la puerta al cerrarse hizo estremecer a Sophia. Miró fascinada el documento que sostenía Ross y se puso pálida.

—No tienes por qué leerlo ahora —dijo con aspereza—; antes debes atender a tus responsabilidades.

—Siéntate —murmuró Ross, avanzando y poniéndole una mano en el hombro.

Ella se sentó en una silla y se aferró a los brazos con fuerza. Centró la mirada en el rostro impasible de Ross, mientras éste volvía a su escritorio y desplegaba los documentos sobre la gastada superficie. Ross puso una mano a cada lado del papel y se inclinó sobre él.

Un silencio asfixiante cayó sobre la habitación mientras Ross los estudiaba. Sophia trataba de respirar con tranquilidad, preguntándose qué motivos tenía para sentirse nerviosa; después de todo, estaba casi segura de lo que revelarían aquellos papeles y, como ya le había dicho a Ross, ya no importaba. Lo había perdonado, y con eso había encontrado la paz. Sin embargo, sentía su cuerpo como si fuera un reloj al que le hubieran dado demasiada cuerda. Viendo que Ross fruncía el entrecejo, hincó las uñas en los brazos de la silla.

Justo cuando pensaba que la tensión la iba a volver loca, Ross habló, sin dejar de observar los documentos.

—Ya lo recuerdo; yo era el juez en funciones aquel día. Después de escuchar el caso, condené a John Sydney a pasar diez meses en una prisión flotante. Teniendo en cuenta el crimen que había cometido, era el castigo más leve que podía imponerle. Una condena menor hubiera despertado tanta ira en la gente que me hubiera visto forzado a abandonar mi cargo.

—¿Diez meses en una prisión flotante por robarle le cartera a alguien? —preguntó Sophia, sin dar crédito a lo que oía—. ¡Está claro que es un castigo totalmente desproporcionado!

Ross no la miró.

—Tu hermano no era un carterista, Sophia, ni tampoco se había juntado con un grupo de ladronzuelos. John era un bandolero.

—¿Un bandolero? —repitió Sophia, sacudiendo la cabeza, incrédula—. No es posible; mi prima me dijo que...

—O tu prima no estaba al corriente de la verdad, o pensó que era mejor que no la supieras.

—¡Pero John sólo tenía catorce años!

—Se había unido a un grupo de bandoleros y participó en una serie de asaltos cada vez más violentos, hasta que los cuatro fueron arrestados y conducidos ante mí, acusados de asesinato. Por alguna razón, Sydney no mencionó su título; se identificó a sí mismo como un plebeyo.

Sophia palideció.

Por fin, él le devolvió la mirada; su expresión seguía impasible, y continuó hablando con tono monótono.

—Detuvieron a un carruaje que llevaba a dos mujeres, un bebé y un anciano. No sólo despojaron a las damas de sus relojes y joyas, sino que además uno de los bandidos, de nombre Hawkins, le quitó un biberón de plata al niño. Según el testimonio de las mujeres, el crío se puso a llorar con tanto desconsuelo que su abuelo pidió al asaltante que le devolviera el biberón. Tuvo lugar una discusión, y Hawkins golpeó al viejo con la culata de su pistola. El anciano cayó al suelo, y no quedó claro si murió por el golpe o de un infarto. Para cuando la banda fue capturada y llevada ante mí, el clamor popular contra ellos era absoluto. Los tres mayores fueron condenados y ejecutados al poco tiempo. Sin embargo, a la luz de la edad de John Sydney y del hecho de que él no había atacado personalmente al anciano, conseguí que recibiera una condena menor. Lo mandé a la prisión flotante, lo que provocó que mucha gente se pusiera furiosa y me criticara, ya que la mayoría pedía su muerte.

—No puedo creer que estés hablando de mi hermano —dijo Sophia—. No concibo que John fuese capaz de cometer tales crímenes.

Ross respondió con sumo tacto.

—Una persona de su edad no hubiera sido capaz de sobrevivir en los bajos fondos de Londres y salir indemne. Supongo que tu hermano salió endurecido de su experiencia en esos ambientes; cualquiera se corrompería llevando una vida semejante.

Sophia sintió náuseas y una dolorosa vergüenza.

—Todo este tiempo te he culpado de haber cometido una injusticia —consiguió decir—, cuando en realidad hiciste lo que pudiste para ayudarlo.

Ross contempló el amarillento documento y pasó el dedo por la borrosa escritura.

—Recuerdo que en tu hermano parecía haber algo digno de ser salvado —dijo, con aire ausente—. Era evidente que se había visto envuelto en algo que escapaba a su control —añadió, entornando los ojos y siguiendo con la lectura del documento—. Hay algo en su caso que me inquieta —murmuró—. He pasado algo por alto... Intuyo que en todo esto hay una conexión que no logro descifrar.

—Lo siento muchísimo —se lamentó Sophia, meneando la cabeza lentamente.

Ross levantó la vista y observó a la mujer con ternura.

—¿Por qué?

—Por meterme en tu vida, por buscar venganza cuando nadie la merecía, por ponerte en una posición que no te correspondía —declaró Sophia, poniéndose de pie con esfuerzo, tan atragantada que casi no podía respirar.

Ross rodeó su escritorio y trató de abrazarla, pero ella rechazó su gesto.

—Lo mejor que puedo hacer por ti —dijo—, es desaparecer.

Ross la agarró por los antebrazos y la acercó a él con suavidad.

—Sophia, mírame —le dijo. Su voz adquirió un tono medio de rabia medio de miedo—. ¡Mírame, maldita sea! Si desapareces, te encontraré. No importa cuán lejos te vayas; así que métetelo en la cabeza.

Sophia lo miró directamente a los ojos y asintió, mientras su mente hervía de conjeturas miserables.

—Y ahora prométeme que mientras esté fuera esta mañana no cometerás ninguna locura —prosiguió Ross con más calma—. Quédate aquí, y cuando vuelva ya resolveremos las cosas, ¿de acuerdo? —Como Sophia no respondía, Ross le levantó el mentón—. ¿De acuerdo? —repitió con autoridad.

—Sí —susurró ella—, te esperaré.

13

Como Ross iba a estar fuera todo el día, había poco que Sophia pudiera hacer en el despacho, así que decidió hacer inventario de la despensa. La información sobre el oscuro pasado de su hermano había sido inesperada y perturbadora, por lo que le costaba pensar con frialdad. Fue realizando la tarea de forma mecánica, sintiéndose derrotada y apesadumbrada, hasta que finalmente hubo algo que la despertó de aquel estado.

De uno de los estantes de la despensa provenía un olor pestilente, y Sophia suspiró disgustada mientras buscaba la fuente de aquel hedor.

—Dios mío, ¿qué pasa aquí? —exclamó.

Eliza fue hasta la puerta de la despensa para ver qué ocurría.

A Sophia no le ocupó demasiado tiempo descubrir que aquel pútrido olor venía de un salmón echado a perder.

—Podemos meterlo en vinagre y zumo de limón —le sugirió la cocinera, dubitativa—; eso hará que huela bastante menos; si no hace mucho que está pasado, quiero decir.

Sophia hizo una ligera mueca de asco, cubrió con un trapo aquella masa inmunda y, finalmente, la sacó del estante.

—Eliza, nada puede salvar a este pescado. Hace demasiado tiempo que está pasado; está podrido de la cabeza a la cola.

—Démelo, que lo envolveré —murmuró la mujer, cogiendo un diario viejo para envolver el salmón.

Sophia la miraba con desagrado.

—Lucie compró este pescado en Lannigan's esta mañana, ¿no es así?

—Lannigan le dijo que estaba fresco.

—¡Fresco! —exclamó Sophia con cinismo.

—Le diría que fuera a devolverlo —dijo Eliza, frunciendo el ceño—, pero es que ya la he mandado a buscar semillas de capuchina para escabecharlas.

—Ya iré a devolverlo yo misma —anunció Sophia decidida, sabiendo que a Eliza no se le había curado la rodilla lo suficiente como para ir a la pescadería. Además, le vendría bien para estirar las piernas y despejarse un poco la mente—. Le diré cuatro cosas a ese Lannigan. ¿Cómo se atreve a enviar a casa de sir Ross un pescado en estas condiciones?

—Señorita Sydney, creo que tendrá que esperar. Ernest no puede ir con usted, ya que ha ido a hacerle un recado a sir Grant.

—Pues iré sola. No está lejos y volveré antes de que nadie se percate de que me he ido.

—Pero sir Ross ya le ha dicho muchas veces que vaya acompañada cuando salga de la casa; si le ocurriese algo... —dijo Eliza, casi temblando.

—No me ocurrirá nada, no es como si fuese a los muelles; sólo voy a ver al pescadero.

—Pero sir Ross...

—Ya me ocuparé yo de sir Ross —murmuró Sophia, y fue a buscar su sombrero.

Frente a la justificada indignación de Sophia y a los recuerdos de todo lo que sir Ross había hecho por él en el pasado, Lannigan no pudo por menos que disculparse lo mejor posible.

—Ha sido un error —dijo con su marcado acento *cockney*, paseando la vista por todo el local, para evitar mirar a Sophia. Su rostro rechoncho había enrojecido de vergüenza—. ¡Nunca vendería un pescado pasado a Bow Street! Tratar de engañar a sir Ross... estaría loco si lo hiciera, ¿verdad? —dijo el pescadero, y se le iluminó el rostro al ocurrírsele una explicación—. Lo que pasa es que esa despistada de Lucie se llevó el pescado equivocado.

—Bueno, en ese caso —respondió Sophia—, me gustaría que me lo cambiase por el pescado correcto, por favor.

—Sí, señorita —obedeció el hombre, cogiendo el pútrido salmón y llevándoselo con presteza a la trastienda—. Sólo lo mejor para sir Ross —murmuró para sí—, eso es lo que digo siempre.

Mientras Sophia esperaba que le envolvieran el nuevo pescado, advirtió que fuera de la tienda se había originado un pequeño alboroto. Curiosa, fue hasta la pequeña ventana de la tienda y miró como una multitud exaltada se reunía frente a la entrada de una casa al otro lado de la calle.

—Me pregunto qué estarán mirando.

—Gentry vuelve a salir de caza —respondió Lannigan con un tono que, extrañamente, sonaba a orgullo.

—¿Nick Gentry? —le preguntó Sophia, mirando al pescadero por encima del hombro, y arqueando las cejas, sorprendida—. ¿Quiere decir que trata de capturar a alguien?

Lannigan desplegó un rectángulo de papel de estraza y envolvió el pescado.

—Este Gentry es como un zorro; es el atrapaladrones más listo y más rápido desde Morgan; ésa es la verdad —dijo.

Sophia volvió la vista a la escena y se percató de que la gente estaba esperando a que el indeseable Gentry saliera del edificio.

—Puede que atrape ladrones —opinó con descaro—, pero también es un criminal. Esa comparación me parece un insulto a sir Cannon, que es el más honrado de los hombres.

—Sí, señorita —dijo Lannigan atando una cuerda alrededor del paquete con rapidez—, es un tipo raro.

Sophia no sabía qué pensar sobre la admiración que sentía la gente por aquel bribón. ¿Cómo era posible que su magnetismo y su encanto no dejase ver a las masas lo corrupto que era?

Lannigan fue hasta la ventana y le entregó el salmón.

—Señorita Sydney, ¿pudo usted ver a Gentry cuando se lo llevaron a Bow Street?

—Pues la verdad es que no —dijo Sophia, y frunció el entrecejo al recordar la furia de Ross cuando ella había bajado a los calabozos, donde sólo había conseguido ver la espalda del famoso señor del crimen—. Aunque estaba allí en ese momento, no pude verlo.

—Su carruaje está justo a la vuelta de la esquina —le informó el tendero en voz baja—; si se espera allí, es posible que consiga verle.

Sophia rió levemente.

—Tengo mejores cosas que hacer que intentar ver a un granuja como Gentry.

Sin embargo, cuando hubo salido de la tienda, dudó y miró hacia el callejón, donde había un carruaje negro y ornamentado con mucho oro, tirado por seis caballos. Era exactamente el tipo de vehículo extravagante y sin gusto que podría comprarse con dinero ganado ilícitamente. El cochero esperaba en el pescante, con cara de aburrido y un sombrero de copa calado en la cabeza, y junto a la puerta había un guardia.

Sophia no estaba segura de por qué sentía tanta curiosidad por Gentry; puede que porque Ross lo odiaba profundamente. Gentry era lo opuesto de todo lo que defendía Ross. Aunque el hombre afirmaba ser un cazarrecompensas profesional, y por lo tanto estar del lado de la ley, lo cierto es que era un criminal despiadado. Chantaje, delación, crimen organizado, conspiración y puro y simple robo, tales eran las fechorías que había cometido Nick Gentry. Era un insulto a la moralidad y, aun así, la mayoría de la gente lo tenía por un héroe, y los que no, temían cruzárselo.

Mientras Sophia pensaba en todos los delitos que se le atribuían a Gentry, vio que la multitud que había al otro lado de la calle se apartaba para dejar paso a una figura alta y singular. Caminaba de forma arrogante, con una confianza que se reflejaba en sus hombros erguidos y en su paso, ágil y desenvuelto. A medida que iba dejando atrás a sus admiradores, éstos le iban dando palmadas en la espalda a la vez que lo vitoreaban.

—¡Gentry es nuestro hombre! —decían—. ¡Viva Black Dog!

¿Black Dog? Sophia frunció la nariz, sintiendo desprecio por el apodo. Se apoyó contra la pared del edificio y observó cómo la gente acompañaba a Gentry al coche. Cuando el cazarrecompensas se acercó más, Sophia, sorprendida, se dio cuenta de que era joven y guapo, de nariz recta y larga, facciones elegantes y bien definidas y de vívidos ojos azules. Poseía un físico imponente, por lo que parecía uno de los agentes de Bow Street. Estaba claro que tenía lo que gentilmente se denominaba «vitalidad». Su cabello era brillante y moreno, y tenía la piel muy bronceada, lo que hacía que, al sonreír, los dientes le brillasen con una blancura sorprendente. Sin embargo, a pesar de su aparente buen humor, el hombre rezumaba una frialdad inquietante, un evidente potencial de salvajismo que hizo que, a pesar de lo cálido del día, a Sophia le diese un escalofrío.

El guardia abrió la puerta del carruaje y Gentry se dispuso a subir en él rápidamente. Sin embargo, por alguna razón, se detuvo justo antes de entrar, apoyando una mano sobre la madera negra del vehículo. Se quedó muy quieto, como si estuviese oyendo algo que nadie más pudiese oír. Irguió la espalda y se dio la vuelta poco a poco, para posar los ojos en Sophia. Asombrada y presa de la intensidad de aquella mirada, ella se la sostuvo.

La gente, la calle, el cielo..., todo pareció desaparecer, dejándolos solos a ambos. De repente, Sophia reconoció en él al extraño con que se había encontrado en Silverhill Park, el que le había puesto el collar de diamantes. ¿Cómo era posible? ¿Qué podría querer de ella alguien como Nick Gentry? Se le escurrió el pescado entre las manos temblorosas y comenzó a respirar con dificultad.

Perpleja, vio como Gentry se dirigía hacia ella, se detenía a su lado, estiraba el brazo para agarrarla pero dudaba, todo ello sin dejar de mirarla. Entonces, el hombre pareció superar su vacilación y la sujetó por la muñeca.

—Venga conmigo —le dijo Gentry, y su suave voz prevaleció sobre el rumor de la multitud—; no le haré daño.

Asombrada, Sophia, con el rostro pálido como la cera, rechazó la invitación de Gentry y trató de liberarse de su presa.

—Suélteme —le dijo, nerviosa—; si me ocurriese algo, sir Ross lo mataría.

Gentry se acercó más, y le dijo al oído.

—¿Quiere saber qué le pasó a John Sydney?

Sophia dio un respingo.

—¿Qué sabe usted de mi hermano?

—Venga —insistió Gentry, levantando una comisura de la boca en lo que parecía una sonrisa burlona.

La visión de Gentry llevándose a una joven hermosa de entre la multitud causó mayor expectación. La gente se puso a vociferar y aplaudir, y se arremolinó en torno al coche mientras Gentry acompañaba a Sophia al interior del mismo. Asustada, aunque curiosa, Sophia se sentó, indecisa, sobre los cojines de cuero del asiento. La puerta se cerró y el vehículo se puso en marcha. El carruaje de seis caballos torció en la esquina y aceleró, avanzando al galope.

—¿Adónde vamos? —quiso saber Sophia, inquieta—. Y ¿cómo sabe usted el nombre de mi hermano? Y ¿por qué me regaló el vestido y el collar, y...?

Gentry alzó las manos en un burlesco gesto defensivo.

—Ya se lo explicaré, pero por favor tenga paciencia.

El hombre extrajo un vaso y una pequeña botella de un líquido ámbar de un compartimiento de madera lustrada adyacente a la puerta. Ya fuese porque el movimiento del coche no se lo permitía, o porque, extrañamente, le temblaban las manos, lo cierto es que Gentry no consiguió servirse una copa. Soltando un juramento, se llevó la botella a la boca y bebió directamente. Con cuidado, volvió a guardar los objetos en el compartimiento, y acto seguido apoyó sus grandes manos en las rodillas.

—Vamos a mi casa en West Street, junto a Fleet Ditch.

Sophia esbozó una mueca de horror. Aquel lugar era

uno de los más horribles y peligrosos de Londres, guarida de ladrones y fugitivos, convenientemente emplazado cerca de las prisiones de Newgate, Ludgate y Fleet. La gran cloaca que era Fleet Ditch dispersaba su hedor a través de las serpenteantes calles y callejones que la rodeaban.

—Conmigo estará segura —dijo Gentry—. Todo lo que quiero es hablar con usted en privado.

—¿Por qué conmigo? —preguntó Sophia—. ¿Qué he hecho para llamar su atención? Nunca nos hemos visto, y estoy segura de que no tenemos amistades en común.

—Lo entenderá en cuanto le explique un par de cosas.

Sophia se acurrucó en un extremo del asiento y miró a Gentry con frialdad.

—Pues explíquemelo de una vez, y luego lléveme de vuelta a Bow Street.

Aparentemente fascinado por su valentía, Gentry sonrió, dejando al descubierto sus brillantes dientes blancos.

—De acuerdo —dijo en voz baja—. Muy bien; deseo hablar con usted de los últimos días de John Sydney.

—¿Conocía usted a mi hermano? —preguntó Sophia. Él asintió.

—Estuve en la prisión flotante donde murió.

—¿Por qué debería creerle?

—¿Por qué le iba a mentir? —repuso él. Había algo en sus ojos que hizo que Sophia le creyese.

Aquello la golpeaba dolorosamente en la herida interna dejada por la muerte de su hermano. Nadie le había contado nunca qué había tenido que soportar John en la prisión flotante, ni la forma en que había muerto. Siempre había ansiado saberlo, pero ahora que parecía estar próxima a conocer la verdad, sentía un miedo atroz.

—Hable —dijo con voz ronca.

Gentry habló despacio, para que a Sophia le costase menos asimilar la información.

—Estábamos en la Scarborough, anclada en el Támesis. Había seiscientos reclusos bajo cubierta, algunos en celdas y otros encadenados a mástiles de hierro chapados en madera de roble. La mayoría tenía una pierna sujeta por una cadena y una bola. Allí había ladrones, asesinos, rateros... No importaba la magnitud del crimen; todos estábamos sujetos al mismo trato. Los más jóvenes, como John y yo, nos llevamos la peor parte.

—¿En qué sentido? —preguntó Sophia.

—Estábamos encadenados junto a hombres que habían sido privados de... —Gentry hizo una pausa, aparentemente buscando la palabra que Sophia pudiese entender—. Hombres que hacía mucho tiempo que no habían estado con una mujer, ¿entiende a qué me refiero?

Sophia asintió con precaución.

—Cuando un hombre llega a ese estado, es capaz de hacer cosas que normalmente no haría, como por ejemplo atacar a congéneres más vulnerables que él, y someterlos a... —Se interrumpió de nuevo. Su mirada se tornó distante, como si estuviese observando algo desagradable a través de una ventana. Parecía ajeno a aquellos recuerdos, como si los contemplase desde fuera— a cosas innombrables —murmuró.

Sophia guardó silencio, angustiada y horrorizada, mientras una parte de ella se preguntaba por qué Nick Gentry contaría algo tan privado y desagradable a una mujer a la que no conocía.

El cazarrecompensas prosiguió, tratando de parecer tranquilo y natural.

—Los presos pasaban hambre, estaban sucios y respiraban un aire viciado. Estábamos hacinados: los vivos, los moribundos y los muertos. Cada mañana, los cadáveres de los que no habían sobrevivido a la noche anterior eran subidos a cubierta, llevados a tierra firme y enterrados.

—Hábleme de mi hermano —dijo Sophia, haciendo un esfuerzo para que no le temblase la voz.

Gentry la miró a los ojos y ella se sorprendió por lo vibrantes e intensos que eran los de él.

—John se hizo amigo de un chico que tenía casi su edad. Trataban de protegerse, de ayudarse mutuamente cuando era posible, y no paraban de hablar del día en que los liberasen. Aunque era egoísta, John temía que llegase el día en que soltasen a su amigo. Ese momento no tardaría en llegar, y cuando lo hiciese, John sabía que volvería a estar solo.

Gentry hizo una pausa y se pasó la mano por su espesa cabellera morena, deshaciendo los brillantes mechones que se le habían formado. Parecía como si cada vez le costase más hablar.

—Por las cosas del destino, dos semanas antes de que su amigo fuese liberado, hubo una epidemia de cólera en el barco. El amigo de John cayó enfermo y, a pesar de los esfuerzos de su hermano por cuidar de él, el chico murió; lo que, por otra parte, dejaba a John en una situación más que interesante. Pensó que, ya que su amigo había muerto, no había nada malo en tomar su identidad.

Sophia estaba totalmente desconcertada.

—¿Cómo? —preguntó en voz baja.

Gentry no la miró.

—Si John asumía la identidad del chico, saldría de allí en cuestión de días, en lugar de quedarse un año más en la prisión flotante. Y no cabía duda de que John no hubiese resistido tanto tiempo. Así que por la noche intercambió su ropa con la de su amigo y, cuando llegó la mañana, dijo que el cadáver era el de John Sydney.

En ese momento, el carruaje se detuvo, y el olor pestilente de Fleet Ditch comenzó a colarse en el interior del vehículo.

A Sophia le latía el corazón desbocadamente y le faltaba el aire.

—Pero eso no tiene sentido —dijo, impasible—. Si lo que usted me cuenta es cierto, entonces... —De repente se detuvo, dándose cuenta que le zumbaban los oídos.

Entonces Gentry, cuyo rostro pareció perder su frialdad, la miró a los ojos y le tembló la barbilla, como si estuviese intentando controlar intensas emociones. Cuando recuperó la calma, consiguió hablar con más templanza.

—El nombre del chico muerto era Nick Gentry.

Súbitamente, Sophia estalló en un desgarrador llanto.

—No —dijo entre sollozos—, eso no es cierto. ¿Por qué me hace esto? ¡Lléveme de vuelta a Bow Street!

A través del torrente de lágrimas, Sophia vio acercarse a aquel hombre.

—¿No me reconoces, Sophia? —le preguntó él, con angustia.

Ella se sorprendió al ver que se arrodillaba y la asía por las faldas, hundiendo su oscura cabellera entre sus rodillas.

Estupefacta, observó las manos que le cogían el vestido. Al tocar la mano izquierda se le escapó un ronco sollozo: había una pequeña cicatriz en forma de estrella en el centro, la misma que John se había hecho siendo niño, cuando había rozado con ella un alambique calentado por las brasas. Con las lágrimas todavía corriéndole por las mejillas, Sophia cubrió la cicatriz con su propia mano.

Él levantó la cabeza y la miró con unos ojos que ella por fin reconoció exactamente iguales a los suyos.

—Por favor —susurró él.

—Está bien —balbuceó Sophia, nerviosa—; te creo,

John. Te reconozco. Debería haberme dado cuenta antes, pero es que estás tan cambiado...

Su hermano respondió con un apenado gruñido, luchando por contener sus emociones.

Sophia sintió en su propia cara una mueca mezcla de felicidad y desdicha.

—¿Por qué has esperado tantos años para venir a mí? He estado sola tanto tiempo... ¿Por qué te has mantenido lejos de mí y has dejado que sufriese tanto por ti?

John se enjugó las lágrimas con la manga de su abrigo y soltó un sonoro suspiro.

—Hablaremos dentro.

El lacayo abrió la puerta del carruaje y Gentry, John, bajó rápidamente y ayudó a Sophia a hacer lo propio. Ella le puso las manos en los hombros, notando como él la cogía por la cintura y la posaba con delicadeza sobre el suelo. Sin embargo, a Sophia le temblaban las rodillas, y se sorprendió al comprobar que le fallaban las piernas.

Gentry la ayudó rápidamente, pasándole las manos por debajo de los brazos.

—Tranquila, te tengo. Lo siento, has sufrido una conmoción.

—Estoy bien —contestó ella, tratando sin éxito de apartarlo.

Sin soltarla, Gentry la condujo al interior de la casa. Se trataba de un edificio reformado, que antes había sido una taberna. Sophia no pudo evitar echar un vistazo a los alrededores, que parecían sacados de una pesadilla. Ésa era una zona de Londres que incluso los agentes más valientes trataban de evitar a toda costa. La gente que se desplazaba por aquellas tortuosas y retorcidas calles casi no parecían seres humanos. Pálidos y sucios, vestían harapos, como si de fantasmas se tratase.

Alimañas de todas clases revolvían entre los montones de basura acumulados en la calle, mientras el hedor de las cloacas, combinado con los humos procedentes de un matadero cercano, se hacía tan rancio que de hecho hizo lagrimear a Sophia. Había ruido y barullo por doquier; el lamento de los vagabundos, sonido de cerdos y gallinas, peleas entre borrachos e, incluso, algún disparo ocasional.

Advirtiendo la reacción de su hermana, Gentry esbozó una sonrisa.

—No es exactamente Mayfair, ¿verdad? No te preocupes, te acostumbrarás al olor en menos de lo que piensas. Yo ya casi no lo noto.

—¿Por qué has elegido vivir aquí? —le preguntó Sophia, casi ahogándose con aquel aire viciado—. La gente dice que tienes dinero. Seguro que puedes permitirte algo mejor que esto.

—Bueno, tengo unas oficinas elegantes en el centro de la ciudad —aseguró Gentry—, donde me reúno con mis clientes, o con políticos y gente así. Pero aquí es donde están todas las casas seguras y las cárceles, y necesito tener fácil acceso a ellas. —Viendo que Sophia no entendía, su hermano se explicó mientras la hacía subir por unas destartaladas escaleras—. En las casas seguras viven los delincuentes de éxito, donde están a salvo de la ley y tienen libertad para jugar, beber y hacer planes.

—Y tú eres el delincuente de más éxito —repuso Sophia, acompañándolo por un laberinto de pasadizos secretos, escaleras y oscuros compartimientos.

—Hay quien opina eso —respondió él sin asomo de incomodidad—, pero la mayor parte del tiempo me dedico a cazar ladrones, y se me da puñeteramente bien.

—Se supone que no deberías vivir de este modo —murmuró Sophia, asombrada de en qué se había convertido su hermano.

—¿Y se supone que tú deberías ser una sirvienta? —señaló él con ironía—. No nos juzgues, Sophia; ambos hemos hecho lo que hemos podido para sobrevivir.

Se acercaron a una puerta maciza al final de un estrecho pasillo, y Gentry la abrió para dejar paso a su hermana.

Sophia cruzó el umbral y se sorprendió al encontrarse con una serie de habitaciones decoradas con elegancia. Las paredes, empapeladas, estaban cubiertas por espejos barrocos con marcos de oro y decorados con delicadas pinturas. Los muebles, de estilo francés, tenían muchos detalles dorados y estaban tapizados en brocado, y las ventanas estaban forradas en terciopelo azul y gris.

Sophia miró a su hermano, asombrada.

Gentry sonrió con naturalidad.

—Que tengas que alojarte en West Street no significa que tengas que vivir de mala manera.

Exhausta tras haber recibido lo que seguramente era la mayor conmoción de su vida, Sophia se sentó en una silla. Gentry fue hasta una barra, sirvió dos bebidas y le llevó una a su hermana.

—Bebe un poco de esto —le dijo.

Ella obedeció, agradeciendo la suave quemazón del brandy que le bajaba por la garganta. Su hermano se sentó a su lado, bebiendo su copa como si de agua se tratase. Observó a su hermana y sacudió la cabeza, maravillado.

—No puedo creer que estés aquí. He pensado en mi hermana durante años, sin saber qué había sido de ti.

—Podrías haberme hecho saber que estabas vivo —le reprochó Sophia.

El rostro de su hermano perdió toda expresión.

—Sí, podría haberlo hecho.

—¿Entonces?

Gentry hizo girar el vaso vacío entre sus largos dedos, observando una solitaria gota que quedaba en su interior.

—La razón principal era que te convenía no saberlo. Mi vida es peligrosa, por no decir desagradable, y no quería que tuvieras que cargar con la vergüenza de tener un hermano como yo. Estaba seguro de que te habrías casado hacía años, con un hombre decente del pueblo, y que a estas alturas ya habrías tenido hijos ¡y resulta que estás soltera! —exclamó, haciendo que la palabra sonase como algo maldito—. Por el amor de Dios, Sophia, ¿por qué eres una maldita sirvienta? Y encima ¡en Bow Street!

—¿Quién se habría querido casar conmigo, John? —repuso ella con ironía—. No tengo dote, ni familia, ni nada que ofrecer salvo una cara bonita, lo que te aseguro que, para los granjeros y los obreros del pueblo, no es algo que tenga mucho valor. La única oferta de matrimonio que recibí fue la de un panadero del pueblo, un hombre viejo y gordo que casi me doblaba en edad. Trabajar para la prima Ernestine resultaba más atractivo. Y en lo que se refiere a Bow Street... la verdad es que me gusta estar allí.

Sophia tuvo la tentación de contarle a John el breve romance vivido con Anthony, y como éste la había utilizado y abandonado. Sin embargo, teniendo en cuenta la mala reputación de su hermano, decidió abstenerse. Pensó que si se lo decía, John haría que asesinasen a Anthony o lo torturaran de alguna manera.

Gentry emitió un bufido al oír el nombre de Bow Street.

—Ése no es lugar para ti —dijo—. Esos agentes no son mejores que los matones que trabajan para mí. Y si ese cabrón de Cannon te ha tratado mal, lo...

—No —lo cortó Sophia enérgicamente—. Nadie me ha tratado mal, John; y sir Ross es muy amable conmigo.

—Ya, por supuesto —se burló su hermano.

El recuerdo de que su amante y su hermano eran enemigos acérrimos hizo que a Sophia le diese una punzada en el corazón. Eso lo cambiaba todo, pensó con angustia. Ross se había preocupado tanto por ella... Sin embargo, el hecho de que su hermano fuese Nick Gentry, el hombre al que más despreciaba Ross... Bueno, eso no podía pasarse por alto. La situación era tan extraña y complicada que Sophia esbozó una temblorosa sonrisa.

—¿En qué estás pensando? —le preguntó su hermano.

Ella sacudió la cabeza y se le borró la sonrisa. No había necesidad de que John supiera de la relación amorosa que mantenía con el magistrado jefe de Bow Street, y menos cuando dicha relación, posiblemente, se había acabado. Consiguió relegar aquellos pensamientos a lo más hondo de su mente, y observó a su hermano.

El augurio de belleza que había advertido en la infancia de John se había cumplido con creces. Con veinticinco años, poseía un rostro de líneas marcadas y elegantes que a ella le recordaba al de un tigre. Sus facciones eran atractivas y angulosas; tenía la barbilla bien definida y la nariz seguía una línea recta y sólida. Los gruesos arcos de sus cejas coronaban unos ojos de un azul tan oscuro que las pupilas casi se desvanecían en la intensidad de aquellos iris. Sin embargo, la inusual belleza masculina de su rostro no lograba esconder una rudeza inquietante. Gentry parecía capaz de casi todo: mentir, robar e incluso matar sin el menor remordimiento. No había debilidad en él y Sophia supuso que hacía ya mucho tiempo que había perdido cualquier atisbo de piedad o compasión. Con todo, seguía siendo su hermano.

Pensativa, Sophia tocó la mejilla de su hermano, que permaneció quieto mientras ella lo acariciaba.

—John, nunca albergué esperanzas de que siguieras con vida.

Él le cogió con delicadeza la mano, como si le resultase difícil el contacto físico con otra persona.

—Me quedé atónito cuando te vi en el calabozo de Bow Street —murmuró—. Supe que eras tú a la primera, incluso antes de oír tu nombre. —Se le tensó la barbilla—. Cuando ese bastardo de Cannon te gritó, tuve ganas de cortarle el cuello y...

—No —lo interrumpió ella—. Sólo se preocupaba por mí, intentaba protegerme.

El destello de furia permaneció en los ojos de John.

—Eres una dama desde que naciste, Sophia; nadie tiene derecho a tratarte como a una sirvienta.

Ella esbozó una sonrisa afectada.

—Sí, nací para ser una dama, y tú para ser un caballero. Pero ahora nadie nos confundiría con miembros de la alta sociedad, ¿no crees? —Como John no dijo nada, Sophia prosiguió—. He oído cosas terribles de ti, o mejor dicho, de Nick Gentry.

—Llámame Nick —dijo él sin más—. John Sydney ya no existe. Guardo muy pocos recuerdos de mi vida antes de que me recluyesen en la prisión flotante. De hecho, no quiero recordar —reconoció, y se le dibujó una fría sonrisa en el rostro—. No soy culpable de la mitad de lo que se me acusa; pero yo fomento tales rumores, y nunca he negado ni el peor de ellos. Me sirve para mantener mi mala reputación. Quiero que la gente me tenga miedo y respeto; es bueno para el negocio.

—¿Estás diciendo que nunca has robado, ni conspirado, ni traicionado, ni chantajeado, ni...?

Gentry la interrumpió con un gesto de hastío.

—Tampoco es que sea un santo.

A pesar de la angustia que sentía, Sophia estuvo a punto de reírse de aquel comentario.

Gentry entornó los ojos.

—Sólo me aprovecho de gente tan estúpida que merece que se aprovechen de ella. Por lo demás, nunca me reconocen todo lo bueno que he hecho.

—¿Por ejemplo?

—Soy puñeteramente bueno cazando ladrones. Mis hombres y yo hemos capturado casi el doble de criminales que sir Ross y sus agentes.

—La gente dice que a veces manipulas pruebas, que usas métodos sórdidos para arrancar confesiones que pueden no ser ciertas.

—Hago lo que debe hacerse —dijo Gentry—. Y si los delincuentes que detengo no son culpables de un crimen en particular, suelen serlo de muchos otros.

—Pero ¿por qué no...?

—Basta —espetó Gentry poniéndose de pie. Fue de nuevo hasta la barra—. No quiero hablar de mi trabajo.

Sophia observó cómo se servía otro brandy y lo bebía de un par de tragos. Le costaba trabajo creer que aquel hombre fuese su hermano.

—Nick —dijo ella, saboreando el sonido de aquel nombre—, ¿por qué me hiciste esos regalos? El no saber quién eras estuvo a punto de volverme loca; tenía mucho miedo de que sir Ross pensase que tenía un amante secreto.

—Perdón —murmuró su hermano con una sonrisa forzada—. Sólo... sólo quería que tuvieras las cosas que te merecías. Nunca pretendí que nos encontráramos. Sin embargo, la necesidad de verte se convirtió en algo tan fuerte que ya no podía soportarlo.

—¿Y por eso viniste a mí en Silverhill Park?

Gentry sonrió como un niño malo.

—Me atraía la idea de hacerlo en las narices de Cannon. Sabía que podía introducirme y salir del gentío sin ser descubierto; el antifaz hizo que fuese casi demasiado fácil.

—¿El collar era robado?

—Claro que no —dijo Gentry, indignado—. Lo compré especialmente para ti.

—Pero ¿qué voy a hacer yo con semejante joya? ¡Nunca podría ponérmelo!

—Te lo pondrás —le aseguro Nick—. Poseo una fortuna, Sophia. Te compraré una casa en algún lugar, en Francia o Italia, donde puedas vivir como una dama. Te daré una asignación, para que nunca más tengas que volver a preocuparte por el dinero.

Sophia lo miró boquiabierta.

—John... Nick... ¡no quiero vivir en el extranjero! Todo lo que representa algo para mí está aquí.

—¿Qué dices? —soltó Gentry, cuya voz tomó un tono peligrosamente suave—. ¿Qué crees que te ata a este lugar?

14

El ruido generado por los exaltados manifestantes atravesaba los muros de la taberna del León Rojo, en Threadneedle. Dentro se amontonaba una multitud que estiraba el cuello para obtener una mejor visión de la mesa donde se encontraba sentado Ross junto con los representantes de los sastres y los trabajadores. Durante la primera hora de negociaciones para conseguir nuevos salarios, Ross había escuchado quejas por ambas partes. Como la tensión crecía por momentos, dedujo que los debates se alargarían posiblemente hasta la noche. Pensó en Sophia y en las ganas que tenía de volver a casa para estar con ella, y tuvo que hacer un esfuerzo para controlar su impaciencia.

Una camarera pechugona que se había bañado en colonia para camuflar otros olores más potentes, se dirigió a él con la jarra de café que Cannon había pedido.

—Aquí tiene, sir Ross —le dijo la mujer, pasándole intencionadamente uno de sus enormes pechos por un hombro al inclinarse para servirle—. ¿Le apetece algo más, señor? ¿Un poco de conejo a la galesa o unos hojaldres de manzana? Puede pedir lo que usted desee —le aseguró.

Ross, acostumbrado a pasar por situaciones semejantes durante los últimos años, le dedicó una formal sonrisa cortés.

—Es muy amable, pero no, gracias.

Ella hizo un mohín y puso una mueca de decepción.

—Puede que más tarde —le dijo a Ross, y se marchó contoneando las caderas.

Uno de los representantes de los sastres, un tipo llamado Brewer, observó a Ross con una pícara sonrisa en el rostro.

—Lo he calado, sir Ross. Finja que no desea a una mujer y ella se esforzará por atraerlo, ¿eh? Es usted un zorro. Apuesto a que las comprende bastante bien.

Ross esbozó una sonrisilla.

—Hay dos cosas que un hombre siempre debe evitar, Brewer: hacer esperar a una mujer y tratar de entenderla.

El sastre hizo un gesto de aprobación y Ross desvió la atención hacia una enorme figura que entraba en la taberna: sir Grant Morgan, cuya oscura cabellera sobresalía por encima de la multitud y cuya aguda vista examinaba la habitación. Morgan vio a Ross y, bruscamente, se abrió camino hasta él entre el gentío. La gente no dudaba en hacerse a un lado, ya que nadie deseaba ser arrollado por aquel gigante.

Intuyendo que algo iba mal, Ross se puso de pie para recibir al magistrado adjunto.

—Morgan —le dijo lacónicamente—, ¿qué haces aquí?

—El collar —respondió sucintamente el antiguo agente en voz baja, para que nadie pudiese oírlo—. He encontrado al joyero que lo hizo. Se trata de Daniel Highmore, de Bond Street. He conseguido sonsacarle a quién se lo vendió.

Ross experimentó una ansiedad por conocer la identidad del acosador de Sophia.

—¿Quién?

—Nick Gentry.

Cannon miró a Morgan impertérrito, su asombro inicial sustituido en el acto por una necesidad puramente instintiva de matar a Gentry.

—Gentry debió de haber visto a Sophia mientras estuvo arrestado en Bow Street, cuando ella bajó a las mazmorras. ¡Juro por Dios que lo descuartizaré! —exclamó Ross y, dándose cuenta de que empezaba a atraer todas las miradas, bajó el tono de voz—. Sigue tú con las negociaciones, Morgan; yo voy a hacerle una visita a Gentry.

—Espera —dijo Morgan—. Nunca he arbitrado una disputa profesional.

—Bueno, siempre hay una primera vez. Buena suerte —le deseó Ross y, sin más dilaciones, salió de la taberna en busca de su caballo.

Sophia no sabía qué hacer con su hermano. Mientras hablaban, trató de asimilar la persona en que se había convertido John, pero era alguien muy complejo, que parecía no apreciar demasiado su vida ni la de los demás.

«Cuanto más bribón es uno, más suerte tiene», había oído decir en Bow Street. El dicho explicaba la actitud desafiante que mostraban muchos criminales que eran conducidos al banquillo de Bow Street. Y no cabía duda de que a Nick Gentry la frase le venía como anillo al dedo.

Definitivamente, era un granuja capaz de mostrarse, según su conviniencia, encantador o despiadado, un hombre ambicioso que había heredado sangre azul pero que, paradójicamente no había recibido ni tierras, ni educación, ni riquezas ni amigos en la alta sociedad. En vez de eso, había adquirido poder a través del camino del crimen. Parecía como si su dudoso éxito hubiese hecho de él alguien tan violento como inteligente, tan cruel como confiado.

Con ciertas reservas, ella le había contado los años que había pasado en Shropshire, su deseo de vengar su supuesta muerte y sus planes de ir a Londres y acabar con sir Ross Cannon.

—¿Cómo demonios se te ocurrió hacer algo semejante? —le preguntó Gentry, con su afilada mirada clavada en su hermana.

Sophia se ruborizó y respondió con una verdad a medias.

—Pensaba descubrir información perjudicial en la sala de archivos —afirmó.

A pesar de que le hubiese gustado ser completamente honesta, el instinto le decía que sería una locura contarle a su hermano su romance con sir Ross. Después de todo, eran enemigos juramentados.

—Qué lista es mi niña —murmuró Gentry—. ¿Así que tienes acceso a los archivos de Bow Street?

—Sí, pero...

—Excelente —dijo él, reclinándose en la butaca y observando pensativo la puntera de sus botas—. Podrías averiguarme algunas cosas; puedo sacar partido de tu presencia en Bow Street.

La sugerencia de Gentry de usarla con propósitos probablemente criminales hizo que Sophia sacudiera la cabeza.

—No espiaré para ti, John.

—Sólo un par de cosas —insistió él, sonriendo con picardía—. Quieres ayudarme, ¿verdad? Y yo quiero ayudarte a ti. Ambos tendremos nuestra venganza contra Cannon.

Sophia soltó una risa de incredulidad.

—Pero yo sólo quería vengarme porque pensaba que

él te había enviado a la muerte en aquella prisión flotante.

Gentry frunció el entrecejo.

—Pues resulta que Cannon sí me envió allí, ¡y no sobreviví precisamente gracias a él!

—Cualquier otro te habría enviado a la horca sin más —señaló Sophia—. Después de lo que hiciste... asaltar ese coche y causarle la muerte a ese pobre anciano...

—No fui yo quien le dio un golpe en la cabeza —se defendió Gentry—. Yo sólo pretendía robarle, no matarlo.

—Da igual cuáles fueran tus intenciones; el resultado fue el mismo. Eras cómplice de asesinato. —Sophia observó el rostro pétreo de su hermano y prosiguió, bajando el tono de voz—. Pero no se puede cambiar el pasado; todo lo que podemos hacer es lidiar con el futuro. No puedes seguir por este camino, John.

—¿Por qué no?

—Porque no eres invulnerable. Tarde o temprano acabarás cometiendo un error, un error que te llevará a la horca, y yo no podría soportar perderte una vez más. Además, ésta no es vida para ti. Se supone que tú no...

—Ésta es la vida ideal para mí —la interrumpió él con suavidad—. Sophia, sean cuales sean los recuerdos que tengas de mí, ya no me corresponden; ¿entiendes?

—No —dijo ella, testaruda—. No puedo entender cómo puedes vivir de esta manera. Tú vales para mucho más que para esto.

Aquellas palabras provocaron en él una sonrisa peculiar.

—Esto demuestra lo que sabes —le dijo Gentry, que se puso de pie y fue hasta el hogar, apoyando una mano sobre la repisa de mármol blanco. La luz del fuego jugueteaba con sus facciones, coloreándolas con negro y dorado. Tras un instante de silencio, Gentry se volvió hacia su hermana—. Hablemos un poco más de Bow Street —le dijo con expresión severa pero tono desganado—. Dices que tienes acceso a la sala de archivos. Bien, ocurre que necesito cierta información...

—Ya te he dicho que no. No traicionaré la confianza que sir Ross ha depositado en mí.

—Es precisamente lo que has hecho durante los dos últimos meses —replicó Gentry, irritado—. ¿Qué te lo impide ahora?

Sophia se dio cuenta de que su hermano no iba a estar satisfecho hasta que ella le contara toda la verdad.

—Nick —dijo con cautela—, resulta que... entre sir Ross y yo hay una especie de relación.

—¡Dios mío! —soltó Gentry, llevándose las manos a la cabeza—. ¿Tú y él...? —comenzó, pero no le salían las palabras.

Comprendiendo la pregunta, Sophia asintió.

—Mi hermana y el Monje de Bow Street —murmuró él, horrorizado—. ¡Qué bonita manera de vengarme, Sophia! ¡Meterte en la cama con el hombre que estuvo a punto de matarme! Si ésa es tu idea de revancha, tengo un par de cosas que decirte.

—Me ha pedido que me case con él.

A Gentry le brillaron los ojos con inusitada furia, y pareció quedarse sin respiración.

—Preferiría verte muerta antes que casada con él.

—Es el mejor hombre que he conocido nunca.

—¡Oh, claro, es un dechado de virtudes! —repuso Nick cáusticamente—. Y si te casas con él no parará de recordártelo. Te hará creer que no eres bastante buena para él. Acabarás aplastada por su maldito honor y su respetabilidad. Cannon te hará pagar mil veces el que no seas perfecta.

—Tú no lo conoces.

—Lo conozco mejor y hace mucho más tiempo que tú. ¡Ese hombre no es humano, Sophia!

—Sir Ross es amable e indulgente, y sabe perfectamente que no soy perfecta.

De repente, su hermano la miró a los ojos de una forma calculadora que la hizo sentirse incómoda, frunciendo el entrecejo de un modo diabólico.

—Así pues, confías plenamente en él —señaló con suavidad.

—Sí —respondió Sophia, devolviéndole la mirada con decisión.

—Pues pongamos a prueba tu fe en él, Sophia —le dijo Nick, apoyando un codo sobre la chimenea—. Me conseguirás esa información que necesito, o le diré a tu incólume e indulgente amante que le ha propuesto matrimonio a la hermana de su peor enemigo, que por las venas de Sophia y del indeseable de Nick Gentry corre la misma sangre.

Sophia se quedó de piedra.

—¿Me estás chantajeando? —preguntó con un leve susurro.

—De ti depende. Puedes conseguirme lo que quiero... o puedes correr el riesgo de perder a sir Ross. Y ahora, ¿cuánto confías en su capacidad de perdón?

Dios mío, ¿acaso el pasado no dejará nunca de perseguirme?, pensó Sophia, incapaz de articular palabra.

—¿Quieres que le cuente que soy tu hermano? —repitió Gentry.

Sophia no sabía qué pensar. Sabía que Ross era todo lo que ella creía y más. Y una vez que supiera de su parentesco con Nick Gentry, trataría de encontrar el modo de pasar por alto otro terrible hecho sobre ella. Sin embargo, ésa podía ser la gota que colmase el vaso. Cabía la posibilidad de que Ross nunca volviese a mirarla a los ojos sin recordar que ella era la hermana de su odiado rival.

De repente, Sophia se dio cuenta de que preferiría morirse antes que dejar que ocurriera eso. No podría soportar el rechazo de Ross; no ahora, después de que se habían convertido en tan importantes el uno para el otro. No podía correr ese riesgo; tenía mucho que perder.

—No —contestó por fin, con la voz rota.

Gentry pareció pestañear de un modo que indicaba decepción, como si hubiera esperado que su hermana lo desafiara.

—Eso pensaba yo —dijo.

Sophia observó a su hermano fijamente, preguntándose si no estaría jugando con ella.

—No puedo creer que seas capaz de chantajearme —le reprochó, y le resultó imposible que su voz no denotase inseguridad.

Su hermano le sonrió de forma cruel.

—Sólo tienes una forma de averiguarlo, ¿verdad?

Antes de que Sophia pudiese responder, un sonoro golpe hizo vibrar la puerta y se oyó una voz sorda. Gentry, visiblemente molesto, se levantó y abrió. El visitante resultó ser una de las personas más peculiares que Sophia había visto jamás, un armatoste de facciones protuberantes y una curiosa palidez de tono lavanda. Las sombras que cubrían sus hirsutas mejillas contribuían a que su apariencia fuese todavía más oscura y tenebrosa. Sophia se preguntó cuántos otros curiosos personajes de los bajos fondos trabajarían para su hermano.

—Hola, Blueskin —saludó Gentry a su secuaz.

—Alguien viene a verlo —murmuró el hombre—. El Monje en persona.

—¿Cannon? —preguntó Gentry, incrédulo—. Maldita sea, ¡pero si ya hizo una redada en febrero! ¿Qué demonios espera encontrar?

—No es una redada —respondió Blueskin—; viene solo.

—¿Sir Ross está aquí? —intervino Sophia, poniéndose de pie alarmada.

—Eso parece —dijo Gentry, y le hizo una señal para que lo siguiese—. Tengo que verlo. Puedes ir con Blueskin a la salida trasera antes de que Cannon te vea.

—¿Quiere que les diga a los chicos que lo echen, Gentry? —se ofreció Blueskin.

—No, idiota. Entonces volvería con cien hombres y destrozaría esto ladrillo por ladrillo. Ahora, llévate a esta mujer de vuelta a Bow Street. Si le llega a ocurrir cualquier cosa, te cortaré el cuello de oreja a oreja —le advirtió Nick, y se dirigió nuevamente a Sophia—. En cuanto a esos documentos, quiero que averigües de qué puede haberse enterado Cannon gracias a un hombre llamado George Fenton, cuando éste fue interrogado hace dos semanas.

—¿Quién es Fenton?

—Uno de mis veteranos —dijo Nick y, dándose cuenta de Sophia no lo entendía, se lo aclaró rápidamente—. Un ladrón muy experimentado. Necesito saber qué le contó Fenton a Cannon, para ver si me fue leal y mantuvo la boca cerrada.

—Sí, pero ¿qué le pasará a Fenton si resulta que...?

—Eso no es de tu incumbencia —respondió Gentry, empujándola hacia la puerta trasera—. Ahora vete antes de que Cannon nos vea juntos. Blueskin te protegerá.

Menos de un minuto después de que Sophia se hubiese ido, Cannon entró en la habitación. Nick estaba sentado en su silla, junto al hogar, repantigado en actitud

271

desafiante, como si le importase muy poco el hecho de que el magistrado jefe de Bow Street acabase de invadir su casa. Cannon se acercó y se detuvo a unos metros de él. Su mirada, en medio de su expresión de ira, parecía extrañamente sosegada.

A pesar de la animadversión que sentía hacia Ross, Nick se veía obligado a concederle cierto grado de respeto. Cannon era listo y poderoso, y tenía experiencia; un hombre en toda regla. Además, poseía una moral inquebrantable que fascinaba a Gentry. Que alguien hubiera conseguido todo lo que Cannon, era digno de admiración.

Aunque el aire estaba cargado de agresividad y tensión, ambos consiguieron conversar en tono normal.

—Tú le diste el collar a la señorita Sydney —le espetó Ross sin más preámbulos.

Nick asintió de forma burlona.

—Lo has descubierto endiabladamente rápido.

—¿Por qué? —le preguntó el juez, que parecía querer acabar con Gentry allí mismo.

—Esa muñequita me gustó desde que la vi en Bow Street —mintió Nick con naturalidad, encogiéndose de hombros—. Quiero tener mi oportunidad cuando hayas acabado con ella.

—Mantente alejado de ella —le ordenó Cannon, y sus palabras sonaron sosegadas pero terriblemente sinceras—, o te mataré.

Nick le dedicó una fría sonrisa.

—Por lo visto, todavía no has tenido suficiente.

—Y nunca lo tendré; la próxima vez que le regales algo, me encargaré personalmente de metértelo por...

—De acuerdo —lo interrumpió Nick, cada vez más irritado—; estoy avisado. No molestaré más a tu caprichito. Y ahora, sal de mi casa.

Cannon lo miró con una saña mortífera que hubiese alarmado a cualquier otro hombre.

—Sólo es cuestión de tiempo que te pases de la raya —le dijo en voz baja—. Alguno de tus planes fracasará; habrá alguna prueba que te implique, y yo estaré allí para verte colgado.

Gentry esbozó una leve sonrisa, pensando que Cannon no tendría la misma actitud si supiese que Sophia era su hermana.

—Estoy seguro de ello —murmuró—, pero no esperes que mi muerte te satisfaga; es posible que incluso lo lamentes.

Una leve confusión cruzó el rostro del magistrado, que observó a Nick con los ojos entornados.

—Antes de que me vaya —dijo con un gruñido—, quiero contarte algo. El vestido que le enviaste a la señorita Sydney... ella afirma que es casi idéntico a uno que tuvo su madre.

—¿En serio? —repuso Nick con pereza—. Qué coincidencia tan interesante.

Estaba claro que, bajo aquella expresión impertérrita, la mente de Cannon barajaba mil preguntas.

—Sí —coincidió—, muy interesante.

Para alivio de Gentry, Ross se marchó sin decir nada.

Tan pronto Sophia estuvo de vuelta en Bow Street, aprovechó la ausencia de Ross para ir a la sala de archivos. Era el momento idóneo para buscar la información que su hermano le había pedido, ya que Vickery y los demás se habían ido a una taberna cercana a cenar un poco de carne y cerveza. Las oficinas estarían desiertas durante un buen rato hasta que uno de los jueces volviese para preparar la sesión vespertina.

Los delgados dedos de la muchacha iban pasando documentos con rapidez, tratando de dar con el acta levantada durante el interrogatorio de Fenton. La habitación estaba iluminada tan sólo por una lámpara, lo que apenas le proporcionaba luz para leer.

En un momento dado, una página en particular le llamó la atención. En ella se hacían referencias tanto a Gentry como a Fenton. Dándose cuenta de que había encontrado lo que buscaba, Sophia dobló la hoja y fue a guardársela en el bolsillo, cuando oyó pasos y el sonido del picaporte.

La habían pillado. El corazón le dio un vuelco. Sophia devolvió la página al cajón, cerrándolo justo cuando la puerta se abría.

Allí estaba Ross, con el rostro sombrío e impasible.

—¿Qué haces aquí? —preguntó.

A Sophia la invadió el miedo, y se humedeció los labios con nerviosismo. No cabía duda de que Ross podía ver perfectamente cuán pálida estaba. Sabía que era la viva imagen de la culpa. Desesperada, dijo la primera mentira que se le ocurrió.

—Estaba... tratando de guardar documentos que había sacado de los archivos cuando tenía la intención de desacreditarte.

—Ya —dijo Ross, suavizando la expresión y acercándose a ella.

Le acarició la barbilla. Sophia se obligó a devolverle la mirada, aunque tenía miedo de decepcionarlo. Sin embargo, los labios de Ross esbozaron una reconfortante sonrisa.

—No tienes por qué sentirte culpable; no has hecho daño a nadie —la tranquilizó, y comenzó a darle besos en la cara—. Sophia —murmuró—, Morgan ha descubierto hoy quién te entregó el collar.

La muchacha dio un respingo, tratando de fingir que todavía no lo sabía.

—¿Quién es? —preguntó.

—Nick Gentry.

A Sophia empezó a palpitarle el corazón.

—¿Por qué haría algo así?

—Esta tarde le he hecho una visita, para preguntárselo. Por lo visto, se ha interesado por ti, y desea convertirse en tu protector en caso de que nuestra relación concluya.

—Vaya —dijo ella, e, incapaz de aguantar la mirada de Ross, se aferró a él, escondiendo el rostro bajo su hombro—. ¿Le dijiste que eso nunca ocurrirá? —preguntó con voz apagada.

—Gentry no volverá a molestarte —le aseguró Ross, sujetándola por la cintura—. Me encargaré personalmente de ello.

Ojalá fuera cierto, pensó Sophia, sumida en una violenta marea de sentimientos encontrados. Estaba furiosa con su hermano por haberla puesto en aquella terrible situación, aunque, a pesar de todo, lo quería y creía que todavía había bondad en él. Estaba segura de que aún tenía remedio pero, por otra parte, no había mucho favorable que decir de alguien capaz de chantajear a su propia hermana.

La tentación de contárselo todo a Ross era insoportable, pero consiguió morderse la lengua y guardarse las palabras que tanto luchaban por salir de ella. Sólo el miedo de perderlo la mantenía en silencio. Temblando a causa de la frustración y la angustia, se apretó con más fuerza al cuerpo de su amante.

Notando que Sophia estaba temblando, Ross intentó reconfortarla.

—No tendrás miedo, ¿verdad? —le dijo abrazándola—. No hay razón para que lo tengas, mi vida; estás a salvo.

—Lo sé —respondió ella—. Lo que pasa es que los últimos días han sido muy tensos.

—Estás cansada —murmuró Ross—. Lo que necesitas es un brandy caliente, un baño relajante y una noche de sueño.

—Te necesito a ti —le dijo Sophia, cogiéndolo por el cuello del abrigo y bajándole la cabeza, ávida de sus labios.

Al principio, Ross se contuvo y le devolvió el beso con moderación.

—Cálmate —le susurró cuando despegaron los labios—. No querrás que lo hagamos ahora...

Sophia volvió a besarlo e introdujo la lengua en su dulce boca, hasta que la resistencia de Cannon se vino abajo y comenzó a jadear.

—Es justamente lo que quiero —susurró Sophia, y cogiéndole una mano se la llevó a uno de los pechos—. No me rechaces, Ross, por favor...

Aún reticente, Ross disfrutó del tacto de Sophia y agachó la cabeza para besarle el cuello. En pocos segundos, su indecisión fue reemplazada por deseo. Soltando un gruñido de pura lujuria, se agachó para agarrar a Sophia por las nalgas, la levantó y la puso sobre el archivador, sin dejar de devorarle la boca. Sophia se sentó y separó las piernas, enfundadas en sendas medias, haciendo que Ross se quedase de pie entre ellas.

—No podemos hacerlo aquí —murmuró Ross, moviendo la mano bajo el amasijo de sus faldas—. Si entrase algún empleado y nos viera...

—No me importa —aseguró Sophia, acercando la cabeza de Ross a la de ella.

Ambas bocas se fundieron en una sola, hasta que se

quedaron sin respiración. Sophia gimió cuando los dedos de Ross hurgaron entre sus bragas, y se pusieron a acariciar su húmeda ingle.

—Te deseo —le dijo entre suspiros, apretando con fuerza la mano de Ross.

—Sophia... —le dijo Ross contra el cuello—. Vamos a mi dormitorio.

—Lo quiero ahora —insistió ella. Con ansia, le desabrochó los pantalones para liberar la erección que escondían.

Abandonando cualquier esperanza de disuadirla, Ross la ayudó, riendo de forma apagada.

—Gatita insaciable —le dijo, haciendo deslizar las caderas de Sophia hasta el borde del mueble. La penetró con una embestida suave y profunda que a ella le arrancó un gemido—. Así... ¿estás satisfecha?

—Sí, sí... —respondió Sophia.

Sosteniéndole la espalda y las nalgas, Ross la levantó del mueble, totalmente empalada. La llevó hasta la puerta y la estrujó contra ella, haciéndole colocar las piernas alrededor de sus caderas. Sophia gimió cuando Ross la embistió exactamente en el ángulo adecuado, rozando con su miembro las partes más sensibles de su sexo.

—Sophia —dijo él con un gruñido, sin aminorar el ritmo—, quiero una respuesta ahora.

Ella lo miró a los ojos, perpleja.

—¿Una respuesta? —preguntó entre jadeos.

—Quiero que me digas que te casarás conmigo.

—Oh, Ross, ahora no. Quiero pensarlo un poco más.

—Ahora —insistió él, deteniéndose de golpe—. ¿Me quieres? Bastará un simple sí o no.

—No pares, no pares —suplicó Sophia, aferrándose a los hombros de Ross mientras su propio cuerpo temblaba de deseo.

Ross clavó sus brillantes ojos grises en los de Sophia, y convirtió las embestidas en una cadencia lenta y tortuosa, penetrándola profunda y prolongadamente, sabiendo que eso la volvería loca.

—¿Sí o no?

—No responderé a eso ahora... —le contestó Sophia, retorciéndose espasmódicamente—. Tendrás que esperar.

—Entonces tú también —dijo Ross, dándole un beso—. Esperaremos tal cual —susurró—. Y te juro, Sophia, que tus pies no tocarán el suelo hasta que me des una respuesta —le prometió, hundiendo su sexo en ella incluso más profundamente que antes.

A Sophia se le escapó un suspiro; estaba muy cerca del final. Su cuerpo ya estaba listo para ser liberado de su carga, y la tensión resultaba insoportable. No le importaba nada salvo Ross. En un momento de angustioso abandono, escogió lo que más deseaba. Movió sus labios contra los de él, y emitió una silenciosa palabra.

—¿Cómo? —preguntó Ross, ansioso, apartando la cabeza hacia atrás para poder mirar a Sophia—. ¿Qué has dicho?

—He dicho que sí —gimió ella—. Sí. Ross, por favor, ayúdame...

—Te ayudaré —susurró él con ternura, apagando la súplica de Sophia con su boca, a la vez que le daba exactamente lo que ella necesitaba.

15

Tras una sencilla ceremonia en la capilla privada de la finca de Silverhill Park, la madre de Ross ofreció un banquete seguido de baile al que asistieron invitados de al menos tres países distintos. Sophia trató de no sentirse abrumada por toda la atención de la que era objeto. Innumerables periódicos y revistas habían publicado información referente a la novia de sir Ross Cannon, dónde y cuándo tendría lugar la boda e incluso dónde vivirían. Se contaban chismes en todos los salones, cafeterías y tabernas. El hecho de que la nueva esposa de sir Ross fuera hija de un vizconde había añadido más morbo a la historia, ya que era sabido que ella había trabajado para él en Bow Street. Sophia se alegró de que los Cannon la hubieran aceptado con tanta naturalidad y especialmente de la ternura que le había demostrado la madre de Ross.

—Mis amigos me han pedido que te describa —le había contado Catherine el día antes de la boda.

Había varios invitados sentados en el salón, otros jugando a las cartas y otros recorriendo las habitaciones cogidos del brazo. Algunas mujeres se dedicaban a coser, mientras que los caballeros leían diarios y charlaban acerca de los acontecimientos del día.

—Naturalmente —prosiguió Catherine—, todos tienen suma curiosidad por saber qué clase de mujer ha conseguido hacerse con el corazón de Ross.

—Su corazón no es precisamente la parte de su anatomía con la que ella se ha hecho —murmuró Matthew, que estaba cerca de allí.

Catherine se volvió hacia él y lo miró de forma inquisitiva.

—¿Qué has dicho, querido?

Matthew consiguió esbozar una sonrisa forzada.

—He dicho que vaya si se ha hecho con él. Cuesta reconocerlo con esa sonrisilla que tiene permanentemente dibujada en el rostro.

Algunos invitados rieron al oír el comentario, ya que el cambio en la normalmente seria actitud de sir Ross era algo que todo el mundo había advertido. Muchos habían coincidido en que hacía muchísimo tiempo que no se lo veía tan alegre y relajado.

En ese momento, Ross entró en el salón y fue al encuentro de Sophia. Le cogió la mano, que ella tenía apoyada en el respaldo curvo del sofá, se la llevó a los labios y susurró:

—¿Debo decirles por qué sonrío?

El pícaro brillo de sus ojos le recordó a Sophia el apasionado interludio de la noche anterior, cuando él se había colado en su habitación y se había metido en su cama. Sophia frunció el entrecejo y se ruborizó. Ross, riéndose del apuro de su amada, se sentó en el sofá, a su lado.

—Y ¿cómo les describes a mi prometida a tus amigos, madre? —le preguntó a Catherine, retomando el hilo de la conversación.

—Les digo que es la joven más encantadora que he conocido nunca, por no decir la más hermosa —dijo Catherine, observando el vestido color melocotón de su nuera con aprobación—. ¿Es nuevo el vestido, querida? El color te favorece mucho.

Sophia no se atrevía a mirar a Ross. El tema de la ropa había provocado una acalorada discusión entre ellos unos días atrás. Ross había insistido en casarse con ella tan rápido que no había habido tiempo para que Sophia encargase nuevos vestidos. Y, puesto que Ross era un hombre, no había pensado ni por un segundo en el vestido de boda de su novia. La única ropa que poseía Sophia eran los vestidos oscuros que había llevado durante su estancia en Bow Street, todos ellos hechos con tela basta y sin adornos. Ella se había sentido aterrada por la idea de tener que casarse con una de esas sosas prendas y luego asistir al baile. En consecuencia, se había dirigido a Ross y le había pedido que le devolviese el vestido color lavanda.

—Ya que no te hace falta para la investigación —le había dicho en su despacho—, me gustaría que me lo devolvieras, por favor.

Él había reaccionado ante aquella petición con desagradable sorpresa.

—¿Para qué lo necesitas?

—Es el único vestido decente que tengo para casarme —le dijo ella tranquilamente.

Él frunció el entrecejo.

—No vas a llevar eso en nuestra boda.

—Es un vestido magnífico —insistió ella—. No hay razón por la que no pueda ponérmelo.

—Sí que la hay —respondió Ross, furioso—. Es un regalo de Nick Gentry.

—Nadie lo sabrá —repuso Sophia, también con ceño.

—Yo lo sabré; y estaría loco si te permitiese ponértelo.

—Muy bien; de acuerdo. ¿Qué quieres que me ponga?

—Elige a un modisto y te llevaré a verlo esta tarde.

—Ningún modisto sería capaz de confeccionar un vestido decente en tres días. De hecho, casi no hay tiempo para sustituir el vestido lavanda. ¡Y no me casaré contigo delante de todos tus amigos y de tu familia vestida como una pordiosera!

—Puedes pedirle prestado uno a mi madre, o a Iona.

—Tu madre mide un metro noventa y es delgada como una espiga —señaló Sophia—. Y yo estaría loca si me pusiese un vestido de Iona y provocase así los comentarios jocosos de tu hermano al respecto. Y ahora, dime, ¿dónde has puesto el vestido lavanda?

Frunciendo el ceño, Ross se reclinó en la silla y apoyó el talón de su bota sobre el borde del escritorio.

—Está en el cuarto de las pruebas —murmuró.

—¿Mi vestido, en el cuarto de las pruebas? —exclamó Sophia, indignada—. ¡Seguro que lo han puesto en algún estante roñoso!

La mujer salió corriendo del despacho y los improperios de Ross pudieron oírse por todo el pasillo.

En lugar de permitirle a Sophia ponerse el vestido lavanda, Ross prefirió enviar a tres de sus agentes a que visitaran a varios modistos. Finalmente, dieron con uno que estaba dispuesto a venderles un vestido que formaba parte de otro encargo. El hombre les advirtió que les costaría una fortuna, ya que, como resultado, probablemente perdería a unos de sus más preciados clientes. Ross pagó la elevada suma sin rechistar.

Para alivio de Sophia, la prenda resultó un exquisito vestido color azul pálido, de canesú recto y favorecedor y de cintura baja, como mandaba la moda. La falda estaba adornada con un brillante bordado de flores, igual que las mangas, que llegaban hasta los codos. Era una creación magnífica que le sentaba casi a la perfección y que requería muy pocos retoques. En una muestra de generosidad, el modisto le permitió a Ross comprar otros dos vestidos del encargo de su otra clienta, para que Sophia tuviera qué ponerse en Silverhill Park durante el día.

El día de la boda, Sophia llevaba el cabello recogido en rizos en lo alto de la cabeza, con cintas plateadas entrelazadas. Llevaba también un collar de perlas y diamantes, regalo con el que Ross le había obsequiado aquella misma mañana. Con aquel resplandeciente vestido, las tintineantes perlas alrededor del cuello, y los zapatos de seda, se sentía como una princesa. La ceremonia fue todo un sueño, sólo sujetado a la realidad por las cálidas manos de Ross y por la plateada intensidad de sus ojos. Después de los votos pertinentes, él se inclinó para dar a su esposa el beso de rigor, una breve caricia que contenía la promesa de mucho más.

El champán corrió libremente en el banquete de bodas, un festín de ocho platos seguido de un fastuoso baile. Sophia fue presentada a cientos de personas y, en poco tiempo, se sintió cansada de sonreír, y comenzaron a zumbarle los oídos. Le resultó imposible recordar más que unas pocas caras de todo aquel montón de rostros. Una de las personas que se quedó grabada en su memoria fue la esposa de sir Grant Morgan, lady Victoria. Sophia, que hacía mucho que sentía curiosidad por saber qué clase de mujer se habría casado con aquel intimidatorio hombretón, se sorprendió al descubrir que la mujer de Morgan era de estatura bastante baja. Lady Victoria era una de las mujeres más espectacularmente bellas que Sophia había visto jamás, de voluptuosa figura, abundante cabello pelirrojo y vívida sonrisa.

—Lady Sophia —le dijo la pequeña pelirroja con cariño—, no hay palabras para expresar lo contentos que estamos de que finalmente sir Ross se haya casado. Sólo una mujer excepcional podría haberlo apartado de su viudedad.

—Le aseguro —respondió ella, devolviéndole la sonrisa— que la ventaja de este matrimonio es completamente mía.

En ese momento intervino sir Grant, al que le brillaban sus amables ojos verdes. Su actitud parecía totalmente distinta de la que mostraba en Bow Street, y Sophia observó que se deleitaba en la presencia de su mujer como un gato lo haría a la luz del sol.

—Siento no estar de acuerdo, señora mía —le dijo a Sophia—. Este matrimonio representa varias ventajas para sir Ross, cosa obvia para todo aquel que lo conoce.

—Es más —añadió lady Victoria, pensativa, dirigiendo la mirada a la figura de Ross, que se encontraba de pie más allá, recibiendo a los invitados—, nunca lo he visto con tan buen aspecto. De hecho, puede que ésta sea la primera vez que lo veo sonreír.

—Y no se le ha roto la cara como consecuencia de ello —comentó Morgan.

—Grant —le regañó su mujer en voz baja.

Sophia rió. Morgan le guiñó el ojo y se fue con lady Victoria.

Mientras la orquesta tocaba una pieza de Bach, Sophia echó un vistazo entre la multitud, tratando de distinguir a Ross, pero no lo consiguió. La dulce melodía generada por la sección de cuerdas y la flauta travesera la puso curiosamente nostálgica. Observó la resplandeciente falda de su vestido y la alisó con la mano, enguantada. Se imaginó la satisfacción que habrían sentido sus padres si hubieran sabido que se iba a casar con alguien como sir Ross. Y tampoco tenía dudas del agravio que hubiera supuesto para ellos el saber en qué se había convertido su único hijo. De repente se sintió muy sola y deseó que su hermano hubiera podido asistir a la boda, cosa que, naturalmente, habría sido imposible. Él y ella vivían en mundos totalmente diferentes, y nunca existiría la manera de acortar la distancia que los separaba.

—Lady Sophia. —Una voz se introdujo en sus pensamientos, y se encontró con la última cara que hubiera esperado ver.

—Anthony —susurró Sophia, y el corazón le dio un vuelco.

Anthony Lyndhurst estaba tal como ella lo recordaba, rubio y apuesto, con una sonrisa de suficiencia dibujada en el rostro. Sophia no podía creer que tuviera el valor de dirigirse a ella. Atónita, se negó a devolverle la reverencia.

—Te felicito por tu matrimonio —le dijo él suavemente.

Sophia tuvo que hacer acopio de toda su voluntad para disimular su furia. Frenética, se preguntó por qué habría asistido Anthony a la fiesta y quién lo habría invitado. ¿Acaso no iba a tener paz ni siquiera en el día de su boda?

—Demos un paseo —le sugirió él, señalando la larga galería de retratos contigua al salón.

—No —respondió ella, en voz baja.

—Insisto —dijo Anthony, cogiéndola del brazo y haciéndole imposible rechazar su invitación sin montar una escena.

Esbozando una precaria sonrisa, Sophia apoyó los dedos sobre el abrigo del hombre. Lo acompañó a la galería, muchísimo menos abarrotada que el salón.

—Has hecho bien, Sophia —comentó Anthony—. Casarte con un Cannon te dará estatus y fortuna; bien hecho.

Ella soltó su brazo en cuanto se detuvieron ante una serie de retratos familiares.

—¿Quién te ha invitado? —le preguntó con frialdad.

Anthony sonrió.

—Los Lyndhurst y los Cannon están relacionados por un antiguo matrimonio. Me invitan con frecuencia a Silverhill Park.

—Lamento que así sea.

A Anthony se le escapó una breve risa.

—Veo que todavía estás molesta conmigo. Permíteme que me disculpe por irme tan precipitadamente la última vez que nos vimos. Tenía que resolver un asunto urgente.

—¿Referente a tu mujer, quizá? —repuso Sophia con cinismo.

Anthony sonrió avergonzado, como si hubiese cometido un error menor.

—Mi esposa no tenía nada que ver con nosotros.

—Me pediste que me casara contigo, pero ya estabas casado. Un poco decepcionante, ¿no crees?

—Sólo hice eso para animarte a hacer lo que estabas deseando. Sentíamos una fuerte atracción mutua, Sophia. De hecho, percibo que no se ha desvanecido del todo.

Ella se sintió anonadada por la insinuante mirada que le dirigió Anthony. Por el amor de Dios, qué fácil resultaba para él renovarle todo el disgusto y la vergüenza que ella tanto había tratado de olvidar.

—Si hay algo que siento por ti es asco.

—Mujeres —respondió él, divirtiéndose—. Siempre decís lo contrario de lo que pensáis.

—Tómatelo como quieras, pero mantente alejado de mí, o tendrás que vértelas con mi marido.

—No lo creo —murmuró Anthony esbozando una insolente sonrisa—. Cannon es un caballero y, a la vez, alguien frío como un pez. Su clase no se lo permitiría.

Si Sophia no hubiera estado tan furiosa, se habría reído a carcajadas ante la idea de que Ross era tan caballero como para no quejarse de que le pusiesen los cuernos.

—Mantente alejado de mí —repitió, con la voz temblorosa, a pesar del autocontrol que trataba de imponerse.

—Me intrigas, Sophia —comentó Anthony—. Tienes mucho más carácter que cuando te conocí. Este cambio en tu personalidad es adorable; merece ser investigado, supongo.

—¿Investigado? —repitió ella, denotando enfado.

—No ahora que te acabas de casar, por supuesto. Sin embargo, en el futuro te convenceré para reanudar nuestra... amistad —aseguró Anthony, sonriendo de forma arrogante y provocativa—. Como ya sabes, puedo ser muy persuasivo.

Sophia tomó aire.

—No hay la menor posibilidad de que pase ni cinco minutos en tu compañía.

—¿Tú crees? No me gustaría nada que empezasen a circular ciertos rumores sobre ti. Qué vergüenza para tu marido y su familia. Puede que debas considerar el ser más amable conmigo, Sophia. De lo contrario, las consecuencias podrían ser desastrosas.

Ella palideció de miedo y rabia. No cabía duda de que Anthony estaba disfrutando con aquello y jugaba con ella como un gato con un ratón. Aparte de que sus amenazas fueran ciertas o no, sus esfuerzos por pillarla desprevenida estaban resultando muy efectivos. Además, ella misma ya le había dado ese poder una vez, al haber sido lo bastante estúpida como para creer en él. Si a Anthony se le llegase a ocurrir decirle a la gente que había mantenido relaciones íntimas con ella, Sophia no podría desmentirlo, lo que significaría, por otra parte, una vergüenza para la familia Cannon.

Sophia observó, desconsolada, los retratos solemnes

que tenía ante ella, los rostros de los distinguidos ancestros de su marido. ¡Qué mal había hecho aceptando la compañía de Anthony!

—Muy bien —murmuró él, que parecía disfrutar de la silenciosa desesperación—, veo que hemos conseguido entendernos.

Mientras Ross le llevaba un vaso de ponche de champán a su madre, vio a Sophia junto a la entrada de la galería de los retratos, conversando con un joven al que él no conocía.

Aunque cualquier otra persona no habría advertido la expresión de Sophia, Ross la conocía demasiado bien.

—Madre —le preguntó como si tal cosa—, ¿quién es ése?

Catherine siguió la mirada de su hijo.

—¿El caballero rubio que está hablando con Sophia?

—Sí.

—Anthony Lyndhurst, el hijo del barón Lyndhurst; un joven muy bueno. Me he relacionado mucho con su familia este último año; son una gente encantadora. Tendrías que haberlos conocido en la fiesta de cumpleaños de tu abuelo, pero la hermana del barón estaba muy enferma y, por supuesto, la familia no quería dejarla sola hasta que estuviera fuera de peligro.

—Anthony —repitió Ross, observando con detenimiento a aquél hombre rubio y esbelto.

No cabía duda de que se trataba del mismo Anthony que había seducido a Sophia años atrás.

—El menor de tres hermanos —le informó Catherine—, y, posiblemente, el más agraciado de todos. Es un tenor sensacional; te pondría carne de gallina oír cómo canta.

Sin embargo, Ross estaba más interesado en provocarle carne de gallina a él.

—Valiente bastardo —dijo entre dientes.

Aunque Anthony se estuviera disculpando ante Sophia por lo ocurrido en el pasado o, aún más probable, se lo estuviera restregando por la cara, Ross le iba a poner en claro un par de puntos.

—¿Qué has dicho? —le preguntó Catherine—. Vaya, por la forma en que tú y tu hermano habéis estado murmurando cosas últimamente, yo estoy comenzando a preguntarme si no me habré vuelto un poco dura de oído.

Ross apartó la vista de Anthony Lyndhurst por un instante.

—Perdóname, madre. Acabo de decir que Lyndhurst es un valiente bastardo.

Catherine no dio importancia a aquel comentario despectivo.

—El señor Lyndhurst solamente está charlando con Sophia, querido. No tienes por qué tomártelo como algo ofensivo. No es propio de ti ser celoso y posesivo; espero que no montes una escena.

Ross esbozó inmediatamente una sonrisa postiza.

—Nunca monto escenas —dijo con toda tranquilidad.

Catherine, más tranquila, le devolvió la sonrisa.

—Así está mejor, cariño. Ahora, si me acompañas, te presentaré a lord y lady Maddox. Han comprado la vieja finca Everleigh y están reformando todo el ala... —Catherine se detuvo, perpleja, al darse cuenta de que su hijo mayor ya no estaba a su lado—. ¡Siempre tiene que hacer estas cosas! —exclamó la mujer para sí, indignada por la repentina desaparición de Ross—. Puede que no sea consciente de que esta noche no está en Bow Street.

Sacudiendo la cabeza, Catherine se acabó su vaso de ponche de champán y se dirigió hacia un grupo de amigos.

Después de hablar con Sophia, Anthony Lyndhurst salió del salón. Se detuvo frente a un enorme espejo de marco dorado y se acicaló concienzudamente. Cuando estuvo satisfecho de su aspecto inmaculado, se dirigió a uno de los jardines de invierno para fumar un cigarro y disfrutar de la brisa nocturna. La noche era oscura y cálida, y el sonido del aire se entrelazaba con el de las hojas y la música proveniente del interior de la casa.

Ansioso, Anthony pensó en el inesperado cambio que había experimentado su antigua conquista.

Era la primera vez que se reencontraba con uno de sus anteriores amores después de haberlos abandonado. Una vez terminaba una relación con una mujer, no tenía más interés en ella. Y, aparte de un afecto que no tardó en diluirse, Sophia le había ofrecido poco en el aspecto sexual. Sin embargo, era obvio que había recibido cierta educación en los últimos meses. Tenía aspecto de ser una mujer satisfecha, a juzgar por sus labios carnosos, sus mejillas sonrosadas y la sensualidad de sus movimientos, que desde luego no poseía cuando Anthony la había conocido. Parecía a la vez elegante y sexualmente consciente.

Por otra parte, seguro que no era Ross quien había provocado semejante cambio en ella. Todo el mundo sabía que aquel hombre era un bastardo frío y calculador, además de popular por su celibato. Probablemente Sophia ya tenía un amante. Aquel pequeño misterio mantuvo placenteramente intrigado a Anthony, que se metió la mano en el bolsillo para sacar un cigarro.

De repente, una sombra apareció de la nada y se le

abalanzó. Anthony no pudo emitir ni un sonido antes de ser aplastado brutalmente contra la pared. Paralizado de miedo, sintió que algo duro le presionaba la garganta; se trataba de un robusto brazo que amenazaba con dejarlo sin aire.

—Qué... qué... —soltó Anthony, tratando sin éxito de liberarse de su agresor.

El hombre era enorme y estaba tan furioso que parecía un perro rabioso. Con sus ojos salidos de las órbitas, Anthony distinguió un rostro sombrío que podría haber sido el del mismísimo diablo. Le costó unos instantes reconocerlo.

—Sir Ross...

—Maldito gallina —gruñó Cannon—. Conozco a los de tu calaña. Escogéis a vuestras víctimas con cuidado. Mujeres inocentes que no tienen a nadie que las proteja de la basura como vosotros. Sin embargo, resulta que has dado con la víctima equivocada. Encuentra una excusa para salir de Silverhill Park inmediatamente, o te mando de una patada de aquí hasta Londres. Y si alguna vez vuelves a dirigirle la palabra a mi esposa, o te atreves siquiera a mirar en su dirección, te descuartizaré.

—Cannon... —dijo Anthony, sin aliento— seamos... civilizados...

—Me temo que no puedo ser civilizado cuando se trata de mi mujer.

—Por favor —rogó Anthony, ahogándose a medida que la presión del brazo contra su cuello aumentaba.

—Hay otra cosa que quiero que te quede clara —prosiguió Ross en voz baja—: si le dices a alguien una sola palabra de tu pasado con Sophia te meteré personalmente en Newgate. No puedo retenerte allí más de tres días, por supuesto, pero eso puede parecer una eternidad cuando estás encerrado en una celda con seres que son más animales que personas. Antes de que te hayan soltado estarás maldiciendo a tu madre por haberte traído al mundo.

—No... —suplicó Anthony—. No diré nada... no la molestaré...

—Así me gusta —dijo Cannon en tono malévolo—. No te acercarás a mi mujer y ella olvidará que existes. Tu relación con los Cannon está acabada.

Anthony consiguió asentir.

Justo cuando pensó que se iba a desmayar, fue bruscamente liberado. Cayó al suelo, jadeando y ahogándose, y giró hacia un lado. Cuando finalmente logró recobrar la compostura, la brutal figura de Cannon había desaparecido. Temblando de miedo, se puso de pie y salió corriendo hacia la fila de carruajes que había en el camino delantero como si le fuera en ello la vida.

Sophia charlaba y reía con los invitados en el baile, pero por dentro sentía náuseas y confusión. El vaso de ponche que se había tomado no la había ayudado a relajarse. Se preguntaba ansiosa dónde podía estar su marido. Pensó en varias maneras de decirle a Ross lo de su encuentro con Anthony. Con toda probabilidad, aquello les arruinaría la velada tanto a ella como a él.

Nadie deseaba tener que enfrentarse con el ex amante de su esposa el día de su boda.

Justo cuando aquellos pensamientos se estaban volviendo más angustiosos, Sophia vio acercarse a su esposo. Estaba guapo y elegante, y su rostro contrastaba con su impecable corbata blanca. Llegó a la conclusión de que habría estado descansando con sus amigos en la sala de billares o la biblioteca, ya que no cabía duda de que algo lo había puesto de buen humor.

—Amor mío —la saludó Ross, agarrándole la mano enguantada y llevándosela a los labios.

—Hace rato que no te veo —dijo Sophia—. ¿Dónde has estado?

—He tenido que deshacerme de un roedor —dijo él en voz baja.

—¿Un roedor? —repitió ella, perpleja—. ¿No podía encargarse alguno de los sirvientes?

A Ross le brillaron los dientes al reír.

—De éste quería encargarme yo.

—Vaya —dijo Sophia, observando el pulido suelo del salón con preocupación—. ¿Crees que pueda haber más dando vueltas por aquí? Les gusta subirse a las faldas de las mujeres, ya sabes.

Sin dejar de sonreír, Ross le rodeó la cintura.

—Querida, el único que te hará cosquillas en los tobillos esta noche seré yo.

Sophia miró alrededor para asegurarse de que nadie los oía.

—Ross —dijo, nerviosa—, tengo... tengo que contarte algo.

—¿Que tu antiguo amante está aquí? Sí, ya lo sé.

—¿Cómo es posible? —repuso ella, atónita—. Nunca te dije su nombre completo.

—Vi tu cara cuando estabas hablando con él —sonrió Ross, satisfecho—. No te preocupes. Lyndhurst ya no puede hacerte daño, Sophia. Ahora eres mía.

Ella se fue relajando poco a poco en brazos de Ross, aliviada de saber que no tendría lugar ninguna explosión de celos ni habría un cruce de acusaciones amargas.

Qué hombre tan extraordinario era Ross, pensó en un arrebato de amor.

La mayoría de hombres le hubiera reprochado el hecho de no ser virgen y la habrían considerado material de segunda. Sin embargo, Ross siempre la trataba con respeto.

—No tienes que referirte a Anthony como a mi antiguo amante —señaló—. Sólo me causó dolor y vergüenza. Tú eres el único amante que he tenido jamás.

Ross inclinó la cabeza y besó a su mujer en la sien.

—No te preocupes, cariño; ya no te volverá a molestar. De hecho, creo que ha tenido que abandonar el baile precipitadamente.

Había algo en el tono de su marido que le hizo preguntarse si no habría hablado con Anthony.

—Ross —le preguntó, suspicaz—, en cuanto a ese roedor del que te has deshecho...

—El baile inicial ha comenzado —la interrumpió él, llevándola hacia la multitud de parejas que bailaban.

—Sí, pero no...

—Ven, tenemos que llevar la iniciativa.

Como Ross había esperado, Sophia estaba distraída.

—No estoy segura de que pueda —dijo ella—. He contemplado esto alguna vez, pero nunca he tenido oportunidad de intentarlo.

—Es muy fácil —murmuró Ross, colocando la mano de Sophia en su brazo—; limítate a seguirme.

Aunque llevaban guantes, Sophia sintió un escalofrío al notar el contacto de los dedos de Ross.

Observó el rostro de su marido y, con un repentino nudo en la garganta, dijo:

—Te seguiría a todas partes.

Las espesas pestañas de Ross cubrían sus ojos grisáceos. Sophia sintió el inmediato deseo de estar a solas con él.

—Tres horas —dijo su esposo, como si hablase para sí mismo.

—¿Cómo? —preguntó Sophia.

—Quedan tres horas para la medianoche. Entonces subirás al primer piso y yo me reuniré contigo poco después.

—¿No es un poco temprano para retirarse de un baile como éste? Tengo la impresión de que habrá parejas que se quedarán bailando hasta el amanecer.

—Nosotros no seremos una de ellas —le aseguró Ross, acompañándola al salón—. Se me ocurre una manera mejor de pasar el resto de la velada.

—¿Durmiendo? —preguntó Sophia con fingida inocencia.

Ross inclinó la cabeza para susurrarle su alternativa, y sonrió al ver el intenso rubor que invadía las mejillas de su esposa.

16

Ross no pudo evitar sentirse irritado tras su vuelta a Bow Street, cuando la media docena de agentes se reunió para felicitarlo por su matrimonio. Éstos insistieron en ejercer su derecho de besar a la novia y, uno tras otro, fueron inclinándose sobre Sophia de un modo más fraternal que amoroso. Sin embargo, Ross frunció el entrecejo cuando finalmente pudo recuperar a su mujer, risueña.

—Ahora volved al trabajo —les dijo a sus hombres, dirigiéndoles una mirada severa.

Los agentes salieron a regañadientes del número cuatro de Bow Street, pero no antes de que Eddie Sayer le dijese una última cosa a Sophia:

—Haga lo que pueda para cambiarle ese humor. Es usted nuestra única esperanza, milady.

Riendo, Sophia abrazó a Ross por el cuello y le dio un beso en la boca.

—Vamos... ¿servirá esto para calmarte?

Ross esbozó una sonrisa renuente y besó a Sophia apasionadamente.

—Me temo que tendrá el efecto contrario; pero no te detengas.

Ella lo miró de forma provocativa con los ojos entrecerrados.

—Basta de besos hasta la noche; tienes trabajo que hacer.

—Ya se ocupará Morgan de eso. Sólo me quedaré aquí lo suficiente para resolver unos pequeños detalles. Luego, tú y yo iremos a dar un paseo.

—¿Qué tipo de paseo? —preguntó Sophia, suspirando cuando Ross la besó en el cuello, moviendo sus labios hasta llegar a la oreja.

—Vamos a ir a ver algo.

—¿Algo grande o pequeño?

—Grande —contestó Ross, acariciándole el cuello con la nariz—, bastante grande.

—¿Qué tipo de...? —Sophia comenzó a hablar, pero él la hizo callar con un beso.

—Basta de preguntas. Prepárate para salir en una hora.

Aunque Sophia supuso que Ross se retrasaría a causa del trabajo, su esposo volvió por ella al cabo de una hora exacta y la acompañó al coche.

Sophia lo acribilló a preguntas, pero Ross se comportaba de manera odiosamente taciturna, negándose a darle cualquier pista sobre aquella misteriosa salida. El carruaje iba en dirección oeste. Sophia levantó una esquina de la fina cortina que cubría la ventanilla y observó el paisaje. Estaban pasando junto a espectaculares arcadas y tiendas donde se vendían productos de lujo, entre ellas sastrerías, orfebrerías, botonerías, perfumerías e incluso una plumería que tenía el extraño nombre de Plumassier.

Aquélla era una zona de Londres que Sophia no había visitado nunca y se quedó fascinada con la enorme cantidad de gente bien vestida que paseaba por la calle. Damas y caballeros distinguidos que iban a las confiterías a tomar helados, que paseaban por los jardines o que se detenían frente a los escaparates de una imprenta para contemplar una serie de láminas decorativas. Era un mundo totalmente diferente al de Bow Street y, aun así, situado a poca distancia.

El carruaje se introdujo en Mayfair, el barrio más elegante de la ciudad, donde se erigían grandes mansiones familiares. Se detuvieron en Berkeley Square, frente a una casa de tres plantas de diseño clásico. Las grandes ventanas de cristal le daban a la blanca fachada de piedra un aspecto de ligereza y, al mismo tiempo, de grandiosidad. Un sirviente abrió la puerta del carruaje y bajó los escalones para que Sophia pudiera descender. Ross le dio un juego de llaves a otro lacayo, que subió los peldaños de la entrada rápidamente.

—¿Vamos a visitar a alguien? —preguntó Sophia, contemplando la casa con admiración.

—No precisamente —respondió Ross, apoyándole una mano en la espalda y conduciéndola a la puerta de entrada.

—Esta casa es propiedad de lord Cobham, un amigo de mi abuelo. El hombre reside en la localidad principal de su condado y ha decidido alquilar este lugar, ya que permanece en desuso la mayor parte del año.

—¿Por qué estamos aquí? —quiso saber Sophia, entrando en el elegante recibidor de mármol, carente de muebles y de cualquier clase de decoración, con bellas columnas de lapislázuli que contrastaban con las paredes blancas.

Ross se unió a ella, observando los calados dorados en los techos, de más de seis metros de altura.

—Pensaba que si este lugar te gusta podemos instalarnos aquí hasta que construyamos nuestra propia casa —le dijo Ross, y añadió en un leve tono de disculpa—: No está amueblada porque Cobham se llevó la mayoría de sus reliquias de familia a su residencia en el campo. Si nos quedamos con ella, tendrás que decorarla.

Sophia se quedó sin habla y se limitó a mirar alrededor, maravillada.

Como Ross vio que ella no contestaba, prosiguió.

—Si no te gusta —le dijo con tono de decepción—, sólo tienes que decírmelo. Podemos mirar otras residencias.

—No, no —dijo Sophia, casi sin aliento—, por supuesto que me gusta; ¿cómo podría ser de otra manera? Lo que pasa es que me has pillado desprevenida. Pensaba... pensaba que íbamos a vivir en Bow Street.

Ross la miró anonadado y divertido por la idea.

—Dios nos libre. Mi esposa no vivirá en un juzgado. Un lugar como éste es mucho más adecuado, por no decir cómodo.

—Es enorme —comentó Sophia, dubitativa, pensando que la palabra «cómodo» sería más apropiada para definir una casita acogedora o una pequeña vivienda en la ciudad—. Ross —le dijo con cautela—, con el tiempo que te pasas trabajando en Bow Street, no creo que me guste estar sola en un lugar tan grande. Quizá podríamos buscar alguna casita bonita en King Street.

—No vas a estar sola —le aseguró Ross—. Ya he dedicado suficiente tiempo de mi vida a Bow Street. Voy a reorganizar la oficina para que pueda funcionar sin mí; luego recomendaré a Morgan como nuevo magistrado jefe y me retiraré.

—Pero ¿qué vas a hacer? —le preguntó Sophia con preocupación, consciente de que él era demasiado activo como para a llevar una vida de indolencia.

—Tengo más de una causa reformista con la que ocupar mi tiempo y necesito dedicar más tiempo a administrar Silverhill Park. También tengo planeado comprar participaciones de una nueva compañía de ferrocarril de Stockton, a pesar de que sabe Dios que mi madre sufrirá una apoplejía al enterarse de semejantes proyectos mercantiles —dijo Ross, y se acercó a su mujer de tal forma que las faldas de Sophia se enredaron en las piernas y los pies de él. Ross inclinó la cabeza hasta que sus narices estuvieron casi pegadas—. Pero sobre todo —murmuró—, deseo estar a tu lado. He estado esperando este momento durante demasiado tiempo y juro por Dios que voy a disfrutarlo.

Sophia estaba de puntillas, rozando los labios contra los de él. Antes de que Ross pudiera besarla por completo, ella se apartó y lo miró con una sonrisa traviesa.

—Enséñame el resto de la casa —pidió.

La casa era realmente encantadora. Muchas de las habitaciones contaban con esquinas redondeadas y estaban equipadas con nichos y estanterías para libros empotradas. Las delicadas paredes color pastel estaban enmarcadas por molduras blancas y algunas partes estaban decoradas con dibujos de grifos alados y otras bestias mitológicas. Las chimeneas eran de mármol esculpido y los suelos estaban recubiertos con espesas alfombras francesas. Cada tanto iban encontrándose con muebles curiosos: un arcón en una habitación, un biombo japonés en otra... En una de las habitaciones traseras del segundo piso, Sophia descubrió un misterioso artefacto, algo parecido a una silla pero con una forma rara.

—¿Qué es esto? —preguntó, echando un vistazo al objeto.

Ross rió.

—Es un caballo de cámara. Hacía años que no veía uno. De hecho, desde que era un crío.

—¿Para qué sirve?

—Para hacer ejercicio. Mi abuelo tenía uno. Afirmaba que le fortalecía las piernas y le estrechaba la cintura.

Sophia miró a su marido, incrédula.

—¿Cómo es posible hacer ejercicio en una silla?

—Balanceándose en ella —dijo él, y sonrió al pensar en ello—. En los días de lluvia, cuando no había nada que hacer, Matthew y yo nos montábamos en la silla de mi abuelo durante horas —le contó, apretando el asiento, que había sido recubierto con varios cojines—. Esto está lleno de muelles y tablas divisorias; el aire sale expelido a través de los orificios que hay en los lados.

Ross se sentó en la silla con cuidado, aferrándose a los brazos de caoba y apoyando los pies en la tablilla que había delante de la silla. Se balanceó ligeramente, y la silla se movió arriba y abajo, emitiendo un crujido.

—Estás ridículo —comentó Sophia, riéndose ante la visión de aquel respetado juez sentado en aquel extraño artefacto—. Muy bien, acepto vivir en esta casa si me prometes deshacerte de esa cosa.

Ross la miró con sus ojos grises, de forma a la vez alegre y pensativa.

—No te precipites; puede que alguna vez quieras usarlo —le dijo, bajando una nota el tono de voz.

—Lo dudo —respondió Sophia, a la que le brillaban los ojos—. Si quisiese hacer ejercicio, daría un paseo.

—¿Sabes montar?

—Me temo que no; ni caballos de carne y hueso ni de cámara.

—Pues te voy a enseñar —Ross la miró ardientemente de la cabeza a los pies—. Quítate el vestido —le dijo luego, sorprendiéndola.

—¿Qué? —exclamó ella, sacudiendo la cabeza desconcertada—. ¿Aquí? ¿Ahora?

—Aquí y ahora —afirmó Ross. Se recostó contra el respaldo de la silla y colocó un pie en la tablilla. La maliciosa idea que reflejaba su mirada era inconfundible.

Sophia lo miró recelosa. Aunque aquello no la inhibía en absoluto, tenía dudas en lo referente a desnudarse en casa ajena y en pleno día, con la luz del sol entrando por las ventanas, que no tenían cortinas. Con cuidado pero con gracia, comenzó a desabrocharse el cuello del vestido.

—¿Y qué pasa si nos interrumpen?

—La casa está vacía.

—Sí, pero ¿y si algún sirviente entra a decirnos algo?

—Sabrán lo que es bueno —aseguró Ross, observando atentamente las manos de su esposa, que tanteaban el corpiño del vestido—. ¿Necesitas ayuda?

Sophia negó con la cabeza y se quitó los zapatos, sintiéndose terriblemente tímida. Se desabrochó el vestido, lo dejó caer al suelo y luego siguió con la parte delantera del corsé. Cuando se hubo quitado este último, se quedó vestida sólo con las bragas, las medias y una camisola que le llegaba hasta las rodillas. Tomó el dobladillo de la camisola y se lo recogió hasta la cintura, con lo que se ruborizó aún más. Hizo una pausa y miró la atenta cara de su marido.

—Sigue —la animó él.

Sophia se sentía como una fulana, allí, de pie ante Ross, como una de aquellas mujeres que cobraban por efectuar poses seductoras en algunos burdeles de lujo de Londres.

—Si no fueras mi marido, no haría esto —le aseguró ella, quitándose la prenda con un movimiento rápido.

Ross esbozó una sonrisa.

—Si no fueras mi mujer, no te lo pediría —respondió, moviendo la vista por la desnuda mitad superior del cuerpo de Sophia, centrándose en las curvas de los pechos y los duros montículos de los pezones. A Ross le cambió notablemente la respiración, y no paraba de mover los dedos sobre los apoyabrazos de la silla—. Ven hacia mí; no, no te cubras.

Sophia avanzó hasta ponerse delante de él. Se le puso carne de gallina al notar cómo Ross le tocaba el hombro con la yema de los dedos. Su mano, cálida, se movió hacia abajo, siguiendo la forma del pecho y acariciándole el pezón con el pulgar. Ella notó como él le bajaba las bragas, que se deslizaron sobre sus caderas y se posaron sobre el suelo. Sophia empezó a quitarse las ligas y las medias, pero Ross la tomó por la muñeca.

—No —dijo, con la voz algo ronca—. Me gusta cómo estás con las medias puestas.

Sophia dirigió la vista instantáneamente al notorio bulto que tenía su marido en la entrepierna.

—Eso parece.

Él sonrió y ejerció más presión sobre la muñeca de ella, atrayéndola hacia sí.

—Ponte en mi regazo.

Con cuidado, Sophia puso el pie sobre la tablilla; Ross la sujetó por la cintura y la levantó, y ella, emitiendo una risilla, cayó desplomada sobre su regazo y le abrazó el cuello. La silla crujió con estrépito y ambos se hundieron varios centímetros en el cojín.

—Esto no va a funcionar —exclamó Sophia, riendo.

—Ayúdame —le exigió Ross con firmeza, mirándola con ojos divertidos.

—Sí, señor —contestó ella, dejando que él le colocase las piernas a cada lado del artilugio, hasta que se le separaron de tal forma que quedó a merced absoluta de su marido.

Las risas de Sophia fueron desapareciendo gradualmente.

—Y tú, ¿te vas a quitar la ropa? —preguntó ella, dejando que Ross deslizase las manos bajo sus nalgas.

Ross la sujetó con fuerza y la levantó.

—No.

—Pero quiero...

—Shh.

Ross tomó uno de sus pezones con la boca y se puso a succionarlo dulce y cálidamente. Al mismo tiempo, fue moviendo los dedos por el interior de sus muslos, hasta que toparon con la mata de exquisito vello púbico. El caballo de cámara se balanceaba con cada movimiento que Sophia efectuaba, obligándola a sujetarse del cuello de Ross para mantener el equilibrio.

Él deslizó los dedos en el interior de su mujer y los movió hasta que la cavidad estuvo húmeda y palpitante. Sophia cerró los ojos a causa de la brillante luz que entraba por la ventana y apoyó la mejilla en la cabeza de Ross. A medida que éste le chupaba el pezón, ella sentía cómo el roce de la barba le abrasaba la piel sudorosa.

Demasiado excitada para seguir esperando, Sophia se inclinó e intentó desabrocharle los pantalones. Ross le apartó los dedos.

—Déjame a mí —le dijo, riendo levemente—, antes de que me arranques los botones.

Sophia se pegó a él, jadeando, mientras Ross se desabrochaba el pantalón y liberaba su turgente erección. Ross susurró algo y posicionó a su esposa sobre sus muslos, separándole las piernas hasta el ángulo adecuado. Ella descendió sobre su marido y gimió al sentir como éste la llenaba por completo. Sophia se aferró al abrigo de Ross, hundiendo los dedos en la suavidad de la tela.

—No te sueltes —le susurró él.

A continuación, Ross apoyó los pies en la tablilla y, con un repentino y electrizante brinco, se alzó varios centímetros de la silla. El movimiento hizo que su verga se hundiese aún más en Sophia, que gimió de placer.

Ross sonrió al fijarse en los ojos abiertos y desenfocados de su mujer. A Sophia se le habían enrojecido los pómulos, y el sudor le perlaba la piel. A Ross se le tensaron los muslos al apoyar los pies sobre la tabla una vez más, y luego los dejó caer de nuevo.

—¿Te encuentras bien? —le preguntó con un susurro—. ¿Es demasiado?

—No —respondió ella, tragando saliva—, hazlo de nuevo.

Ross comenzó a balancearse, provocando que la silla chirriase rítmicamente. Con cada contracción y expansión del cojín, se escapaba aire del mismo, sonando como un fuelle. Sophia se sujetaba con fuerza a su marido. Cada descenso del asiento hacía que la verga, tiesa y gruesa, se introdujese con más fuerza dentro de ella, una y otra vez, hasta que aquel movimiento incesante y agotador la hizo convulsionarse en un clímax interminable.

Sintiendo los espasmos de Sophia, Ross la empaló una última vez y soltó un gruñido de placer. Cuando, por fin, se apoyó en el respaldo de la silla con el cuerpo de su esposa entre sus brazos, ella se dejó caer sobre él, totalmente relajada. Sus cuerpos todavía estaban unidos y Sophia gimió al moverse Ross dentro de ella.

—Creo que nos quedaremos con la silla —murmuró Ross, con la boca pegada al cabello de Sophia—. Nunca se sabe cuándo necesitarás otra lección.

Sophia y Ross decidieron seguir viviendo en Bow Street hasta que la casa de alquiler estuviese correctamente amueblada. Mientras que ella se pasaba la mayor parte del tiempo comprando muebles y objetos varios, contratando sirvientes y probándose ropa durante horas interminables, Ross mantuvo su promesa de organizar su retirada. Sophia sabía que no le resultaría nada fácil abandonar el considerable poder que había acumulado a través de los años. Sin embargo, Ross no parecía en absoluto preocupado al respecto. Durante mucho tiempo, había encaminado su vida en una sola dirección, y ahora el camino se estaba bifurcando con nuevas posibilidades. Había sido un hombre terriblemente serio, que rara vez reía o sonreía. Ahora le resultaba mucho más fácil bromear y sonreír y desplegar todo su lado travieso, que a Sophia le resultaba encantador. Además, le hacía el amor con tal sensualidad que ella quedaba totalmente satisfecha.

Sophia era consciente de que, después de haber vivido bajo el mismo techo que Ross, conocía a su esposo bastante bien. Y cada vez se entendía mejor con él. Ross le confiaba sus sentimientos y pensamientos más íntimos y se mostraba ante ella tal como era, no como alguien que adoptaba una pose, sino como un hombre con miedos e inquietudes. Ross era capaz de cometer errores, y sentía demasiado a menudo que no alcanzaba sus propias expectativas.

Para frustración de Ross, sus planes de persuadir al Ministerio del Tesoro para que financiase la construcción de nuevos juzgados y la contratación de nuevos magistrados para Middlesex, Westminster, Surrey, Hertfordshire y Kent habían fracasado. Parecía que el gobierno no estaba convencido de que tales cambios fueran necesarios y que prefería pagar a un solo hombre para que se ocupase de aquel enorme conjunto de responsabilidades.

—La culpa es exclusivamente mía —le dijo a Sophia apenado, sentado en el dormitorio, junto al hogar, con una copa de brandy en la mano, bebiendo el licor sin saborearlo—. Me encargué de demostrar que yo era capaz de dirigirlo todo, y ahora el lord del tesoro no cree que sea necesario contratar a más hombres para la misma tarea. Estoy convencido de que Morgan es perfectamente capaz de sucederme en el cargo de magistrado jefe, pero no a expensas de su familia y de su vida privada.

—Solamente tú eras capaz de hacerte cargo de todo —le dijo Sophia, arrebatándole la copa vacía. Se sentó en el brazo del sillón y acarició el cabello castaño de su esposo, pasando los dedos por sus sienes plateadas—. De todas formas, semejante cantidad de trabajo te hacía sufrir, aunque eras demasiado testarudo para admitirlo.

Ross miró a su mujer y pareció relajarse un poco.

—Hasta que apareciste tú —le dijo—. Fue entonces cuando comprendí lo que le faltaba a mi vida.

—¿Comida y descanso? —sugirió ella, mirándolo con ternura.

—Entre otras cosas —respondió él, acariciándole el tobillo y subiendo hasta la rodilla—. Y ahora, nada podrá separarme de ti.

—Puede que te lleve algún tiempo asumir tantos cambios —le dijo Sophia, sin dejar de acariciarle el pelo—. Por mi parte, no hay ninguna prisa. Aunque te quiero todo para mí, esperaré el tiempo que haga falta.

Ross levantó la vista de nuevo y miró a su mujer con ternura.

—Yo no quiero esperar —declaró, describiendo círculos sobre la rodilla de Sophia. De repente, sonrió—. Tiene su gracia, ¿verdad? La gente se ha quejado durante años de todo el poder del que yo disponía, y ahora nadie quiere que me vaya. Hay quien me acusa de abandonar mis responsabilidades, y el gobierno me está ofreciendo toda clase de incentivos para lograr que me quede.

—Eso es porque sólo hay un sir Ross Cannon, y todo el mundo lo sabe —lo consoló Sophia, acariciándole la barbilla—. Y ahora me perteneces —añadió, satisfecha.

—Sí —dijo él, cerrando los ojos y besándole la palma de la mano—. Ha sido un día largo y agotador. Necesito algo que me haga olvidar de los fondos públicos y la reforma judicial.

—¿Más brandy? —le ofreció ella amablemente, poniéndose de pie.

El comentario le provocó a Ross una súbita carcajada.

—No, brandy no —dijo poniéndose de pie y reteniendo a Sophia por la muñeca, atrayéndola hacia sí—. Tengo en mente un remedio distinto.

Sophia sintió una repentina sensación de ansiedad, y se abrazó al cuello de su esposo.

—Lo que tú desees —le dijo—. Quiero ayudarte en lo que sea necesario.

Ross se rió del tono irónico de Sophia y la empujó hacia la cama.

—Me serás de gran ayuda —le aseguró, siguiéndola de cerca.

El hecho de que Sophia fuese objeto de tanta curiosidad, hacía que ella y Ross recibiesen invitaciones por parte de políticos, profesionales e incluso de distinguidos aristócratas. Sin embargo, ellos no aceptaban más que algunas, ya que ella tenía dificultades para adaptarse a su nueva vida. Después de haber trabajado tantos años como sirvienta, le costaba moverse con comodidad en círculos sociales elevados, con independencia de las personas. En la mayoría de recepciones se sentía extraña y tensa, aunque la madre de Ross le había asegurado que con el paso del tiempo se iría acostumbrando. En todo caso, le resultaba más fácil relacionarse con personas «de segundo nivel», como sir Grant y su esposa Victoria, y la multitud de gente normal que la rodeaba, mucho menos enrarecida que la de círculos sociales altos. Era gente menos pretenciosa y más consciente de cuestiones ordinarias como el precio del pan y las preocupaciones de los pobres.

Ross la ayudaba en gran medida a aliviar sus inquietudes. Nunca menospreciaba sus miedos ni perdía la paciencia con ella. Cuando Sophia deseaba hablar con él, Ross no tenía inconveniente en interrumpir lo que fuera que estuviera haciendo, por muy importante que fuera. Las noches que asistían a una velada o que iban al teatro, Ross la trataba con tanta atención que las otras mujeres constataban con amargura que sus maridos no se preocupaban por ellas ni mitad que aquel hombre. Uno de los temas de conversación más candentes era cuán cambiado estaba sir Ross, y cómo era posible que un caballero tan serio se hubiera transformado en un marido tan adorable. Sophia pensaba que la razón que se escondía tras la devoción de Ross por ella era muy simple: después de haber estado solo tanto tiempo, se había ganado a pulso la capacidad de poder apreciar mucho mejor los placeres del matrimonio, y él no se tomaba esa felicidad a la ligera. Incluso era posible que, en un rincón de su corazón, Ross temiera que todo aquello le pudiese ser arrebatado en un abrir y cerrar de ojos, como le había sucedido con Eleanor.

Los fines de semana, a menudo iban a Silverhill Park, donde asistían a fiestas, iban de picnic o simplemente daban paseos por el campo para gozar del aire fresco y del paisaje espectacularmente verde. Catherine Cannon adoraba divertirse y en los meses de verano la mansión estaba llena de amigos y conocidos. Sophia disfrutaba yendo allí, y acabó forjando una estrecha amistad con su suegra e incluso con Iona, su cuñada. A medida que se fueron conociendo, esta última fue perdiendo la timidez, aunque en sus pálidos ojos azules permaneció siempre una mirada de tristeza. Era obvio que su melancolía provenía de su matrimonio con Matthew. Iona llegó incluso a confiarle a Sophia que, antes de casarse, su marido parecía un hombre totalmente diferente.

—Era una persona encantadora —le dijo Iona, cuya amarga expresión desentonaba en un rostro tan angélico como el suyo.

Ella y Sophia estaban sentadas en sendas sillas colocadas frente a un muro de piedra cubierto de espléndidas rosas que florecían con fuerza bajo el cálido sol del verano. Enfrente de ellas había un pequeño jardín y una arcada cubierta de hiedra que daba a vastas extensiones de hierba verde.

Iona observaba con aire ausente el horizonte, mientras el sol iluminaba su perfil exquisito y convertía su cabello en un remolino de oro destellante.

—De todos los hombres que me cortejaban, Matthew era el más destacado. Yo adoraba su humor negro y, por supuesto, su aspecto. Era realmente encantador —dijo. Sus labios perfectos esbozaron una inexpresiva sonrisa. Hizo una pausa para tomar un largo trago de limonada y fue como si, al proseguir, el sabor ácido de la bebida perdurase en su boca—. Desgraciadamente, luego descubrí que algunos hombres sólo están interesados en la persecución, y que una vez consiguen su objeto de deseo, éste los deja indiferentes.

—Sí —dijo Sophia, pensando en Anthony—, yo también me he encontrado con ese tipo de hombre.

Iona sonrió resignada.

—Por supuesto, no soy ni muchísimo menos la única mujer que ha sufrido un desengaño amoroso. Tengo una vida cómoda y apacible, y Matthew no es un mal hombre, solamente un egocéntrico. Puede que si consiguiese atraerlo hacia la cama más a menudo me quedase embarazada; eso me supondría un gran consuelo.

—Espero que así sea —le dijo Sophia con franqueza—. Y puede que Matthew cambie. Sir Ross me ha dicho que se está ocupando bastante bien de sus nuevas responsabilidades.

Durante las últimas semanas, Ross había obligado a su hermano menor a reunirse regularmente con el administrador de fincas, para que éste le enseñase a llevar la contabilidad, la dirección, lo referente a la agricultura, los impuestos y todo lo que tuviese que ver con el mantenimiento de Silverhill Park. Aunque Matthew había protestado enérgicamente, no tuvo más remedio que cumplir con las órdenes de su hermano.

Iona utilizó una de sus uñas, largas y perfectamente alineadas, para quitar una mota de polvo que se había posado en el borde de su vaso.

—Supongo que si tú has podido cambiar a Ross de la forma en que lo has hecho, cabe la posibilidad de que yo haga lo propio.

—Bueno, yo no lo he cambiado —la corrigió Sophia.

—¡Por supuesto que sí! Nunca pensé que pudiera volver a ver a sir Ross tan enamorado. Antes de casarse contigo, casi le costaba decir dos palabras seguidas; ahora parece otro hombre. Es extraño; hasta hace poco, siempre le tuve algo de miedo. Era como si te atravesase con la mirada; seguro que ya sabes a qué me refiero.

—Sí, lo sé —dijo Sophia, esbozando una sonrisa.

—Y siempre tan reservado... Ross nunca baja la guardia delante de nadie, excepto de ti —dijo Iona entre suspiros, colocándose un mechón de su brillante cabello detrás de la oreja—. Solía pensar que de los dos hermanos, yo me había quedado con el mejor. A pesar de sus defectos, Matthew era humano, mientras que Ross parecía totalmente falto de pasión. Ahora ha quedado patente que tu marido no es el frío autómata que todos creíamos que era.

—No, está claro que no lo es —coincidió Sophia, ruborizándose.

—Te envidio por tener a un hombre que no se mantiene alejado de tu cama.

Estuvieron sentadas en silencio durante unos minutos, cada una perdida en sus propios pensamientos. Una abeja sobrevolaba las rosas con pereza, y se oía el leve sonido de la campanilla de los sirvientes procedente del interior de la casa. Sophia pensó con asombro en cuánto había cambiado en tan poco tiempo. No hacía mucho, pensaba que lo que más quería en el mundo era casarse con Anthony. Sin embargo, si se hubiese casado con él o con alguien parecido, ella se habría convertido en una persona igual que Iona: amarga, desilusionada y con pocas esperanzas de que el futuro fuese algo mejor. Gracias a Dios, pensó aliviada; gracias por no haberme concedido algunos deseos y por haberme guiado a un destino mucho más dulce.

Como cada vez iba haciendo más calor, los Cannon y sus invitados optaron por dormir la siesta o por descansar en el interior de la casa. Sin embargo, Ross no había dormido la siesta en su vida, y la sola idea de echarse a dormir en mitad del día le resultaba inconcebible.

—Vayamos a dar un paseo —le sugirió a Sophia.

—¿Un paseo? Pero si todo el mundo está descansando cómodamente dentro —protestó.

—Perfecto —dijo él—, tendremos todo el exterior para nosotros.

Sophia puso los ojos en blanco y fue a ponerse un vestido más cómodo. Luego acompañó a su marido a dar una vuelta por el campo. Caminaron en dirección al pueblo hasta que divisaron el campanario de la iglesia. Cuando se aproximaban a una hilera de nogales, Sophia decidió que ya había tenido bastante ejercicio. Exigiendo un poco de descanso, se colocaron bajo la sombra del árbol más grande.

Ross se sentó y abrazó a Sophia, abriéndose el cuello de la camisa para poder disfrutar de la poca brisa que había. Se pusieron a hablar sobre temas que iban desde lo más serio hasta lo más trivial. Sophia nunca había imaginado que un hombre fuese capaz de escuchar a una mujer como lo hacía su marido. Escuchaba con atención, se interesaba y nunca se burlaba de sus opiniones aunque no estuviese de acuerdo con ellas.

—¿Sabes? —le dijo fascinada, apoyada en su regazo y observando las hojas oscuras y grandes que tenían encima—, creo que hablar contigo me gusta incluso más que hacer el amor.

A Ross le cayó un mechón de pelo castaño sobre la frente al bajar la cabeza para mirarla.

—¿Eso es un piropo a mi capacidad de conversación, o una queja a mi forma de hacer el amor?

Sophia sonrió y le acarició el pecho.

—Sabes que nunca me quejaría de eso. Lo que pasa es que nunca pensé que tendría esta clase de relación con mi marido.

—Y ¿qué esperabas? —repuso Ross, visiblemente entretenido.

—Bueno, ya sabes, lo normal; que hablaríamos de cosas sin importancia, nada inapropiado, y que estaríamos cada uno en nuestra zona de la casa, y que pasaríamos la mayor parte del tiempo separados. Que vendrías a mi habitación algunas noches, y que, por supuesto, te consultaría antes de hacer según qué cosas —explicó Sophia, hizo una pausa al ver la extraña mirada de su marido.

—Mmm...

—¿Qué? —preguntó ella, inquieta—. ¿Acaso he dicho algo inconveniente?

—No —contestó él con expresión contemplativa—. Ocurre que me acabas de describir el tipo de matrimonio que tuve con Eleanor.

Sophia se incorporó y le acarició el alborotado cabello. Ross mencionaba a su primera esposa tan poco que a menudo a ella se le olvidaba que él ya había estado casado. Ross parecía pertenecerle de tal forma que le costaba imaginárselo viviendo con otra mujer, amándola y abrazándola. Sintiendo la aguda mordedura de los celos, Sophia trató de serenarse.

—¿Fue una relación agradable?

—Supongo que sí —dijo él, pensativo—, pero dudo que ahora me sintiera satisfecho con eso. El tiempo me ha hecho buscar algo diferente en una relación. —Ross se quedó pensativo un buen rato y luego añadió—: Eleanor era una buena esposa, pero era tan delicada...

Sophia arrancó unas hebras de hierba y las examinó atentamente, haciéndolas girar entre sus dedos. Se preguntó qué le había hecho sentirse atraído por una mujer tan extremadamente frágil y delicada. No parecía ni mucho menos la pareja idónea para alguien tan emprendedor como Ross.

De alguna manera, éste consiguió leerle el pensamiento.

—Eleanor apelaba a mi sentido protector —dijo—. Era encantadora, frágil e indefensa. Todo aquel que la veía sentía la necesidad de protegerla.

Los celos invadieron a Sophia a pesar de sus esfuerzos por evitarlo.

—Y, naturalmente, no pudiste resistirlo.

—No —dijo Ross, levantando una rodilla y apoyando el brazo en ella, mirando cómo Sophia seguía arrancando hierba. La tensión que había en ella debió de resultarle evidente, ya que al cabo de un momento le preguntó suavemente—: ¿En qué estás pensando?

Sophia sacudió la cabeza, sintiendo vergüenza por la pregunta que acudió a su mente, una pregunta que no venía al caso y que, obviamente, era fruto de los celos.

—En nada.

—Dime —la animó Ross, posando la mano sobre los dedos de Sophia, que seguía arrancando hierba—; me ibas a preguntar sobre Eleanor.

Ella lo miró y se ruborizó.

—Me estaba preguntando cómo alguien tan frágil pudo haberte satisfecho en la cama.

Ross se quedó muy quieto y una ligera brisa le levantó el mechón que le caía sobre la frente. Su rostro reflejaba que aquella pregunta lo había consternado; él era demasiado caballero como para contestarla, ya que nunca sería capaz de deshonrar la memoria de su fallecida esposa. Sin embargo, cuando sus miradas se encontraron, ella pudo leer la respuesta en sus ojos, y se sintió increíblemente aliviada. Sintiéndose más tranquila, Sophia acarició los dedos de su marido.

Él se inclinó sobre ella y la besó con ternura. Aunque no pretendía que ella se tomara aquel gesto como una iniciativa sexual, el sabor de los labios de Ross resultaba tan embriagador que Sophia le pasó la mano por detrás del cuello y lo besó apasionadamente. Ross la puso de nuevo sobre su regazo y se aprovechó de la invitación de su mujer. Ella le pasó los brazos por la espalda, recorriendo sus sólidos músculos, y suspiró al notar bajo ella la incipiente erección.

La leve risa de su marido le hizo cosquillas en la oreja.

—Sophia... —dijo él— me vas a matar.

Ella adoraba la manera en que Ross la miraba, aquel fuego que bailaba en sus ojos.

—Me cuesta creer que un hombre con tu apetito pueda haber permanecido célibe durante cinco años —le dijo Sophia, con la voz tomada por la pasión.

—No estuve célibe todo el tiempo —admitió.

—¿No? —dijo Sophia, sobresaltada—. Nunca me lo has contado. ¿Con quién te acostabas?

Ross le quitó la peineta de concha de tortuga del pelo y le pasó los dedos por los rizados mechones dorados.

—Con la viuda de un viejo amigo. Durante el primer año después de la muerte de Eleanor ni siquiera podía contemplar la posibilidad de hacer el amor con otra mujer. Sin embargo, con el tiempo fui sintiendo necesidades... —Hizo una pausa, sin dejar de acariciarle el pelo a Sophia. Ross parecía incómodo.

—¿Sí? —le dijo ella—. ¿Fue entonces cuando comenzaste a mantener relaciones con esa mujer?

Él asintió.

—Se sentía tan sola como yo, y estaba deseosa de intimar con alguien, así que nos fuimos viendo discretamente durante cuatro meses, hasta que...

—¿Qué?

—Un día, se puso a llorar después de... —Se sonrojó—. Me dijo que se había enamorado de mí, y que si yo no sentía lo mismo que ella, no podíamos seguir con ese romance, ya que le resultaría demasiado doloroso.

—Pobrecilla —dijo Sophia, compadeciéndose sinceramente de la viuda—. Y la relación se terminó.

—Sí, y sentí mucha culpa y dolor por todo el sufrimiento que le había causado. También aprendí algo; aunque nuestra aventura fue muy placentera, no era lo mismo sin amor. Por tanto, decidí esperar hasta dar con la mujer adecuada; eso fue hace tres años. El tiempo pasó rápido, sobre todo porque estaba muy ocupado con mi trabajo.

—Pero debe de haber habido noches en que debió de ser imposible aguantar —dijo Sophia—. Un hombre con tu físico...

Ross sonrió con picardía, pero no le devolvió la mirada.

—Bueno, hay modos en que un hombre puede resolver este problema por sí mismo.

—Quieres decir que te...

Ross la miró, y un ligero toque de color apareció en sus pómulos.

—¿Tú no?

Sophia trató de responder. Sobre ellos se podía oír el sonido de las hojas agitándose y el inocente canto de un pájaro.

—Sí —admitió finalmente—. Poco después de que te disparasen. ¿Recuerdas aquella mañana que me besaste y me metiste en tu cama y que casi...? —Sophia se ruborizó por completo—. Después de aquello, no podía parar de pensar en la forma en que me habías tocado, y una noche las sensaciones eran tan insoportables que... —Muerta de vergüenza, se llevó las manos a la cara.

Ross le revolvió el cabello con la mano y le inclinó la cabeza hacia atrás, sonriendo y besándola. Sophia, todavía ruborizada, trató de relajarse sobre el regazo de su marido, cerrando los ojos contra los rayos de sol que se colaban entre las ramas de los árboles. Ross le dio besos lentos y suaves, y ella no dijo nada cuando notó cómo Ross comenzaba a desabrocharle la ropa. Las manos de éste se deslizaron bajo el vestido de Sophia, acariciando sus pechos, sus muslos y sus caderas.

—Muéstrame cómo lo haces —le pidió Ross con un susurro, besándole el cuello.

—¿El qué?

—Cómo te das placer.

—No —respondió Sophia, riendo con nerviosismo ante aquella petición.

Sin embargo, Ross insistió y suplicó hasta que ella accedió con un suspiro de resignación. Con la mano temblándole, las bragas bajadas hasta las rodillas y el vestido subido por la cintura, Sophia alcanzó el lugar que Ross había dejado al descubierto.

—Aquí —dijo ella, respirando con agitación.

Ross apoyó levemente los dedos sobre los de ella, siguiendo el movimiento lento y sutil de la mano de su esposa. Ella apartó la mano, y él siguió acariciándola.

—¿Así? —murmuró.

Sophia se acurrucó en el regazo de su marido, respirando con demasiada fuerza como para poder hablar.

Ross esbozó una tierna sonrisa al ver la cara de placer de ella.

—¿No es mejor esto que dormir la siesta? —le preguntó, moviendo los dedos con delicadeza.

De repente, totalmente entregada a sus sensaciones, Sophia se estremeció, dejando que el placer fluyera a través de ella como un río sin fin.

El único obstáculo en la felicidad de Sophia era la creciente preocupación que sentía por su hermano. Nick seguía abriéndose camino a través de Londres, tan a sus anchas como siempre, actuando alternativamente como un criminal en toda regla y otras dirigiendo cacerías de delincuentes. La sociedad estaba dividida en cuanto a su opinión sobre él. La mayoría todavía lo tenía como un valiente benefactor público, debido a su habilidad para perseguir y atrapar ladrones y para convencer a los miembros de las bandas de que se delataran unos a otros. Sin embargo, un pequeño pero creciente número de ciudadanos comenzaba a condenar sus métodos corruptos. Estaba claro que, a pesar del poder que tenía en los bajos fondos, su trono no era estable en absoluto.

Después de que Sophia hubiera enviado a Nick la información que éste le había exigido, su hermano no volvió a pedirle nada más, ni volvió a mencionar la posibilidad de chantajearla. De vez en cuando le mandaba notas en que expresaba su devoción como hermano, a través de un recadero que se las arreglaba para no ser descubierto. A Sophia le partía el corazón leer tales notas, ya que la falta de educación de su hermano era más que evidente. Su escritura era torpe y llena de faltas de ortografía, pero mostraba su inteligencia viva y su cariño por ella. Las notas le daban a Sophia una idea del tipo de hombre en que podría haberse convertido su hermano. Pensaba con tristeza que John podría haber utilizado su ambición y su inteligencia para buenos propósitos, en lugar de para objetivos perversos. En cambio, su hermano estaba muy ocupado desarrollando una extensa red de espías y delatores por todo Londres. Además, dirigía una banda de contrabandistas que traficaba con grandes cantidades de artículos de lujo y los distribuía por la ciudad con una eficiencia asombrosa. Nick era astuto, audaz y despiadado, una combinación que lo convertía en zar del crimen. Y lo que Ross no le había confesado a Sophia (pero que de todas formas estaba perfectamente claro), era que quería acabar con Gentry antes de retirarse.

Pronto, la inquietud que sentía Sophia por su hermano quedó temporalmente apartada por un descubrimiento que la llenaba de excitación. Antes de contárselo a Ross, hizo que Eliza le preparase uno de sus platos favoritos, salmón asado con salsa de limón y perejil, y se puso un vestido turquesa con encaje en el cuello y las mangas. Al anochecer, cuando Ross volvió a Bow Street después de haber salido a llevar a cabo una investigación, quedó gratamente sorprendido al ver una pequeña mesa preparada junto a la ventana, con la cena esperando bajo cubiertas de plata. Sophia había iluminado la habitación con velas y lo recibió con una ancha sonrisa.

—Esto es lo que debería esperar a todo hombre cuando vuelve a casa —dijo él, rodeándole la cintura y plantándole un apasionado beso en los labios—. Pero ¿por qué hoy no cenamos en la planta baja, como siempre?

—Tenemos algo que celebrar.

Ross miró a su mujer, pensando qué sería ese misterioso «algo». Poco a poco, su mirada se fue tornando temerosa, como si intuyese qué le iba a decir Sophia.

—¿Adivinas el qué? —le preguntó ella.

—Me temo que no, amor mío —contestó él—. Tendrás que decírmelo tú.

Ella le cogió la mano y se la apretó con fuerza.

—Dentro de nueve meses, la familia Cannon contará con otro miembro.

Para sorpresa de Sophia, Ross se quedó helado por un instante, camuflando rápidamente su reacción con una sonrisa y un abrazo.

—Cariño —le dijo—, ¡qué magnífica noticia! Aunque no me sorprende después de lo que hemos estado haciendo estos últimos tres meses.

Sophia rió y abrazó a su marido con fuerza.

—¡Estoy tan contenta! He ido a ver al doctor Linley; me ha dicho que estoy en plena forma y que no hay nada de lo que preocuparse.

—No dudo lo más mínimo de su opinión —dijo Ross, besándola con ternura en la frente—. ¿Te encuentras bien?

—Sí —afirmó ella.

Sophia se apartó y esbozó una sonrisa, notando que había algo que no iba bien, aunque no sabía el qué. No cabía duda de que Ross se había tomado la noticia bastante bien. Sin embargo, ella había esperado que reaccionase con más entusiasmo. Aunque quizá, pensó, no era más que una de las muchas diferencias entre el hombre y la mujer. Después de todo, para muchos hombres, todo lo relativo a tener hijos y su crianza era territorio exclusivo de la mujer.

Una vez sentados a la mesa, la conversación fue desde el tema del embarazo hasta la casa a la que pronto se mudarían. Tendrían que preparar una habitación para el niño y, por supuesto, tendrían que contratar a una niñera. Mientras comían y hablaban, Sophia no dejó de mirar a Ross, sintiendo que éste le estaba ocultando algo. Los ojos de su marido no revelaban nada y, a la luz de las velas, su rostro parecía esculpido en bronce.

Cuando terminaron de cenar, Sophia se puso de pie y de desperezó.

—Es tarde —dijo con un bostezo—. ¿Vendrás a la cama ahora?

Ross sacudió la cabeza.

—Todavía no tengo sueño. Saldré a dar un paseo.

—De acuerdo —respondió ella, sonriendo de forma incierta—. Te estaré esperando.

Ross salió de la casa como si estuviera escapando de una prisión. Frunciendo el entrecejo por la extraña actitud de su esposo, Sophia fue hasta el dormitorio y se lavó la cara con agua fría. Cuando comenzó a desabrocharse el corpiño para darse un baño, algo la hizo ir hasta la ventana. Corrió la cortina y se fijó en el patio que había tras los dos edificios del número cuatro. Allí estaba Ross, iluminado por la luna. El blanco impoluto de las mangas de su camisa contrastaba con el brillo de su chaleco.

Sophia se quedó perpleja al ver que sostenía un cigarro y lo que parecía una caja de cerillas. Ross casi nunca fumaba y, cuando lo hacía, se trataba de un ritual social llevado a cabo en compañía de otras personas. Ross encendió el fósforo y se lo llevó al cigarro, pero le temblaban las manos y la llama se agitaba sin conseguir encenderlo.

Sophia pensó con asombro que su marido estaba molesto. No disgustado pero sí inquieto, cosa que ella nunca le había visto. Rápidamente, volvió a abrocharse el corpiño y bajó las escaleras. ¡Qué estúpida había sido al no darse cuenta del efecto que tendría en su marido la noticia del embarazo! Ross había quedado traumatizado porque su primera esposa había muerto al dar a luz, y ahora debía de ser como si aquella horrible experiencia se estuviese repitiendo.

Como Ross era un hombre absolutamente racional, sin duda sabría que las posibilidades de que aquello volviese a ocurrir eran mínimas. Sin embargo, él no era diferente de otros hombres, y bien podía ocurrirle que sus emociones eclipsasen alguna vez su sentido común. Puede que nadie lo hubiera creído del invencible magistrado jefe, pero él también tenía sus miedos, y quizás éste era el más grande de todos.

Sophia atravesó la cocina y salió al patio. Ross estaba de espaldas a ella y se puso tenso al notar su presencia. Había desechado la posibilidad de fumar, y simplemente estaba de pie con las manos en los bolsillos, cabizbajo.

Sophia siguió acercándose.

—Quiero estar solo —le dijo él con un ligero gruñido.

Ella no se detuvo hasta abrazarle la espalda. Aunque

Ross podría haberla apartado con facilidad, se quedó inmóvil. Sophia notó cómo su marido temblaba como un lobo en cautividad, aterrorizado por su confinamiento, y sintió una tremenda compasión por él.

—Ross —le dijo en voz baja—, todo va a ir bien.

—Ya lo sé.

—Pues yo creo que no. —Apoyó la mejilla contra la espalda de su marido y abrazó con fuerza su esbelta cintura, tratando de dar con las palabras que lo reconfortasen—. Yo no soy delicada como Eleanor. Eso no ocurrirá de nuevo; tienes que creerme.

—Sí —coincidió él—, no hay razón para estar preocupado. —Dicho esto, sin embargo, siguió temblando y respirando con fuerza.

—Dime qué estás pensando —dijo ella—. Lo que piensas de verdad, no lo que crees que yo quiero oír.

Él se tomó tanto tiempo para contestar que Sophia pensó que no iba a hacerlo, hasta que comenzó a hablar, haciendo pausas para respirar.

—Sabía que esto iba a ocurrir... me había preparado... no hay motivo para tener miedo. Deseo este hijo, deseo que formemos una familia. Pero no importa lo que me diga a mí mismo; no puedo evitar recordar... ¡Dios, no sabes lo que fue aquello! —Se le quebró la voz y Sophia se dio cuenta de que aquellos oscuros recuerdos lo estaban corroyendo.

—Ross, date la vuelta y mírame —le pidió—, por favor.

Confuso, obedeció. Ella lo abrazó, aferrándose a su cuerpo cálido y robusto. Él la correspondió como si Sophia fuera un salvavidas, estrechándola en un gesto desesperado.

Sophia le acarició la espalda y le dio un beso en la oreja. Ross le apretó el cabello y la espalda con las manos, aferrándose a ella a la vez que rompía a sollozar desconsoladamente. Sophia colocó una mano en cada lado de la cara caliente y húmeda de su esposo y la apretó contra la suya propia. Las espesas pestañas de su marido estaban empapadas en lágrimas; era como si estuviese mirando a través de las puertas del averno. Sophia le besó los labios con ternura.

—Nunca más volverás a estar solo —le prometió—. Vamos a tener muchos niños sanos y fuertes, y nietos y envejeceremos juntos.

Él asintió, tratando de obligarse a creerla.

—Ross —prosiguió ella—, ¿verdad que yo no me parezco a Eleanor en absoluto?

—No —respondió él con voz ronca.

—Toda nuestra relación, desde que comenzó hasta ahora... en ningún momento ha sido similar a la que mantuviste con ella, ¿no es así?

—Por supuesto.

—Entonces ¿por qué crees que va a acabar de la misma manera?

Ross no contestó; se limitó a besarle la sien y a seguir aferrado desesperadamente a ella.

—No sé por qué Eleanor tuvo que morir de aquella manera —dijo Sophia—. No fue culpa suya y, ciertamente, tampoco tuya. Aquello escapaba a tu control. Hasta que no dejes de sentirte responsable por lo que ocurrió, seguirás amargado por el pasado. Y castigándote a ti, también me castigarás a mí.

—No —dijo él con un suspiro, acariciándole torpemente el pelo, el cuello y la espalda.

—El que te sientas culpable no le hace honor a su memoria —dijo Sophia, apartándose para mirar la expresión torturada de Ross—. Eleanor no hubiera querido que te sintieras mal por haberla amado.

—¡No lo hago!

—Entonces, demuéstralo —lo retó ella, con los ojos humedecidos por la emoción—. Vive como ella hubiera querido que lo hicieras, y deja de culparte.

Ross la estrechó de nuevo, y Sophia lo sostuvo con toda su fuerza. Él buscó desesperadamente los labios de su esposa, raspándole el rostro con sus mejillas ásperas, y la besó con avidez. Ella se abrió a él, aceptando su apasionado arranque. Las manos de Ross recorrieron el cuerpo de Sophia bruscamente, al tiempo que la emoción se transformaba en pura necesidad física.

—Vamos arriba —le pidió Ross—, por favor.

Gruñendo visceralmente, la levantó en brazos y se dirigió al interior de la casa, y no se detuvo hasta llegar al dormitorio.

17

Sophia se despertó sola y desnuda, en medio de las sábanas revueltas. Se había quedado dormida, pensó aturdida. Había mucho que hacer ese día: tenían que reunirse con el decorador y con el maestro jardinero y asistir a un almuerzo de caridad. Sin embargo, todo aquello no la preocupó ni la mitad de lo que debería haberla preocupado.

Esbozando una sonrisa soñolienta, se dio la vuelta y se puso boca abajo. En su cabeza revoloteaba el recuerdo de Ross haciéndole el amor. La había poseído innumerables veces, tan apasionadamente que ella había tenido que suplicarle que parase. Ahora le dolía todo el cuerpo; sentía en lugares íntimos el ardor que le había provocado el roce de la barba de Ross, y tenía los labios agrietados e hinchados por los besos. Por lo demás, se encontraba totalmente satisfecha, y notaba su cuerpo lleno de lujuriosa alegría.

Le pidió a Lucie que le preparase un baño de inmersión, y se tomó un buen rato en decidir con qué ropa iba a pasar el resto del día. Finalmente, se decidió por un vestido de seda color melocotón con surcos ondulados en la cintura y el dobladillo. Cuando el baño estuvo listo, se sumergió en el agua caliente con un suspiro, dejando que el calor le aliviase la piel y los músculos. Cuando hubo acabado, se vistió y se arregló el pelo con un nuevo estilo que estaba de moda: peinado hacia la derecha y con rizos cogidos a la izquierda.

Justo cuando iba a ponerse un sombrero decorado con tallos de hortensia, Lucie entró en sus aposentos.

—¿Has venido a vaciar la bañera? —le preguntó Sophia.

—Sí, milady, pero... acaba de llegar Ernest con un mensaje. Sir Ross pregunta por usted y le pide que vaya a su despacho.

Aquella petición no era normal, ya que Ross casi nunca mandaba llamarla a media mañana.

—Sí, por supuesto —dijo Sophia con calma, aunque en el fondo aquello la inquietaba—. Él debe de estar esperando frente a la casa. ¿Puedes decirle al chófer que me retrasaré unos minutos?

—Sí, milady —respondió Lucie, que hizo una reverencia y se fue.

Ernest esperaba en la planta baja para acompañarla al número tres de Bow Street.

—Ernest —le preguntó Sophia mientras cruzaban el patio—, ¿tienes idea de por qué quiere verme sir Ross?

—No, milady, aunque... ha habido mucha agitación esta mañana. Sayer ya ha tenido que salir dos veces, ¡y he oído que sir Grant ha ido a buscar al ejército para que vaya a Newgate y para que venga a proteger el edificio!

—¿Esperan que haya disturbios?

—¡Eso parece! —exclamó el chico, exaltado.

Un elevado número de agentes de la ley y de hombres armados iba entrando en el número tres de Bow Street. Varios grupos de hombres uniformados que ya había dentro inclinaron la cabeza y se quitaron el sombrero al pasar Sophia por delante de ellos. Ella se limitó a darles los buenos días y siguió junto a Ernest hasta que llegaron al despacho de sir Ross. Sophia le dijo al chico que esperase en el pasillo. Empujó la puerta medio abierta del despacho y vio a su marido delante del escritorio. Mirando por la ventana, de pie, estaba sir Grant Morgan, con una expresión austera en el rostro. Ambos se dieron la vuelta al oírla entrar y Ross la miró a los ojos. Durante un instante resurgió en ellos el recuerdo de la noche anterior, y Sophia notó cómo se le aceleraba el pulso.

Ross se acercó a ella y le cogió la mano con fuerza.

—Buenos días —le dijo en voz baja.

Sophia se obligó a sonreír.

—Supongo que vas a explicarme por qué hay tanta actividad hoy aquí.

Él asintió y respondió bruscamente.

—Quiero que te vayas a Silverhill; sólo unos días, hasta que considere que ya ha pasado el peligro.

—Eso quiere decir que esperas que haya problemas —repuso ella, preocupada.

—Hemos arrestado a Nick Gentry y lo hemos acusado de recibir y vender objetos robados. Ya tenemos a un testigo que ha presentado pruebas sólidas en su contra. He mandado a Gentry a King's Bench y me he reunido con el ministro de Justicia para que tenga un juicio justo. Sin embargo, si el proceso dura más de la cuenta, las masas se rebelarán de una forma que hará que los disturbios de Gordon parezcan la fiesta del Primero de Mayo. No quiero que vuelvas a Londres hasta que haya acabado todo.

Aunque poder condenar a Gentry era algo en lo que Ross había puesto todo su empeño, su tono de voz no sonaba triunfal.

Sophia se sintió como si le hubieran dado un puñetazo en el estómago. Tenía náuseas y le faltaba el aire. Se preguntó por qué su hermano tenía que ser un criminal tan conocido; si hubiera sido algo más discreto, podría haber prosperado en un relativo anonimato. Pero no, él tenía que ser famoso y ser el centro de todos los debates, dividiendo al público y burlándose de las fuerzas oficiales del orden en su cara. Nick se había ganado el que nadie fuese capaz de ayudarlo.

Sophia buscó a tientas la silla que tenía detrás de ella. Ross, viendo que a su mujer le pasaba algo, la ayudó a sentarse. Nervioso, se agachó frente a ella y observó su rostro lívido.

—¿Qué te ocurre? —le preguntó, cogiéndole las manos y notando que las tenía frías. El calor de los dedos de Ross no sirvió para quitarles el frío—. ¿Te encuentras mal? ¿Es por el bebé?

—No —contestó ella, mirando en otra dirección y tratando de ordenar sus frenéticos pensamientos. Era como si se le hubieran helado los huesos y como si el frío se extendiera por toda ella, haciendo que le doliese la piel. Incluso las caricias tiernas y familiares de Ross le dolían. Pensó en contarle la verdad sobre Nick, ya que el precio que tendría que pagar por mantener su silencio era demasiado alto. De todos modos, decir la verdad le iba a costar igual de caro. Decidiera lo que decidiese, su vida no volvería a ser la misma. Comenzaron a brotarle lágrimas de los ojos, hasta que el amado rostro de su marido no fue más que una mancha borrosa.

—¿Qué te pasa? —repitió Ross, cada vez más nervioso—. Sophia, ¿estás bien? ¿Quieres que llame al médico?

Ella sacudió la cabeza y tomó aire.

—Estoy bien.

—Entonces, ¿por qué...?

—¿No puedes hacer nada para ayudarlo? —le preguntó Sophia, desesperada.

—¿Ayudar a Gentry? ¿Por qué demonios quieres que lo ayude?

—Hay algo que no te he contado —dijo Sophia, y con la manga del vestido se restregó los ojos hasta que pudo enfocar correctamente—. Algo que descubrí justo antes de nuestra boda.

Ross guardó silencio, de cuclillas, aferrado a los brazos de la silla donde estaba sentada su esposa.

—Sigue —le dijo en voz baja.

Sophia vio por el rabillo del ojo que sir Grant hacía además de salir, para dejarlos solos.

—Espere —le dijo, por lo que Morgan se detuvo justo en el umbral—. Por favor, sir Grant, quédese. Creo que, teniendo en cuenta su posición en Bow Street, usted también debe saberlo.

Morgan dirigió una mirada interrogativa a Ross y volvió lentamente junto a la ventana, aunque era evidente que no quería quedarse allí.

Sophia se quedó mirando las manos fuertes que descansaban a cada lado de ella.

—¿Recuerdas cuando me dijiste que Gentry era quien me había regalado el collar de diamantes? —Ross asintió—. Yo ya lo sabía. Aquel mismo día, por la mañana, me encontré con Gentry junto a la tienda de Lannigan. Me... me hizo subir a su coche; y estuvimos hablando. —Hizo una pausa y observó cómo las manos bronceadas de su marido se aferraban a los brazos de la silla, hasta que sus nudillos se quedaron blancos. En el despacho reinaba un silencio sepulcral, sólo interrumpido por el sonido de la respiración controlada de Ross. La única manera de la que pudo proseguir Sophia fue empleando un tono llano y sin emoción—. Gentry me dijo que, cuando era joven, había estado en la misma prisión flotante que mi hermano. Me dijo cómo había sido aquello para John, lo que había tenido que sufrir... y después me lo contó. —Se detuvo, y luego prosiguió con voz rota—. Me dijo que John no había muerto, que se había hecho pasar por otro prisionero para así poder salir de allí en menos...

—Sophia —la cortó Ross suavemente, como si creyese que se había vuelto loca—, tu hermano está muerto.

Ella colocó sus manos sobre las de él, tensas y firmes, y lo miró a los ojos.

—No —le dijo—. Nick Gentry es mi hermano; él y John son la misma persona. Lo supe desde el instante en que me lo dijo. No podía engañarme, Ross; crecimos juntos, sabe lo mismo que yo sobre nuestro pasado y además, fíjate en él y verás el parecido. Tenemos los mismos ojos, las mismas facciones, los mismos...

Ross le apartó las manos y se alejó de ella como si quemase, con la respiración entrecortada.

—Dios mío —oyó ella que decía entre dientes.

Sophia se hundió en la silla, segura de que lo había perdido definitivamente. Ross nunca le perdonaría el haberle ocultado algo que tendría que haberle contado antes de haberse casado. Impertérrita, siguió narrando el resto de la conversación con su hermano, así como la información que él le había pedido que extrajese de los archivos. Ross estaba de espaldas a ella, apretando los puños con fuerza.

—Lo siento —concluyó Sophia—. Ojalá pudiera remediarlo. Debería haberte dicho lo de Nick tan pronto me enteré de que era mi hermano.

—¿Por qué me lo cuentas ahora? —replicó Ross con la voz ronca.

Ya no había nada que perder. Sophia miró un punto del suelo y respondió.

—Tenía la esperanza de que pudieras hacer algo por él.

Ross soltó una sonora carcajada.

—Aunque pudiese, de nada serviría. Gentry no tardaría mucho en volver a las andadas y yo me vería obligado a detenerlo de nuevo. Y dentro de un mes probablemente nos encontraríamos en la misma situación.

—No me importa lo que pueda pasar el mes que viene, sólo lo que pueda pasar hoy —declaró Sophia. Ross nunca sabría cuánto le costó a su esposa decir la siguiente frase—: No hagas que lo cuelguen —suplicó—. No puedo perder a John de nuevo. Haz algo.

—¿Hacer qué? —gruñó él.

—No lo sé. Encuentra algún modo de que siga vivo. Yo hablaré con él y lo convenceré de que tiene que cambiar, y quizá...

—Nunca cambiará.

—Salva a mi hermano sólo esta vez —insistió ella—. Pase lo que pase después, no te lo volveré a pedir.

Ross permaneció inmóvil y en silencio, con los músculos agarrotados.

—Lady Sophia —intervino Morgan con delicadeza—, quizá no debería hablar, pero me veo en la obligación de señalar el riesgo que asumiría sir Ross. Todos los ojos están puestos en Bow Street. Se está prestando mucha atención a cómo manejamos este asunto, y si se descubre que sir Ross se ha interpuesto en el camino de la ley, se vendría abajo su reputación y todo por lo que ha trabajado estos años. Además, la gente haría preguntas, y cuando saliese a la luz que Gentry es el cuñado del magistrado jefe, toda la familia Cannon sufriría las consecuencias.

—Lo entiendo —dijo Sophia. La presión que sentía en sus ojos era dolorosa, y tuvo que hincarse las uñas en las palmas para evitar llorar. Observó a su marido, que todavía rehusaba mirarla a los ojos.

Parecía que ya no había nada más que decir. Sophia salió del despacho en silencio, consciente de que le había pedido lo imposible. Y aún peor, lo había herido tan profundamente que dudaba que él fuera a perdonarla.

Los dos hombres se quedaron solos, y pasó un buen rato hasta que Morgan se decidió a hablar.

—Ross —le dijo. En todos los años que hacía que se conocían, nunca lo había llamado por su nombre de pila—, ¿cree que está diciendo la verdad?

—Pues claro —contestó él con amargura—. Es tan asombroso que tiene que ser verdad.

Cuando Sophia hubo salido del número tres de Bow Street, no supo muy bien qué hacer. De repente se sentía exhausta, como si hubiera estado varios días sin dormir. Desolada, trató de pensar qué haría Ross con ella. Con todos los conocidos y la influencia que tenía su marido en el ámbito de la política, seguramente le resultaría bastante fácil conseguir el divorcio. O quizá simplemente la instalara en algún lugar del país y se la quitara de la vista y de la cabeza. En todo caso, Sophia no se lo iba a reprochar. Sin embargo, no podía aceptar el que Ross fuera a rechazarla totalmente. Podía ser que él todavía sintiese algo de amor por ella, que todavía existiese alguna frágil base sobre la que pudieran reconstruir su relación, incluso si ésta resultaba ser un pálido reflejo de lo que había sido una vez.

Desanimada, fue a la habitación que una vez habían compartido y se puso ropa más cómoda. Sólo era mediodía, pero se sentía abrumadoramente cansada. Se acostó en la cama y cerró los ojos, agradeciendo el oscuro olvido que se cernía sobre ella.

Un buen rato más tarde, alguien entró en el dormitorio y la despertó. Sophia, confusa, se dio cuenta de que había dormido toda la tarde. La habitación estaba mucho más fresca, y a través de las cortinas, parcialmente corridas, vio que el sol se estaba poniendo. Se incorporó y vio a su marido cerrando la puerta con decisión.

Se miraron como dos gladiadores que hubieran entrado en la arena pero que no quisieran enfrentarse.

Ella fue la primera en hablar.

—Estoy segura de que... de que debes de estar furioso conmigo.

Siguió un largo silencio. Dando por hecho que iban a tener una conversación civilizada, Sophia se quedó atónita al ver que Ross se abalanzaba sobre ella en dos pasos rápidos y la abrazaba con fuerza. Su marido le acarició el cabello y la besó con brusquedad. Aquel doloroso beso no tenía otra intención que la de castigarla. Suspirando, Sophia se abandonó por completo a Ross, abriendo la boca para dejar paso a la agresiva embestida de su lengua, rindiéndose incondicionalmente a la furiosa pasión de su esposo. Sophia le dijo con sus labios y con su cuerpo que cualquier cosa que él quisiese de ella, se la ofrecería sin reservas. La falta de resistencia de Sophia pareció tranquilizar a Ross, que la besó con más suavidad, sin dejar de sostenerle la cabeza.

Sin embargo, el abrazo no duró mucho. Ross la soltó tan bruscamente como la había tomado entre sus brazos y se apartó unos centímetros. La miró con desconcierto y dolor, su cara arrebolada.

Entonces Sophia lo comprendió todo tan claro como si los pensamientos y sentimientos de Ross fuesen lo suyos propios. Le había engañado, había mantenido cosas en secreto y había abusado de su confianza. De todos modos, él todavía la amaba. Ross le hubiera perdonado cualquier cosa, incluso que matase. La amaba más que a su propio honor, más que a su propio orgullo. Para un hombre que siempre había sido tan dueño de sí mismo, darse cuenta de aquello resultaba desgarrador.

Sophia trató desesperadamente de convencerlo de que a partir de ahora ella sería absolutamente merecedora de su confianza.

—Déjame que te lo explique, por favor —le dijo, con voz ronca—. Quería decirte lo de Nick, pero no podía. Temía que una vez lo supieras...

—Pensabas que te rechazaría. —Sophia asintió, sintiendo como le ardían los ojos—. ¿Cuántas veces tendré que probarte mi amor? —le preguntó Ross, con el rostro desencajado—. ¿Acaso alguna vez te he echado en cara tus errores del pasado? ¿Alguna vez no he sido sincero contigo?

—No.

—Entonces, ¿cuándo vas a confiar en mí?

—Yo confío en ti —le dijo ella, sin aliento—, pero el miedo a perderte era más de lo que podía soportar.

—La única forma en que podrías perderme sería mintiéndome de nuevo.

Sophia parpadeó, y el corazón le dio un vuelco. Había algo en la voz de Ross que...

—¿Es demasiado tarde? —preguntó—. ¿Ya te he perdido?

Ross esbozó una mueca lúgubre.

—Estoy aquí, ¿no? —le dijo con ironía.

A Sophia le temblaban los labios, pero finalmente pudo pronunciar las palabras:

—Si todavía me quieres, prometo... prometo que nunca más volveré a mentirte.

—Eso representaría un cambio agradable —replicó él lacónicamente.

—Y que... que nunca más volveré a mantener cosas en secreto.

—También eso sería una buena idea.

A Sophia la inundó la esperanza al darse cuenta de que Ross estaba dispuesto a darle otra oportunidad. Furioso, pero dispuesto. Y sólo podía haber una razón para que su marido asumiera semejante riesgo.

Sophia se acercó a él con cautela. Mientras tanto, la habitación se iba oscureciendo y los edificios y las humaredas de Londres iban fracturando la decreciente luz del sol. Sophia apoyó las manos contra el pecho de su esposo, cubriendo con ternura el violento latir de su corazón. Ross se puso tenso, pero no se apartó.

—Gracias, Ross —murmuró.

—¿Por qué? —respondió él, impertérrito.

—Por amarme.

Sophia notó que a Ross le daba un vuelco el corazón al oír aquellas palabras, y al mismo tiempo se dio cuenta de que, hasta ese momento, él no había expresado lo que sentía por ella. Ross no había querido nombrar sus emociones. Sin dejar de mirarlo, pudo ver el resentimiento en sus ojos y la apremiante necesidad que le era imposible camuflar.

Sólo se le ocurrió una manera de aliviar el enfado de su marido, de reconfortarlo y de curar la herida de su orgullo.

Sophia, cuyos ojos color zafiro expresaban pesar, posó los labios sobre el cuello de Ross y se puso a desatarle la corbata, concentrándose en la tarea como si fuera algo trascendental. Cuando aflojó el nudo, quitó la cinta de seda cálida y oscura. Ross estaba tan rígido como una estatua de mármol, y su mente era un caos. Estaba claro que Sophia sabía que un revolcón no resolvería nada. Sin embargo, la espontaneidad de sus actos indicaba que estaba tratando de demostrarle algo.

Lo desnudó poco a poco, quitándole primero el abrigo, luego el chaleco y después la camisa, para finalmente agacharse a desabrocharle los zapatos.

—Sophia —dijo Ross suavemente.

—Déjame hacer —susurró ella.

Se puso de pie y pasó los dedos sobre el vello negro del pecho, penetrando en él con suavidad y acariciando la cálida piel de debajo. Se topó con los pezones, y los acarició suavemente hasta que estuvieron duros. Se inclinó y pasó la lengua alrededor de la areola, hasta que el pezón estuvo húmedo y sensible. Ross no pudo evitar emitir un gruñido cuando ella colocó la mano sobre el sólido bulto de la erección que escondían los pantalones y la movía poco a poco.

En ese momento, Sophia lo miró a los ojos.

—¿Te arrepientes de amarme? —susurró.

—No —contestó él con voz ronca. De alguna manera, Ross consiguió mantener el control mientras los esbeltos dedos de su mujer se introducían por la cintura de los pantalones.

—Quiero que sepas algo —le dijo ella, desabrochando el primer botón, y dejando al descubierto el hinchado glande. Inmediatamente, bajó los dedos al siguiente botón—. Te pertenezco más de lo que tú podrías pertenecerme nunca, Ross; te amo. —Él tuvo un escalofrío al oír aquellas palabras—. Te amo —repitió Sophia a propósito, desabrochando el cuarto botón.

Siguió con el resto hasta que el pantalón se abrió del todo, revelando por completo la erección de su marido. Cuidadosamente, tomó en sus manos la verga y la frotó. Se humedeció la punta de un dedo con la boca y luego trazó un húmedo círculo alrededor de la cúspide violácea. A Ross se le tensaron los muslos, y empezó a jadear a medida que la pasión se encendía y le recorría el cuerpo. Sophia bajó la cabeza hasta quedar justo encima del miembro empinado.

—Basta —dijo él, carraspeando—. Dios, no puedo...

—Dime qué tengo que hacer —le pidió ella, soltando el aliento sobre él.

La poca cordura que le quedaba a Ross se convirtió en cenizas al instante. Con las manos temblándole sobre la cabeza de Sophia, fue dándole instrucciones.

—Coloca la lengua sobre la punta... sí... ahora métela tanto como puedas en la... oh, Dios...

El fervor de Sophia maquillaba con creces su falta de experiencia. Hacía cosas que Eleanor jamás habría intentado. Estiró la carne palpitante, lamiéndola con su lengua aterciopelada, hasta que Ross cayó de rodillas y comenzó a quitarle la ropa, a arrancársela, y ella no pudo evitar reír al ver la brusquedad con que se movía él. Ross se puso a besarla en la boca con avidez, mientras ella intentaba ayudarle a quitarle el vestido rasgado.

Ross emitió un sonido de satisfacción al contemplar finalmente el cuerpo desnudo de su mujer. La levantó en brazos y la colocó sobre la cama, haciendo una pausa para quitarse los pantalones antes de reunirse con ella. Sophia, impaciente, se coló entre las piernas de su marido y, una vez más, se metió su sexo en la boca, resistiendo el esfuerzo que hacía aquél por levantarle la cabeza. Sin dejar de jadear, Ross se rindió a la manipulación de Sophia y recorrió con los dedos su largo cabello. Sin embargo, no estuvo del todo satisfecho; quería más, quería saborear el cuerpo de Sophia. Impaciente, la hizo volverse hasta encajar su cara entre los muslos de ella. Ross hundió el rostro en medio del vello íntimo de su mujer, sosteniéndola por los muslos mientras ella se estremecía, sorprendida.

Le recorrió el sexo con la lengua, lamiendo profundamente la grieta que había entre las húmedas dobleces; rápidamente, buscó el pequeño e hinchado montículo donde se concentraba el placer de Sophia. Cuando lo hubo encontrado, se puso a mordisquearlo y a chuparlo, notando cómo ella se tensaba a medida que se acercaba al clímax. Ross se detuvo y Sophia jadeó y suplicó, sin dejar de engullir el miembro de su esposo, que la llevó hasta el borde del orgasmo dos veces más, haciéndola sufrir, atormentándola hasta que ella respondía con gemidos desesperados.

Cada vez que Sophia engullía el sexo de Ross, éste hundía la lengua en el cuerpo de ella lo más profundo que podía, acoplando su ritmo al de ella, hasta que Sophia se estremeció con violencia al alcanzar el punto culminante del placer. Finalmente, y todavía con el sexo de Ross en la boca, Sophia gritó de dicha. Ross estaba a punto de llegar al orgasmo. Sin embargo, ella no se apartó de él, y las sedosas embestidas de su lengua fueron más de lo que Ross pudo soportar. Alcanzó el orgasmo, arqueándose y jadeando mientras era consumido por una explosión de puro fuego blanco.

Tras unos instantes, Sophia se dio la vuelta y se colocó sobre él, apoyando la cabeza en el pecho de Ross, que la abrazó con fuerza, besándole las sienes palpitantes.

—No me importa quién sea tu hermano —dijo—. Podría ser la encarnación del demonio y, aun así, seguiría amándote. Me gusta todo de ti. Nunca pensé que algún día sería tan feliz. Te amo tanto que no puedo concebir que algo se interponga entre nosotros.

—Nada se interpone entre nosotros ahora —dijo ella, fatigada, moviendo su cuerpo esbelto y mojado encima del de Ross.

Él separó las piernas para permitirle instalarse entre ellas, rozando el vientre de Sophia con la verga. Suspirando de alivio, Ross entrelazó las manos bajo la cabeza y miró a su esposa pensativo.

—Sophia —susurró—, no creo que haya ninguna manera de evitar que cuelguen a Gentry, y tampoco estoy particularmente dispuesto a dar con una. No puedo pasar por alto sus crímenes, incluso aunque se trate de tu hermano. La verdad es que tu hermano no tiene remedio; lo ha demostrado en varias ocasiones.

Sophia negó con la cabeza.

—Mi hermano ha tenido una vida muy difícil.

—Lo sé —dijo Ross, tan amablemente como pudo. Era obvio que los argumentos que utilizase contra Gentry no provocarían en Sophia y en él más que frustración. Ella nunca dejaría de pensar que el alma corrupta de su hermano podía salvarse. Ross esbozó una sonrisa y le acarició la barbilla—. Sólo tú serías capaz de seguir queriendo a un hermano que te ha chantajeado.

—Nadie le ha proporcionado nunca la oportunidad de cambiar. Si sólo le diesen la posibilidad de llevar una vida diferente... piensa en el tipo de hombre en que se convertiría.

—Me temo que mi imaginación no me lo permite —dijo Ross con ironía. Dándose la vuelta, se puso encima de Sophia, colocando sus muslos sobre los de ella—. Ya basta de Gentry; ya he pensado en él suficiente por hoy.

—De acuerdo —aceptó ella, aunque era evidente que deseaba seguir hablando de él—. ¿Qué haremos el resto de la velada?

—Tengo hambre —murmuró Ross, inclinando la cabeza sobre los pechos desnudos de su mujer—. Quiero cenar, y luego quiero más de ti —le dijo, cogiéndole uno de los pezones hinchados, suavemente, con los dientes—. ¿Te parece un buen plan?

Gracias a las medidas dispuestas por Ross, casi no hubo manifestaciones violentas de los partidarios de Nick Gentry. Al día siguiente de la detención, sin embargo, Ross esperó que hubiera algunas refriegas, por lo que hizo rodear Bow Street de soldados y tropas a caballo; por otra parte, una brigada de tres agentes y doce oficiales de la ley se encargó de despejar a los curiosos que trataban de reunirse frente a Newgate. Las familias de los jueces habían recibido instrucciones de instalar barricadas en sus casas, y se les había entregado armas a los empleados de banca, de las destilerías y de otros negocios. Sophia se había negado totalmente a irse al campo hasta que la situación estuviera bajo control. No quería encerrarse en Silverhill Park junto con Catherine, Iona y el abuelo de Ross mientras se estaba decidiendo el destino de su propio hermano.

Sophia se sentó en el salón privado del número cuatro, pensando frenéticamente en qué podía hacerse con su hermano, lo que le originó un molesto y palpitante dolor de cabeza. Ross no había almorzado; se limitaba a ir pidiendo que le subieran tazas de café, mientras los empleados iban y venían por el edificio. Se estaba haciendo de noche, y la ciudad estaba tomada por patrullas de a pie que no quitaban el ojo a los tugurios y las «casas seguras». Ernest, que se dirigía a Finsbury Square a entregar un mensaje a un juez, se detuvo antes en el número cuatro para darle a Sophia un breve informe de la situación.

—He oído a sir Ross y sir Grant comentar qué sorprendidos están de que la gente se haya tomado el arresto de Gentry con tanta calma. Sir Ross dice que es un indicio de que mucha gente ha cambiado de opinión respecto a ese hombre —dijo Ernest, sacudiendo la cabeza ante la deslealtad de las masas—. Pobre Black Dog —murmuró—. Son todos unos malditos ingratos.

De no haberse sentido tan desanimada, Sophia hubiera sonreído ante la enérgica defensa que hacía el joven de su admirado héroe.

—Gracias, Ernest —le dijo—. Ten cuidado cuando salgas; no me gustaría que te pasara algo.

El muchacho se ruborizó y esbozó una sonrisa ante la preocupación de Sophia.

—Tranquila, milady, ¡nadie me pondrá un dedo encima!

Ernest se fue corriendo, dejando a Sophia sola con sus pensamientos. El sol se puso, y Londres se sumió en el calor y la oscuridad de la noche. El aire olía a carbón y el viento del este soplaba con fuerza. Justo cuando Sophia estaba pensando en ponerse el camisón y meterse en la cama, Ross irrumpió en sus aposentos, sacándose la camisa mientras cruzaba el umbral.

—¿Qué tal va todo? —quiso saber Sophia, siguiendo a su marido al dormitorio—. ¿Cómo está mi hermano? ¿Se sabe algo de él? ¿Ha habido altercados junto a la prisión? ¡Voy a volverme loca si sigo sin saber nada!

—Todo está relativamente en calma —respondió Ross, vertiendo agua en el lavatorio. Sophia vio cómo a su marido se le flexionaban los músculos al echarse agua por la cara, el pecho y las axilas—. Tráeme una camisa limpia, ¿quieres?

Sophia lo hizo.

—¿Adónde vas? —le preguntó—. Tienes que comer algo, por lo menos un bocadillo...

—No tengo tiempo —murmuró Ross, abrochándose la camisa blanca de lino y remetiéndosela en los pantalones. Luego, con destreza, se colocó el cuello y se anudó la corbata—. Hace unos minutos se me ha ocurrido una idea. Me voy a Newgate; espero volver pronto. No me esperes despierta. Si tengo noticias importantes, te despertaré.

—¿Vas a ver a mi hermano? —preguntó Sophia, cogiendo rápidamente un chaleco bordado gris y colocándoselo a Ross para que pasara los brazos—. ¿Por qué? ¿Qué tienes en mente? ¡Quiero ir contigo!

—A Newgate no.

—Esperaré fuera, en el coche —insistió ella, desesperada—. Puedes darle pistolas al lacayo y al cochero. Además, hay patrullas dando vueltas alrededor de la prisión, ¿verdad? Estaré tan segura allí como aquí. Vamos, Ross; ¡me volveré loca si sigo esperando! Tienes que llevarme contigo, por favor. ¡Se trata de mi hermano!

Aturdido por aquel nervioso torrente de palabras, Ross observó a Sophia con seriedad e hizo una mueca. Ella sabía que él quería impedírselo, pero también que su marido era consciente de la angustia que ella sufría.

—Prométeme que te quedarás en el carruaje —dijo.

—¡Sí!

Sin desviar la mirada, Ross murmuró un juramento.

—Ponte la capa.

Temiendo que su esposo cambiara de parecer, Sophia obedeció sin rechistar.

—¿Qué idea es ésa? —le preguntó.

Ross sacudió la cabeza, negándose a contestar.

—Todavía me lo estoy pensando. Y además, no quiero darte esperanzas, ya que probablemente no funcione.

Newgate, que servía de residencia temporal a aquellos que estaban pendientes de juicio o de ser ejecutados, era conocida como «la jaula de piedra». Todo aquel que había visitado el lugar o que había estado preso entre sus muros, juraba que era el mismísimo infierno. En sus viejas paredes retumbaba el eco de los aullidos y quejas constantes de los reclusos, que estaban encerrados en sus celdas y encadenados como animales. No estaba permitido ningún tipo de muebles ni comodidades de ninguna clase, ni en los pabellones comunes ni en las celdas individuales. Los carceleros, que se suponía tenían que mantener el orden, eran a menudo corruptos, crueles, desequilibrados o una mezcla de las tres cosas. Una vez, después de dejar a un condenado en aquella prisión, Eddie Sayer había comentado en Bow Street que los guardianes lo habían asustado más que los propios internos.

Aunque los reclusos sufrían lo indecible con el frío inclemente del invierno, no era nada comparado con el hedor infernal que se generaba en los calurosos días del verano. Ejércitos de cucarachas se deslizaban por el suelo, mientras el carcelero jefe conducía a Ross hasta la celda de Nick Gentry, situada en el centro de la prisión y conocida como «el armario del diablo», del cual no había escapatoria.

A medida que avanzaban por uno de los laberínticos pasillos, los hombres iban aplastando insectos, y las ratas chillaban y huían al oír ruido de botas. Se oían lamentos distantes, provenientes de las celdas de los pisos inferiores. Ross se puso nervioso al pensar que le había dado permiso a su esposa para que esperase fuera, y se arrepintió terriblemente de haberla traído consigo. Sin embargo, le reconfortaba saber que la había dejado en compañía de un lacayo armado, del cochero y de dos agentes provistos de látigos y pistolas.

—Este Gentry es un tipo tranquilo —comentó Eldridge, el carcelero jefe, un individuo enorme y rechoncho de facciones bulbosas, que apestaba casi tanto como los presos. Tenía calva la parte superior de la cabeza pero, de los lados, le salían unos mechones largos y grasientos que le llegaban a la espalda. Eldridge era uno de los escasos carceleros que parecían disfrutar con su trabajo, posiblemente porque cada semana sacaba un buen pellizco vendiendo a algunos periódicos de Londres las experiencias de los prisioneros de Newgate, incluidas las confesiones finales de los condenados. No cabía duda de que se iba ganar una buena suma con sus relatos del infame Nick Gentry—. No ha dicho ni pío en todo el día —gruñó—. ¿Qué historia voy a vender si el tipo mantiene el pico cerrado?

—Qué hombre tan desconsiderado —respondió Ross con ironía.

El carcelero, aparentemente satisfecho por el comentario del juez, lo condujo hasta la entrada del «armario del diablo», que tenía un pequeño ventanuco de quince centímetros en la pesada puerta de roble y hierro para que el prisionero pudiera hablar con las visitas.

—¡Gentry! —exclamó Eldridge por el orificio—. ¡Tienes visita!

No hubo respuesta.

—¿Dónde está el guardia? —preguntó Ross, frunciendo el entrecejo.

—No hay guardia, sir Ross —le dijo el hombre, volviendo su rostro grasiento hacia él—. No es necesario.

—Di órdenes concretas de que hubiera un guardia junto a la puerta todo el tiempo —dijo Ross, cortante—. No sólo para evitar que Gentry se fugase, sino también por su propia seguridad.

A Eldridge se le escapó una carcajada de su flácida garganta.

—¿Fugarse? —soltó—. Nadie puede fugarse del armario del diablo. Además, Gentry está maniatado, encadenado y tiene doscientos kilos de peso en las piernas. ¡No puede ni rascarse la nariz! Nadie puede salir ni entrar de aquí sin esto —declaró, blandiendo una llave y encajándola en la cerradura. La puerta chirrió quejumbrosamente al abrirse—. Vamos —dijo Eldridge, satisfecho, sosteniendo la lámpara mientras entraba en la celda—. ¿Lo ve? Gentry está... —De repente se estremeció, sorprendido—. ¡Maldición!

Ross sacudió la cabeza levemente cuando vio que la celda estaba vacía.

—Dios mío —murmuró, presa de una mezcla de rabia y admiración ante la osadía de su cuñado.

Sobre la enorme pila de cadenas que había en el suelo brillaba un alfiler doblado. Gentry había conseguido abrirse los grilletes de manos y pies, y nada menos que en medio de la oscuridad. Faltaba uno de los barrotes de la ventana interior que había al otro extremo de la celda. Parecía imposible que Gentry pudiera haberlo aflojado y haberse escurrido a través de un espacio tan estrecho, pero lo había logrado. Con toda probabilidad, había tenido que dislocarse el hombro para conseguirlo.

—¿Cuándo fue la última vez que alguien lo vio aquí dentro? —le dijo Ross a voz en cuello al carcelero, anonadado.

—Creo que hace una hora —murmuró Eldridge, con los ojos sobresaliéndole de la cara empapada en sudor.

Ross miró a través de la ventana interior y vio que Gentry había agujereado el muro de la celda contigua, probablemente usando el barrote. Hizo un esfuerzo por recordar los detalles del plano de Newgate que había en la pared de su despacho.

—¿Esta llave abre todas las celdas de este nivel? —le preguntó al carcelero, dirigiéndole una mirada asesina.

—Creo... creo que sí.

—Démela. Ahora, mueva su gordo trasero hasta la planta baja y avise a los agentes que están en mi coche que Gentry ha escapado; ellos sabrán lo que hacer.

—¡Sí, sir Ross! —obedeció Eldridge, que salió corriendo con una velocidad asombrosa para alguien de su tamaño, llevándose consigo la lámpara y dejando a Ross en la oscuridad.

Ross salió del «armario del diablo» y abrió la celda contigua. Sin dejar de soltar improperios, se metió en el agujero que había en la pared y se puso a seguir el camino de su cuñado.

—Maldito seas, Gentry —murmuró, a la vez que el sonido de insectos y alimañas le daban la bienvenida—. Cuando te atrape, yo mismo te colgaré por hacerme pasar por esto.

Jadeando a causa del cansancio, Nick Gentry se apartó un mechón mojado de los ojos y salió al tejado de Newgate. Con mucho cuidado, puso un pie sobre un pilar que conectaba con un edificio contiguo. Debía de tener un grosor de más de veinte centímetros, y era tan viejo que la parte superior estaba derruida. Sin embargo, era el único camino hacia la libertad. Una vez hubiera llegado al otro lado, entraría en el edificio, saldría a la calle y entonces ya nadie podría detenerlo. Conocía Londres como nadie, cada callejón, cada esquina, cada agujero y cada grieta. Nadie daría con él si él no lo quería.

Poco a poco, Nick fue avanzando sobre el largo pilar como un gato, sin pensar en una posible caída que lo estrellaría contra el suelo. Entornó los ojos y se fijó en el cielo, alumbrado ligeramente por unos pocos rayos de luna. Primero un pie, después otro... Trataba de pensar con claridad. Sin embargo, un pensamiento le hizo perder la concentración: Sophia. Una vez hubiese salido de Londres, nunca más tendría la oportunidad de verla. Nick no calificaba lo que sentía por ella como amor, puesto que era consciente de su incapacidad para sentir tal emoción; pero también era consciente de la herida que tenía en el alma, y que le decía que perder a su hermana sería como perder la poca decencia que conservaba. Ella era la única persona del mundo que todavía se preocupaba por él y que seguiría haciéndolo, sin importar lo que él hiciera.

Un pie, otro; pie derecho, pie izquierdo... Nick dejó a un lado los pensamientos sobre su hermana y pensó a dónde iría cuando fuera libre. Comenzaría una nueva vida en algún lugar, con un nuevo nombre. La idea debería haberlo reconfortado pero, en cambio, lo sumió en la tristeza. El hecho de tener que mantener el equilibrio y no poder relajarse ni por un segundo lo estaba cansando. Se sentía fatigado, tanto como si hubiera vivido cien años en lugar de veinticinco. La idea de comenzar de nuevo le revolvía el estómago. Sin embargo, no le quedaba opción, y él no era de los que se rendía fácilmente.

De repente, una parte del muro cedió bajo su pie derecho, lanzando cascotes y polvo al suelo. Silenciosamente, Nick extendió los brazos y trató de mantener el equilibrio, respirando entre los dientes. Cuando lo hubo logrado, siguió avanzando con más cuidado, usando más el instinto que la vista. Casi no había gente allá abajo, sólo algunas patrullas que iban y venían. El grupo de manifestantes que había tratado de reunirse frente a las puertas de la prisión pronto fue dispersado. Era una mínima fracción de la gente que Nick esperaba que clamase por su liberación. Hizo una mueca de ironía al pensar en el evidente bajón que había sufrido su popularidad.

—Bastardos desagradecidos —murmuró.

Afortunadamente, nadie se percató de su figura encaramada en lo alto de la prisión. Por alguna especie de milagro divino (o demoníaco), Nick consiguió llegar al edificio contiguo. Aunque no pudo alcanzar la ventana más cercana, encontró una cabeza de león esculpida que sobresalía de la pared. Puso la mano sobre la gárgola y se dio cuenta de que no estaba hecha de piedra, sino de un material artificial que se usaba para esculpir cuando usar piedra resultaba complicado. Nick no tenía ni idea de si aquella cosa podría aguantar su peso. Hizo una mueca y tomó la sábana rasgada que se había enrollado al hombro, atándola a continuación alrededor de la cabeza. Estiró la sábana con fuerza para afianzar el nudo y se fijó en la ventana, que estaba un metro más abajo. Bien, pensó; estaba abierta, aunque tampoco le hubiera importado tener que atravesar el vidrio.

Contuvo la respiración; se aferró a la sábana, dudó un instante y luego saltó con decisión. Se coló por la ventana abierta con una facilidad que lo sorprendió. Aunque aterrizó sobre los pies, el impulso lo empujó hacia adelante, hasta que cayó, soltando un gruñido a causa del dolor. Soltando un juramento, se levantó y se sacudió el polvo. Aquello parecía un despacho; algún empleado se había dejado la ventana abierta por despiste.

—Ya casi está —murmuró Nick, saliendo de la habitación y yendo hacia las escaleras que lo llevarían a la libertad.

Dos minutos más tarde, Nick cruzó una puerta que había en un lado del edificio, que resultó ser una fábrica de muebles. Se hizo con una cuchilla y con un pesado palo y siguió avanzando entre las sombras.

De repente, oyó cómo alguien amartillaba una pistola, y se paró en seco.

—No te muevas —le dijo suavemente una voz de mujer.

—¿Sophia? —dijo Nick, y se quedó sin respiración a causa de la sorpresa.

Allí estaba su hermana, sola, empuñando un arma y con la mirada clavada en él.

—Quédate quieto —le advirtió, visiblemente nerviosa.

—¿Cómo demonios has llegado hasta aquí? —le preguntó su hermano, incrédulo—. Es peligroso y... Por el amor de Dios, baja eso o te harás daño.

Sophia no se inmutó.

—No puedo; si lo hiciera, te escaparías.

—No serías capaz de dispararme.

—Sólo hay una forma de saberlo, ¿verdad? —le dijo ella con calma.

Nick estaba desesperado.

—¿Acaso no te importo, Sophia? —le preguntó a su hermana con voz ronca.

—Claro que sí; por eso tengo que retenerte. Mi marido ha venido a ayudarte.

—¡Pero qué dices! ¡No seas estúpida! ¡Déjame ir, maldita sea!

—Vamos a esperar a sir Ross —replicó ella, testaruda.

Por el rabillo del ojo, Nick vio dirigirse hacia ellos a un grupo de soldados y dos agentes. Era demasiado tarde; su hermana había frustrado cualquier posibilidad de escapar. No tuvo más remedio que aceptarlo y soltar las improvisadas armas con que se había hecho. Muy bien, esperaría a Cannon y Sophia se daría cuenta de que su amado marido la había engañado. Casi sería mejor ver cómo Cannon se mostraba como lo que en realidad era, en vez de ver a su hermana adorándolo.

—Está bien —dijo, impertérrito—. Dejaré que tu esposo me ayude... a acabar colgado.

18

Cuando por fin llegó al tejado de Newgate, Ross estaba cubierto de mugre, y se sentía como si aquella suciedad fuera a quedarse en él para siempre. El aire del exterior olía increíblemente fresco comparado con el hedor que había tenido que soportar durante el trayecto. Recorrió el tejado y descubrió que un muro de la prisión estaba conectado a un edificio colindante. A primera vista no había señales de Gentry, pero luego divisó la sábana, que colgaba de la gárgola. Definitivamente, Nick había ido demasiado lejos.

Ross apoyó el pie en el pilar y se dio cuenta de que era inestable como arenas movedizas. Llegado este punto, seguir los pasos de Gentry ya no era viable. Había que estar loco para tratar de hacer algo a lo que ni siquiera un funambulista se hubiera atrevido. Sin embargo, antes de que pudiera retroceder, Ross oyó que una mujer lo llamaba desde el suelo.

—¿Ross?

A Cannon se le detuvo el corazón al ver la diminuta figura de su esposa desde aquellos cuatro pisos de distancia.

—¡Sophia! —gritó—. Si eres tú, vas a saber lo que es bueno.

—Gentry está conmigo. ¡No trates de cruzar esa pared!

—No pensaba hacerlo —respondió Ross, luchando por contener la rabia que sentía al comprobar que Sophia había hecho caso omiso de la orden de quedarse en el coche—. Quédate ahí.

A Ross pareció llevarle una eternidad bajar por la prisión. Se movía tratando de dominar el pánico que sentía, corriendo cuando podía, ignorando los lamentos y los insultos que llenaban el ambiente al bajar piso por piso. Finalmente salió del edificio y lo rodeó, corriendo lo más rápido que pudo. Vio un pequeño grupo de curiosos, soldados a pie y a caballo y a Sayer y Gee, todos esperando a una distancia considerable de Sophia y su prisionero.

—Sir Ross —dijo Sayer, nervioso—, su esposa lo alcanzó antes de que nosotros pudiéramos verlo, nos dijo que nos quedáramos aquí, o...

—Mantén a todo el mundo lejos de aquí mientras yo me encargo de esto —espetó Ross.

Los agentes hicieron retroceder a los curiosos varios metros, mientras Ross iba raudo al encuentro de su esposa. Sophia parecía relajada y seguía apuntando a su hermano sin titubear.

—¿De dónde has sacado eso? —le preguntó Ross suavemente, haciendo un esfuerzo por no gritar.

—Se la quité al lacayo —dijo Sophia en tono de disculpa—. No fue culpa suya, Ross. Lo siento, pero oí decir al carcelero que Gentry había escapado. Los hombres se fueron y yo me quedé mirando por la ventanilla, y justo vi a mi hermano en el tejado...

—Luego —la interrumpió Ross, sintiendo ganas de estrangularla. A pesar de todo, se centró en el problema que tenía delante.

Se fijó en Gentry, que los miraba a ambos con sorna.

—¿Así es como cuidas de mi hermana? —ironizó—.

Está en buenas manos, ¿eh? Merodeando por Newgate de noche con una pistola en la mano.

—John —protestó Sophia—. Él no...

Ross la hizo callar.

—Tienes suerte de que ella te haya encontrado —le dijo a Gentry con frialdad.

—Bueno, es que soy un bastardo con suerte —murmuró Nick.

Ross lo miró pensativo, preguntándose si no estaba a punto de cometer un grave error, y sabiendo de hecho que probablemente sí lo estaba. Había concebido un plan que podía salvarle el cuello a su cuñado e incluso beneficiar a Bow Street, pero que no dejaba de ser una lotería. En el personaje de Gentry había una mezcla de elementos explosivos: el valiente cazarrecompensas, el siniestro señor de los bajos fondos, el héroe, el villano. Curiosamente, aquel hombre parecía estar en medio de aquellos dos conceptos, incapaz de decidir de qué lado decantarse. Sin embargo, si se pusiera en buenas manos y fuese instruido por alguien de voluntad más fuerte que la suya propia...

«Nadie le ha dado nunca la oportunidad de cambiar —había dicho Sophia—. Si sólo le diesen la posibilidad de llevar una vida diferente... piensa en la clase de hombre que llegaría a ser.»

Ross estaba dispuesto a darle esa oportunidad, en nombre de Sophia. Si no tratara de ayudar al hermano de su esposa, aquello se convertiría en una permanente barrera entre ellos dos.

—Te haré una oferta —le dijo a Gentry—, y te aconsejo que la pienses seriamente.

El joven esbozó una sonrisa cínica.

—Suena interesante.

—Eres consciente de las pruebas que hay en tu contra. Si quiero, puedo hacerlas desaparecer.

Gentry miró a Ross con escaso interés, ya que no era ni mucho menos la primera vez que negociaba.

—¿Qué hay del testigo que está a punto de declarar?

—También puedo encargarme de eso.

—¿Cómo?

—Eso no es de tu incumbencia —contestó Ross, que no se dio la vuelta al percatarse de la respiración nerviosa de su esposa. Podía notar el asombro que sentía Sophia al ver que su marido estaba dispuesto a comprometer sus principios por John. En casi doce años de juez, Ross jamás había hecho nada que pudiera ser considerado corrupto. Manipular pruebas y testigos era algo que iba contra su naturaleza. Sin embargo, se tragó el orgullo y prosiguió, serio—. A cambio de mis favores, quiero algo de ti.

—Claro —dijo Gentry con ironía—, no es difícil de suponer. Quieres que me vaya del país y que no vuelva más.

—No; quiero que te conviertas en un agente.

—¿Qué? —exclamó Gentry.

—¡Ross! —dijo Sophia al unísono.

De no estar hablando tan en serio, le hubiera hecho gracia ver las miradas de sorpresa que había en los idénticos ojos azules de ambos hermanos.

—No juegues conmigo, Cannon —le dijo Gentry, molesto—. Dime qué es lo que quieres y...

—Dices que atrapas ladrones —dijo Ross—. Veamos si eres lo bastante hombre como para hacerlo según las reglas, sin brutalidad, mentiras o pruebas falsas.

Gentry parecía aterrado ante la posibilidad de convertirse en un servidor de la justicia.

—¿Cómo demonios se te ha ocurrido semejante locura?

—Pensé en algo que suele decir Morgan. Un agente

y el criminal al que atrapa son las dos caras de la misma moneda.

—¿Y tú crees que Morgan confiará en mí?

—Al principio no. Tendrás que ganarte su confianza día a día.

—Estaría loco si me uniese a un montón de petirrojos —soltó Gentry, usando el apodo que recibían los agentes a causa del color de su uniforme.

—De lo contrario serás ejecutado —le aseguró Ross—. Me quedaré con las pruebas que hay en tu contra, y las usaré al primer signo de que Morgan no está satisfecho con tu trabajo.

—¿Cómo sabes que no me escaparé?

—Porque, de ser así, te perseguiré y te mataré personalmente. La vida de tu hermana, por no decir la mía, sería mucho más agradable sin tu presencia.

El ambiente estaba cargado de hostilidad. Ross se dio cuenta de que Gentry casi se creía las amenazas. Esperó pacientemente, dejando que meditara la oferta.

Finalmente, el joven lo miró con rencor.

—Vas a utilizarme —murmuró—. Seré una especie de pluma en tu sombrero, y usarás cualquier servicio público que yo haga para llevar a cabo tus planes para Bow Street. Los diarios te alabarán por haber convertido a Nick Gentry en un agente. Me obligarás a traicionar a la gente que conozco y a delatar a todos mis cómplices. Y, cuando te hayas asegurado que soy despreciado por todo hombre, mujer y niño desde Dead Man's Yard hasta Gin Lane, me enviarás a atrapar criminales a los lugares donde soy más odiado. Y, encima, me pagarás un sueldo miserable.

Ross pensó en las objeciones de Gentry.

—Sí —coincidió—, no vas mal encaminado.

—No me lo puedo creer —dijo Gentry, riendo con tristeza—. Vete al infierno, Cannon.

Ross arqueó una de sus cejas espesas y oscuras.

—¿Debo tomarme eso como un sí?

Gentry asintió levemente.

—Me arrepentiré de esto —le dijo con amargura—. Al menos, los verdugos habrían acabado conmigo rápidamente.

—Ahora que hemos llegado a un acuerdo, te llevaré de nuevo a tu celda —le informó Ross, satisfecho—. Saldrás mañana por la mañana. Mientras tanto, tengo algunos asuntos que resolver.

—Ross —intervino Sophia, impaciente—, ¿es necesario que John pase otra noche aquí?

—Sí —contestó su marido, mirándola de tal forma que ella se abstuvo de seguir protestando.

Sophia mantuvo la boca cerrada, aunque era evidente que deseaba suplicar por el bien de su hermano.

—No pasa nada, Sophia —la reconfortó Gentry—. He dormido en lugares peores; cortesía de tu esposo —añadió, mirando a Ross con rencor.

A lo largo de los diez años que hacía que se conocían, Ross nunca había logrado sorprender tanto a sir Grant Morgan. Cuando Cannon regresó a Bow Street, fue directamente al despacho de Morgan y le contó el acuerdo alcanzado con Gentry.

Morgan lo miró desconcertado.

—¿Qué ha dicho? Nick Gentry no puede ser un agente.

—¿Por qué no?

—Porque es Nick Gentry, ¡por eso!

—Tú puedes convertirlo en un buen agente.

—No —dijo Morgan con vehemencia, sacudiendo la cabeza—; no, por Dios. No me he quejado ni una so-

358

la vez por el trabajo extra que me ha endilgado, ni por todos los juicios complicados por los que me ha hecho pasar. Y si sus planes salen adelante, me esforzaré al máximo para ocupar su lugar, ¡pero estaría loco si aceptase la tarea de entrenar a Nick Gentry! ¡Si tan seguro está de que puede convertirse en agente, entrénelo usted mismo!

—Estás en mejores condiciones que yo para prepararlo. Tú fuiste agente; conoces la calle tan bien como él. Y además, piensa que sólo tiene veinticinco años; todavía es joven e influenciable.

—¡Es un caso perdido! ¡Sólo un loco creería lo contrario!

—Con el tiempo —prosiguió Ross, ignorando las quejas de Morgan—, Gentry se convertirá en tu mejor hombre. Hará los trabajos más desagradables y peligrosos sin rechistar. Te estoy proporcionando un arma, Grant, y muy efectiva, por cierto.

—Y que puede estallarme en la cara —murmuró Morgan; se apoyó en el respaldo de su silla y miró al techo con un gruñido. Evidentemente, estaba sopesando la idea de tener que entrenar a Nick Gentry. De repente, soltó una carcajada burlona—. A pesar de todo, puede ser interesante. Después de todos los problemas que nos ha causado ese pequeño bastardo, me encantaría que supiese lo que es bueno.

Ross sonrió, pensando en la enorme complexión de Gentry, al que sólo alguien de la estatura de Morgan podía llamar «pequeño».

—Entonces, ¿te lo pensarás?

—¿Acaso me da la oportunidad? —preguntó Morgan. Ross sacudió levemente la cabeza—. Ya veo que no. Maldita sea, Cannon, espero que se retire usted pronto.

Sophia ya se había acostado cuando Ross entró en el dormitorio a oscuras. La mujer se quedó quieta y en silencio, esperando que su marido creyese que estaba dormida. Ross había reprimido las ganas de reprocharle su comportamiento durante el viaje de vuelta a Bow Street, y Sophia era consciente de que su esposo quería esperar hasta que estuvieran solos. Sin embargo, había llegado la hora de la verdad. Ella supo que si conseguía retrasar el momento hasta el día siguiente, la ira de Ross se habría aplacado.

Por desgracia, parecía que Cannon no estaba dispuesto a esperar. Encendió la lámpara y le dio potencia hasta que emanó un brillo implacable.

Sophia se incorporó poco a poco y le dirigió una amable sonrisa.

—¿Qué ha dicho sir Grant cuando le has contado que...?

—Hablaremos de eso más tarde —le dijo Ross con firmeza, evitando distraerse. Se sentó en el borde de la cama y colocó una mano a cada lado de su mujer, atrapándola entre las sábanas—. Ahora, quiero hablar de lo que has hecho esta noche, ¡y me vas a explicar cómo se te ocurrió correr semejante riesgo cuando sabes lo mucho que me preocupo por ti!

Sophia se encogió contra la almohada, mientras Ross le endilgaba una reprimenda que hubiera intimidado a cualquiera. Sin embargo, ella sabía que la ira de su esposo era fruto del amor que sentía por ella, así que aceptó humildemente cada una de las palabras. Cuando Ross hubo acabado, o quizás era que simplemente se estaba tomando un descanso, Sophia comenzó a expresar su *mea culpa*.

—Tienes toda la razón —le dijo—. Si estuviera en tu lugar, me sentiría exactamente de la misma manera. Tendría que haberme quedado en el coche, como me ordenaste.

—Eso es —murmuró Ross, que pareció tranquilizarse al advertir que Sophia no tenía intención de discutir.

—Tienes experiencia y sabes cómo manejar estas situaciones. Y no sólo puse mi vida en peligro sino también la del bebé, y eso sí que lo lamento muchísimo.

—Es lo menos que puedes hacer.

Sophia se inclinó hacia delante y apoyó la mejilla sobre el hombro de su marido.

—Nunca haría intencionadamente nada que pudiera preocuparte.

—Ya lo sé —dijo Ross con brusquedad—. Pero Sophia, maldita sea, me niego a que me tomen por alguien que no puede controlar a su propia esposa.

Sophia, contra su hombro, esbozó una sonrisa.

—Nadie se atrevería a pensar tal cosa. —Poco a poco, se fue colocando sobre el regazo de su marido—. Ross, lo que has hecho por mi hermano ha sido maravilloso.

—No lo he hecho por él, sino por ti.

—Lo sé, y te amo más por ello. —Con cuidado, comenzó a deshacerle el nudo de la corbata.

—¿Sólo por eso? —preguntó Ross, rodeando con los brazos el esbelto cuerpo de su mujer.

—Por eso y por mil cosas más —le dijo Sophia, pasándole los senos contra el pecho a propósito—. Deja que te demuestre cuánto te amo, cuánto te necesito.

Ross dejó de sermonearla; se quitó la camisa y la tiró al suelo. Cuando se volvió hacia Sophia, ella sonreía, llena de alegría y excitación.

—¿Qué te hace tanta gracia? —quiso saber Ross, subiéndole el camisón hasta la cintura.

—Estaba pensando en la expresión *cockney* para referirse a una esposa: «problema y lucha» —dijo Sophia, y suspiró ligeramente al notar que Ross colocaba la mano en su estómago desnudo—. En mi caso es bastante adecuada, ¿no?

Ross la miró con cariño y se inclinó para besarla.

—Nunca serás un problema del que no me pueda ocupar —le aseguró, y se pasó el resto de la noche demostrándoselo.

Epílogo

Después del nacimiento de la niña, el doctor Linley comentó que había sido el primer parto en que había tenido que preocuparse más por el bienestar del padre que por el de la madre. Ross había permanecido en un rincón del dormitorio, a pesar de que todo el mundo le había aconsejado que esperase fuera. Se había sentado en una silla de respaldo recto y se había aferrado a los bordes hasta que la madera casi había cedido. Aunque estaba totalmente inexpresivo, Sophia entendía muy bien el miedo que sentía su esposo. Ella trató de confortarlo diciéndole, en los intervalos de las contracciones, que se encontraba bien, que el dolor era terrible pero soportable. Sin embargo, el esfuerzo por dar a luz hizo que a veces desviara la atención de Ross y que casi se olvidase de su presencia.

—Está demasiado silenciosa —le dijo Linley, con una sonrisa de apoyo—. Suelte un grito cuando sienta dolor, si le sirve de ayuda. Llegado este punto, muchas de mis pacientes me insultan, a mí y a todos mis antepasados.

Sophia soltó una risita y sacudió la cabeza.

—Mi esposo se desmayaría si me pusiera a gritar.

—Sobrevivirá —le dijo el médico sin más.

Cuando se acercaba el momento culminante y el dolor ya era insoportable, Sophia soltó un alarido. Linley le levantó la nuca con el brazo y le puso un pañuelo húmedo en la boca.

—Respire a través de esto —murmuró.

Sophia obedeció e inhaló un perfume dulce y embriagador que alivió el dolor y le proporcionó un sorprendente momento de euforia.

—Gracias —le dijo Sophia cuando el doctor le quitó el pañuelo de la boca—. ¿Qué es?

Ross se acercó a la cama, desconfiando.

—¿Es seguro?

—Es óxido nitroso —contestó Linley con calma—. Se utiliza en las llamadas «fiestas de inhalación», en las que la gente se entretiene respirándolo. Pero un colega mío, Henry Hill Hickman, tuvo la idea de usarlo para aliviar el dolor de la gente que va al dentista. Hasta el momento, la comunidad médica no ha demostrado demasiado interés. Sin embargo, yo lo uso de vez en cuando para aliviar el dolor del parto, y parece efectivo e inofensivo.

—No me gusta la idea de que ande experimentando con mi mujer —dijo Ross.

Sophia interrumpió la conversación al notar otra intensa oleada de dolor, y cogió a Linley por la muñeca.

—No le haga caso —dijo entre suspiros—. Póngame ese pañuelo.

Sophia aspiró otra bocanada de óxido nitroso y, tras empujar con fuerza unas pocas veces más, dio a luz a Amelia Elizabeth Cannon.

Al día siguiente, mientras estaba sentada dándole el pecho a la pequeña criatura de cabello negro, Sophia miró a Ross y esbozó una sonrisa de arrepentimiento. Aunque ella estaba encantada con el nacimiento de su hija, solía considerarse un fracaso que el primer hijo que una mujer le daba a su marido fuese una niña. Por supuesto, Ross era demasiado caballero para decir nada, pero ella sabía que la mayor parte de la familia Cannon, especialmente el abuelo, esperaban que naciera un niño que pudiera asegurar la continuidad del linaje.

—Estoy segura de que la próxima vez será un niño —le dijo Sophia a su marido, que acariciaba con sus largos dedos el cabello negro y sedoso que cubría la diminuta cabeza de su hija.

Él levantó la vista del bebé y miró a su mujer con asombro.

—Me gustaría lo mismo si fuese otra niña.

Sophia sonrió, dudando de su afirmación.

—Eres muy amable por decirlo, pero todo el mundo sabe que...

—Amelia es exactamente lo que quería —dijo él con firmeza—. Es el bebé más precioso y perfecto que he visto nunca. Haz que la casa se llene de niñas como ésta y seré el hombre más feliz del mundo.

Sophia le cogió la mano y se la llevó a los labios.

—Te amo —le dijo con fervor, besándole los dedos—. Estoy tan contenta de que no te casaras con otra antes de que nos conociéramos...

Ross se inclinó sobre ella y le pasó el brazo por la espalda, dándole un beso largo y cálido que la hizo estremecer de placer.

—Eso hubiera sido imposible —le aseguró Ross, apartándose para mirarla a los ojos.

—¿Por qué? —preguntó Sophia apoyándose en el brazo de su esposo mientras seguía dando el pecho al bebé.

—Porque, amor mío, te estaba esperando a ti.